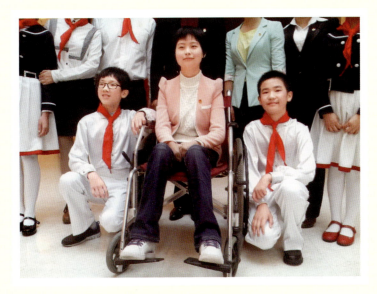

2014 年参加宜昌市团代会合影

2014 年在我的工作室里和留守儿童们一起读书

2018 年 9 月参加中国残疾人联合会第七次全国代表大会

2018 年 9 月同残联主席张海迪在一起

# 倔强，即为"翅膀"

许多人问我，你指导的学生是不是都特别听你的话，我说：不都是，有的同学特有主意，很倔。

"比如？"

"比如李玉洁。"

某个时间段，我劝她全力以赴写稿，尽早完成励志自传（她的家人也如此劝说），但她一定要同时做兼职挣钱，并且告诉我"写作兼职两不误"，后来我才知道，她其实同时做了三个兼职，一天工作十几个小时！

那几年，在轮椅上她完成了一部书稿，同时每月收入都有两三千元，不要家里一分钱。

说到底，她不是不听我的话，她是不听命运的话。

十几岁时，因为严重的类风湿和手指变形，她被迫辍学，而且是以全年级第一名的成绩离开学校的。她告别的，是重点高中乃至名牌大学的未来；迎接她的，是生活自理都困难的人生。

她已经一无所有，除了"倔强"。

有资本有条件情况之下的倔强，是性格；没有资本没有条件之下的倔强，是勇气。

有了这一勇气，就可以……在任何困境中"不迟疑不停滞"；在任何怯懦中"不甘心不放弃"；在任何对比中"不自怜不自卑"；在任何成绩中"不狂喜不留恋"。

所以，我们看到，她在辍学后开始自学写作，并且对自我的要求比学校还要高，终于在某一天获得全国性征文比赛一等奖！

所以，我们看到，在手不方便的情况下她居然要学习编织中国结，并且真实享受这个过程，她比在学校的时候更懂得通过拼搏享受生活。

所以，我们看到，在学校就经常帮助同学的她，如今，已经开办社区关怀工作室，关怀众多留守儿童。

而她，也在离开学校之后，仍然可以获得"全国优秀共青团员"的光荣称号！

因此，我真心觉得，她根本不是辍学，她是——提前毕业！她已经学到了校园里能学到的一切：特长，情商，关爱他人之心……她需要尽早进入社会，释放她的所有能量——一个十几岁的残疾女孩罕见的对己对人的强大正能量！

到目前为止，她仍然保持一个非常好的心态习惯：做，就做到最好，而如果参加比赛，就要得第一！以至于她获得全省演讲比赛冠军时，我都已经不再惊讶。在我心目中，在生命的跑道上，她的轮椅比我们许多人跑得都快，我们的两条腿跑不过她的两个轮子，因为车轮上的她还有翅膀，一对美丽倔强的翅膀。这对翅膀的目标，不是远方，而是天空，向天飞翔……

张大诺

（全国十佳生命关怀志愿者　本书指导老师）

# 用快乐感恩的心对待人生的不圆满

李玉洁是我家乡宜昌市所辖宜都市的一个"轮椅女孩"，过去我也曾在媒体上看到过这个女孩的报道，但印象不深，这次我率中国残疾人艺术团回宜昌为我的母校——宜昌市特殊教育学校义演期间，收到了她辗转送到我手上的书稿。尽管非常忙碌，但还是接连花了几个晚上拜读了她的书稿。读后深为感动，掩卷之后还久久沉浸在这本书为我们营造的情境之中。我想起我跟玉洁有一些共同的经历，即我们都曾是健康的儿童，是后来因为得病才出现状况的，我在3岁时成了聋人，她则在14岁时成为轮椅女孩。这种共同的经历，使我对她有同病相怜的感觉，虽然我们还未曾谋面。她在送来的书稿中还附有一封短信，嘱我写序，我非常愿意在她的书前面写下我读她作品时的感受。

残疾孩子跟正常孩子相比，我们失去得太多。就拿玉洁来说，她在7岁时就开始被类风湿困扰。当别的孩子们能够带着愉快的心情听老师讲课的时候，她却因为疾病的折磨而日渐苍白消瘦；当别的孩子们走向大自然，去享受那种美的赐予的时候，她却被命运剥夺了走路的权利，只能呆坐在房间里看着窗外；当别的孩子们活泼快乐地运动时，她的神经时常处于疼痛之中,她的关节在悄悄地发生变形,而且一天比一天糟糕,不可逆转地把她带往更大的痛苦之中。终于在 14 岁的时候,她完全离不开轮椅了,不得不退学,虽然她是那么的喜欢学习,喜欢老师和同学们。这是多么痛苦的打击啊,甚至她多少次想到去死,以这种极端的方法来减轻父母的负担……

同样作为残疾人我也是深有体会的,我们比健康孩子少了很多,但是上帝是公平的,我们同样不比健康孩子缺少的是什么呢?我认为是心中的大爱,是善良,是向上的热情,是生命的尊严。记得我当年苦苦排练《千手观音》的时候,心底总是坚信这样一句话:"只要心地善良,只要心中有爱,就会有一千双手来帮助你;只要心地善良,只要心中有爱,也就会伸出一千双手去帮助别人。"

我认为,玉洁就是那种心中有善良和大爱的人。正因为如此,她努力地做了那么多工作,她发表了那么多文学作品,现在还写出了长篇小说;她为青少年朋友演讲,讲的都是她自己被疾病困扰而不断奋起的感人经历;她以自己的经历告诉青少年朋友:"我可以做到,你也可以的。"好多青少年朋友被她的事迹所感动,流下了滚烫的热泪。在我看来,玉洁真的是伸出了"一千双手"去帮助别人。同样,她也得到了较多的回报,得到了"一千双手"来帮助她,不少的朋友给她写信并鼓励她,她身边的领导为她提供了写作的电脑,她的母校杨守敬中学还邀请她担任校外辅导员……

玉洁还年轻,这么有才华,这么有爱心,我觉得她一定还可以写出许多更动人的作品,感动更多的人,她也一定可以做出任何她想做的事,实现自己的"中国梦"。

我还希望玉洁的健康状况能得到改善——而这是我最为担

忧的。如果玉洁需要什么帮助,请你告诉我,我愿意不遗余力地给予你帮助。有机会的话,我一定去宜都看望你。

诚然,我们都是残缺的。这使我想起我在一篇文章中说过的话:"所有人的人生,都有圆有缺有满有空,这是你不能选择的,但你可以选择看人生的角度,多看人生的圆满,然后带着一颗快乐感恩的心去面对人生的不圆满。"最后我想对玉洁说,就用这句话来作为我俩的共勉吧。

是为序。

邰丽华
(中国残疾人艺术团团长)

# 序言（三）

# 朝着梦想的方向

第一次听玉洁的事迹报告是 2009 年,当时,她已是宜都家喻户晓的青少年励志教育的楷模。玉洁命运多舛,7 岁患类风湿,8 年医治无果,14 岁时必须依靠轮椅生活,她以常人难以想象的艰辛勤奋自学,坚持写作并以己励人,志愿从事青少年德育辅导,当选为全国优秀共青团员、宜昌市十大杰出青年。小姑娘坚定的信念、顽强的精神在我心中留下了深刻的印象。

玉洁是陆城头笔社区人,2011 年我调任陆城街办工作后,几次专门去看她,她的不断成长和进步也让我和关心她的人们倍感欣慰。为了方便和更多的青少年儿童交流,玉洁开通了"知心姐姐"QQ 热线,考取了国家三级心理咨询师资格证。她力求自食其力,学会了手工艺品编织技术,开了一家网店。2013年,头笔社区专门成立"李玉洁知心姐姐工作室",请她到社区工作,同时兼任图书管理员。玉洁在新的工作岗位上充分发挥所长,写稿、播音,在寒暑假开设"小课堂",同志们对玉洁的敬业和勤奋给予了一致认可。

去年玉洁告诉我,她正在创作一本写自己成长经历的书,我当时就十分赞许,鼓励她抓紧撰稿力争尽早出版,并答应她为书

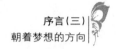

作序。

　　玉洁的书稿我前后读了两遍，文风朴实、情感真挚，她勇敢地进行自我剖析，将自己成长中的思想碰撞和心灵感悟毫无保留地分享给读者，虽然历尽艰辛，但书中始终充满了她对美好生活的向往，给人暖意、引人向上。我想：无论什么年龄和性别，或是什么职业和经历的人，都会从中得到有益的启示。

　　陆城自古人杰地灵，玉洁是陆城的优秀女儿，是陆城人民的骄傲。她自强不息、百折不挠的精神，感恩图报、善良美好的品德在陆城、在宜都广为传颂，教育和启发了千千万万的青少年儿童，感动和影响了千千万万的人民群众。当前，全国上下正在深入开展社会主义核心价值观教育，陆城十万人民正朝着争当全省城乡统筹发展排头兵的目标努力奋斗。此书应时出版，不仅是实现了玉洁个人心愿，更是陆城一大幸事。我相信，随着此书面世，"玉洁精神"必将在更广阔的土地上播种生根，结出累累硕果。

　　感谢玉洁，以及所有关心和帮助她的人；祝福玉洁，愿她的人生书写出更精彩的篇章。

李兴兵

（湖北省宜都市陆城街办党工委书记）

# 目　录

# 引　言

　　我说不出坐着与站着的世界有什么不同，但心里总觉得，站着的世界里一切都是那么的美好。坐着的世界也并非不美好，只是就像那没有星星的夜空，多多少少会有些遗憾罢了。而弥补这种遗憾最好的方式就是去追寻自己的梦想。我说的是追寻，而非实现，那过程已能让我们的内心无比富足。

　　每一个伟大的梦想，都是从一个个平凡的小梦想开始的。这本书本身就是一个梦想，令人感动的是，实现这个梦想，汇聚了许多人的力量，使这本书的生命力更加厚重，更加鲜活。

　　为了我一个人的梦想，父母奔波来去，陪着我欢喜、忧愁。身边的人都为了我朝一个方向努力着。或许，梦想本身就是一股凝聚的力量。一个人的梦想或许很渺小，但这股渺小的力量如若凝聚起来，必会成为一个非凡、伟大的梦想。

# 第一章

## 活着，却如同死去

# 暗夜里孤独的眼泪

　　我从清晨的气息中醒来,到底是入秋了,有那么一丝丝凉意。起床后我把自己从房间挪到堂屋去,用自己那小孩儿一般大小的双手费力地将大门拉开一条小缝,然后伸一只手进去把笨重的木门完全拨开。明亮的光线随着开启的大门从屋外照进来,均匀地在我的脸上涂上一层白皙的颜色。我习惯地看向外面,那棵斜着身子的柳树总是第一个跳进我的视线里,一年四季,寒来暑往,它都安守本分地待在自己的一角,不张扬,不引人注意。和柳树相依为命的是一丛茂盛的竹子,顶端如杨柳般自然垂下,那秀美的身段儿使我无数次幻想在竹林间秋千荡漾的情景。竹子和柳树都长在一间古老的土坯房边上。挨着房子的,是一条说宽不宽、说窄不窄的小路,村子里的人每天都要从这条路上经过。

　　这是每天我坐着轮椅、头倚在门框上晒太阳的时候,都会见到的景象。天气好的时候,大柳树的叶子在阳光的映衬下会显得格外翠绿,偶尔还有一两只小鸟会在门前的篱笆墙上停留片刻……猫睡在我的旁边,天冷的时候它还会睡到我的腿上来。它一动不动地待着,任由我变形的双手在它柔软的皮毛上来回抚弄……

　　或许,我是可以看见一些更远的东西的,但那又怎么样呢?那些与我何干?

　　我输了，我终究还是输给了一个强大的叫作"类风湿"的病魔，七年的持久战换来的是终生要以轮椅代步的结局。坐上轮椅之后，我整天一副傻傻呆呆的样子，对任何事都提不起兴趣。我分不清我是清醒还是迷糊的，我同样搞不清楚我怎么就坐上了轮椅？我这副德性还活着干什么？后半辈子都要坐轮椅了，这样的日子我要怎么熬下去……恍惚间我总是没完没了地想这些。天塌了也好，地陷了也好，要是真有那么一天，我只希望能早点儿到来。

　　父母在家的时候，我装得若无其事，他们不会从我脸上看到一滴眼泪。除了——我始终一言不发，以为这样便能将内心的痛苦很好地隐藏。我总侧着头假装睡觉，其实我已经数不清楚有多少个日夜无法合眼了。

　　半夜里，等家人都睡熟了，我就一个人悄悄地转着轮椅到阳台上，也不开灯。借着窗外照进来的月光，用自己仅有的一点力气，以每次0.5厘米的距离小心翼翼地推门出去。阳台的纱门很死，用力推开声音会特别大，如果不拼命把门朝上举着一点点推开的话，就一定会把他们吵醒。

　　我每个晚上都去阳台，也不为什么特别的理由，就一个人愣愣地坐在那里，愣愣地望着远处星星点点的灯火默默地掉眼泪。我不出半点声音，把自己隐藏在夜色之中，如同空气里的一粒微尘，连自己都感觉不到自己是存在的。那几个月，我的眼泪早就不听我的话了，无论我想不想哭，它就是会不受控制地从眼角涌出来。

　　直到连最后一星灯火也熄灭，我完全看不到一点儿光亮；直到身体已经疲惫不堪，又开始隐隐作痛；直到深秋夜里的寒气好像渗入骨子里一般的时候，我才转着轮椅、拖着僵硬的身体默默回到自己的房间去,躺下后继续半梦半醒,继续辗转反侧,继续任眼泪不受控制地流。

14 岁,花一样的生命便每天这样在轮椅上消磨。轮椅上的我俨然是一具僵尸,面无血色。连自己在做什么,在想什么都不知道,就那么一天一天地挨日子,到老,到死……呵……挨吧……

死是每天都在想的事,我不知道自己还要这样下去多久,也许唯有死才是最好的解脱。就在我与我的脆弱作着殊死搏斗的时候,这一切早已被心细如丝的母亲看在了眼里。知女莫如母,不管我有什么心思,又怎么逃得过母亲的眼睛呢?

于是有天晚上,她在帮我泡完脚,并且忙完所有的家务之后,轻轻地走进我的房间。我把头深深地埋进枕头里,假装睡着,以为她只是像平时那样进来看看,然后很快就会出去。

可这一次母亲没有急着走,她在房间里待了一会儿,然后坐到我的床边来,突然郑重其事地对我说:"你别怕,你的病能治好的。现在医学这么发达,连癌症都能治了,你的病也一定有希望的。只要不放弃,这次没有效果,下次再用别的办法,慢慢来,一定能治得好的!"

妈妈知道我没有睡,她同样知道我心里有了一些令她担心的念头。

"慢慢来",印象中这句话母亲对我说过很多次。以前每次治病,我火急火燎,希望能立马见效时,母亲总安抚我说:"生病不是一天两天的事,也不可能一下子就治好的,慢慢来,总会有效果的";有时候行动不便,我连很简单的事情都做不好,或因为疼得走不动路而烦躁不堪的时候,母亲总是劝我说:"慢慢来、慢慢走";以前偶尔成绩不理想,恨自己不争气的时候,母亲总安慰我说："慢慢来，你能赶得上的！"

以前，母亲的话总是对我很有用，可现在无论母亲说什么，我都很难再找到平衡。于是，本来假装睡着的我突然猛地扭头瞪着母亲，几乎是用咆哮的语气反驳道："慢慢来？还要怎么慢？已经这么多年了，我什么苦都受了还是没有治好！要是治得好，早就治好了，我知道我这辈子都要坐轮椅了，这辈子都是个废人了！"

"不会的，能治好的！一定能治好的！能治好的！……"母亲一直重复着"能治好的"，急得眼泪不停地流下来，我的眼泪顷刻间同她一起决堤……那么久以来，我第一次放声大哭，毫不掩饰地将内心压抑许久的痛苦发泄出来。

我想母亲和我一样，今晚注定是个不眠之夜。

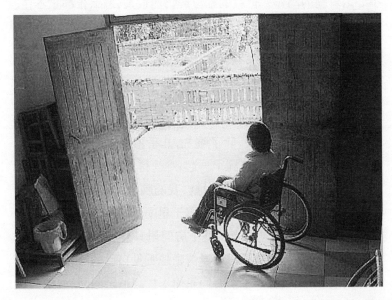

2007 年冬，在门口孤独地眺望

# 睡吧，别想了

当我汹涌的哭声终于缓下来的时候，母亲以为我哭累了，要睡了，便帮我关了房里的灯，轻手轻脚地出去了。

母亲走后，我便锁起房门一个人歇斯底里地大哭起来，卸下所有的坚强，所有的伪装。任由痛苦肆虐，眼泪汹涌地喷薄出来。

我拿左手背捂着嘴哭，因为双手变形已经不允许我完成用手心捂着嘴的动作。但我的抽泣声仍然很大，怎么止都止不住。爸妈就在隔壁房间，他们会听到的。我不安地抓起枕头蒙在自己的脸上，这是我哭的时候一贯使用的方法。这样子哭一会儿便觉得心脏像要炸开了一样。

这样会不会得心脏病？如果是就好了，那样我就能死得快一点了。

我躲在枕头底下哭，除了喘气，几乎不发出一丁点儿声音。嘴唇痛苦地咧着，眉毛挤到了一起，难受得快要喘不过气来。

在我差点把自己闷死的时候，我的脑袋才一点点从枕头底下钻出来。我半睁半闭着眼睛，屋子里很黑，我只看得见镜子反射窗户的一片白晃晃的光。整个房间里只有我一个人，我像躺在太平间里一样，四周静得可以清晰地听见自己的呼吸。

我治不好了，这辈子都要坐轮椅了！忽然之间，脑海中出现了一句用来提醒我自己的话。好不容易平复一点的情绪又猛然间掀起一阵巨浪。我的喉咙里像是要喊出一些什么字，但是发不出声音，却让我感觉到一阵猛烈的心痛。

眼泪瞬间湿透了我枕着的位置，湿湿的感觉使脸很冰凉。

这孩子早晚要瘫的，我真像那个人说的一样了！又一记闷棍猛击我的心脏。我猛地把身体侧向另外一边，想逃避，想不要再想。

我的头已经不在枕头上了，事实上，我也不知道自己这会儿躺在了床的哪里。我只感觉到我的头碰到床沿了，木板很硬。我索性用力地撞了几下，又疼又有点晕，但我很喜欢这种眩晕的感觉，就像做梦一样，一切都是虚幻的，所有的痛苦其实都不存在。

睡吧！也许一觉醒来，一切都已经改变了！在又泪湿了一大片床单之后，我开始催眠自己。每当痛苦到自己无法承受的时候，我就逼自己睡觉，睡得忘记时间，忘记白天黑夜，睡着了就什么烦恼也没有了。

不知道是夜里几点钟，也许已是凌晨，一阵剧烈的疼痛袭来。我一动便全身都疼起来。我恍恍惚惚地去搞清楚到底是哪里疼了，然后摸索着去按按、捏捏，再换个姿势躺下。

我的手似乎没有什么力气，别人稍微弄一下我的关节我就疼得要死，可我自己死命地按都没有什么感觉。我就改用拳头捶，我的手上关节骨翘得老高，攥起来像把小钉锤，身上也是皮包骨，有时候不小心捶错地方，骨头碰骨头，疼得嗷嗷直叫。

每一次疼痛来袭，便会牵动我全身的神经，我的睡梦便必须终止。醒着便立马想起所有的痛苦，所有残酷的现实。我的意识比我的身体要快，眼睛还未睁开，思绪便已经在痛苦的沼泽里游了一遭。

假如我没去治病,也许现在还能够走路,还能够坐在教室里上课……人在绝望的时候总是很喜欢想"假如",但我并没有失去理智,我很清醒地告诉自己:没有假如,一切都是注定的!

我再也不能考清华大学了!以后也没有人会喜欢我,这辈子我只能悲惨地过,能陪我走到坟墓里的只有轮椅了……人的思想总是很奇怪,越是不愿意想起的事情,越是容易反复提醒自己。这辈子我注定会缺少很多东西——没有健康,没有自信,没有未来,没有幸福,什么都没有!就像最终变成泡沫消失掉的小美人鱼一样。

我只能一辈子孤独终老,度此残生……想这些的时候,我感觉到我的心被一次又一次地撕扯、切割着,在不住地淌血。

我于是再一次催眠自己:睡吧!别想了!然后在下一次疼痛发作时再一次沦陷,再一次挣扎,又再一次催眠自己……

# 你打算这辈子就这样吗

不知道几点了，我只觉得窗户口很亮。我猛然间从睡梦中惊醒，仿佛隐约中听见一个响亮的声音。我倏地睁开眼睛，竖起耳朵去确定自己刚才听见的是个什么声音。可是，许久过去，我再没有听见任何动静。

是我听错了？大概是我在做梦吧！我像个神经病似的自言自语。整个房间门窗紧闭，连呼吸都仿佛有了回声。

不早了吧？该起来了！我兀自想着。房间里没有钟表，我不知道时间，我只知道我不想太早起来，因为到中午很难熬。也不喜欢太早睡觉，因为在这一个人的房间里，夜会显得无比漫长。

我用胳膊撑着床，头慢慢抬起来。才爬到一半，我就看到自己弯着的拱得老高的膝盖，便没有力气地重新瘫倒在床上，两只眼睛直愣愣地盯着雪白的天花板。

在这个小空间里我仿佛与世隔绝。我好像很幸福，可以每天睡到自然醒，不知天地日月，不理世间冷暖。没有人催我起床，没有人叫我做事，我自己的生物钟也是乱得一塌糊涂。一天到晚不知道饿，不知道口渴，只知道疼，只知道心里很烦。

在我终于躺不住的时候，还是得下决心起床，因为身体无论保持什么样的姿势都开始觉得浑身不舒服了。我便再一次支撑着身体爬起来，不去看自己变形的、刺眼的膝盖，直接再用把力

让双腿从床边滑落下去,然后整个身体立起来在床沿上坐稳。

我只能这样起床,我没办法平坐在床上,然后下床,我的膝关节和髋关节都不允许我这么做。

说是起床,也只是表示我起来过,起床后我根本无事可干,大多数时候也还是躺着的,但是没睡,清醒地压遍床上的每一个角落。即使我爬到轮椅上,能够去的地方也只有客厅和阳台。

每天吃饭的时候,才总算是一天当中我的生活终于有点变化的时候,因此就算不饿,我也每天盼着开饭。吃饭对于我来说,也只是一种打发时间的方式而已。

不知道什么时候,客厅的电视响了,各种各样的声音之后最终定格在一片哒哒哒的枪战声中——我知道那是父亲。突然心里一动,我好像已经太久太久没有和父亲一起看过电视了。

于是我利索地爬到轮椅上,刚要伸手去扭动门锁,突然想到:父亲见到我会不会……经过几秒钟的犹豫,我最终还是坚决地打开门出去了。我小心翼翼地来到客厅里,把轮椅靠在茶几的旁边,离父亲很近,又不会挡到他看电视。

我不知道父亲是不是在看着我,我不敢去看他。

我说不出是有什么地方不同了,总之和父亲一起看电视的感觉和以前不太一样了,我觉得很不自在。心里总有着某种说不出的不安,使我对电视根本心不在焉。我感觉父亲也心不在焉,我和他的心思都不在电视上。

许久,我们都没有说一句话,空气变得紧张和压抑起来。

最终,父亲应验了我心里的顾虑。他突然对我说了句:"你打算这辈子就这样了吗?"语气十分凝重。

"爸爸刚才说了什么?""你听见了,而且听得一清二楚!"这种奇怪的对话在我心里展开。

　　我无法回答父亲的问话。

　　我只能假装自己什么都没有听到，假装父亲刚才什么话也没说。我随手抓起茶几上的一本书，乱七八糟地翻着，想掩饰点什么。

　　可是毫无作用，我只剩下一个选择——逃离。我闷不作声地转着轮椅回到自己的房间，锁上房门。躲在门后，我可以暂时不去面对父亲。

　　我的眼泪很不争气地流下来，一滴接着一滴落在我的两条腿上，很快便从麻质的裤腿上渗了进去。

　　我能怎么做呢？我能有什么办法？连老天都不帮我，我可以怎么样呢？难道我想这样的吗？我想这样的吗？……我一直坐在门后没有离开。即使觉得浑身瘫软也不敢去躺着，躺下我会彻底沦陷，这一刻所有的坚强都会不战而败，土崩瓦解。

　　我努力仰着头，制止着不让自己哭，可眼泪就像一颗颗小水豆从我的眼睛里接连不断地蹦出来。

　　我知道父亲是在心疼我，看到自己的宝贝女儿坐了轮椅，他怎么会不心疼，怎么会不心痛呢？他只是不知道可以怎么帮我，怎么拯救我——我知道他的心思，我都知道。可是连我自己都不知道我能怎么办，我的命运已经不由我自己做主了。

# 姐姐，你还有我

经过一夜的辗转反侧，早上，我拖着疲惫不堪的身体无力地起身。天已经大亮了，隔着窗帘都能感觉到外面的天气很好。

我弓着背坐在床沿上，无所适从。昨晚哭过，脸上的泪水干了，这会儿眼睛发紧得很。不记得这是瘫痪以后第几个失眠的夜晚了。

不知道是不是注定的，昨夜里，我从疼痛中醒来，无意当中听到父母的谈话——是关于我的。我屏住呼吸，仔细听着他们所说的每一个字。当妈妈喃喃地说完一句："这孩子以后怎么办呢"，爸妈同时沉默了起来，然后，我清楚地听见他们长长的叹息声……

到这里，我不愿意再听下去，翻身把头扭向另外一边，用力地闭上眼睛，想让自己继续之前的睡梦，当作什么也没听见，什么都不愿去想。这是我惯用的方法，强迫自己睡着，以为睡着了就什么都不用理会了。可是没有用，我趴在枕头上，泪水却像决堤的洪水一样从我紧闭的双眼中喷涌而出。

我以后该怎么办？该怎么办？这样的问题已经折磨了我好几个月，我天天想，夜夜想，也不可能找到答案。我又想起父亲问我的那句："你打算这辈子就这样了吗？"委屈的泪水又一次不受控制地掉落下来。

昨晚哭过的枕巾还是湿的，可我又能怎么样呢？轮椅锁住了我的一切，锁住了我的后半辈子，我还能怎么样呢？

当我所有的委屈几乎又一次泛滥的时候，我忽然留意到一旁的小丫头。她正对着镜子一下一下梳理自己的小辫子。妈妈要照顾我，无暇顾及她，她从小就得自己做这些事。因为有我这样一个姐姐的存在，使她从小就没有在父母怀里撒娇的权利。看着她因为绑不好辫子而一次一次重复的样子，我的内心突然有一股很深很深的内疚感。

我很想帮她，可以帮妹妹扎辫子是我从小就认为的幸福。可是看看自己的双手，奇形怪状，我连自己的头发都摸不到了，又怎么帮她呢？我自卑地把手缩了回去，握成拳头，杵在床沿上支撑起自己的身体。我的双手只有在握成拳头的时候才能看起来稍微正常一点。

我无力地叹了口气，转过头不去看妹妹，而是木然地看着对面的白墙。我突然不经大脑地说了句："我这个样子，要是以后爸妈老了，或者不在了，我该怎么办呢？"

说出口之后，我立刻就后悔了。这个房间里只有我和妹妹，这样的问题对于一个刚满 7 岁，刚上小学一年级的小孩子来说，她能明白什么呢？她又能给我什么答案呢？一个坐轮椅的人的后半辈子，在她这样一个不谙世事的小女孩心里能有多少概念呢？

"还有我呢！"如此干脆、果断的四个字从妹妹口中毫不犹豫地说出来。她十分镇定，甚至都没有回头看我一眼就脱口而出，我的这个突兀的问题在她那儿显得那么理所当然。

我呆在那里，有些不敢相信自己的耳朵。这是我身边这个 7 岁的小女孩能想到、能说出来的话吗？于是我故意反问一句："要真到了那个时候，你还会理我吗？"

"当然啦,你是我姐姐呀!"又是如此干脆,如此果断的回答。

她竟然不假思索,我哭得一塌糊涂,这一次是因为深深的感动,也是深深的内疚。我并不是一个能给她带来幸福,能令她感到骄傲的好姐姐……

说完这句话,妹妹继续对着镜子不紧不慢地梳着自己的长头发,仿佛刚才的一切发生得如此自然,仿佛那些答案早已经在她心里,成为理所当然。

可是我突然想起一些事情。前些天刚在电视上看到一个瘫痪的女孩子讲——因为自己的残疾而使弟弟连女朋友都交不到的事实。家里有这样一个瘫痪的姐姐,令所有女孩子都打了退堂鼓。

我是多害怕、多不希望这样的事情也发生在我和妹妹身上。我不愿意自己会影响到她的人生、她的幸福。如果是这样,我情愿自己从来没有来到过这个世界,她就可以做一个无忧无虑、一辈子幸福的女孩。

想到这些,我的双眼已经噙满泪水,我怎么忍心在一个 7 岁小女孩的身上压下那么沉重的负担,我怎么可以自私地把自己的人生强加在她的身上。看着她娇小的身影,我心里颤抖着说:"这辈子,有你这句话就够了,但是,姐怎么可以成为你的负担呢,我死都不愿意。"

# 一本书拯救了我

我们家离学校很近。每天的同一时间，附近学校里的广播操都会准时响起，那几乎已经成为了我的生物钟。

被广播声吵醒，我懒懒地睁开眼朝学校的方向看，看见的是自己小屋里的白墙和窗帘。于是又懒懒地闭上眼睛，重新提醒自己一次：这些事再与我无关了！

然后本能地把头往被子和枕头里缩，可是，那广播的声音却有如此的穿透力，我无从逃开，无从躲避。于是不耐烦地猛然掀开被子，我也不躲了，干脆就听着！听着、听着，心竟然不由自主地跟随着广播操的节奏跳动起来。一如从前在学校里趴在窗台上看同学们做操时候的情景。

我的心又一次被深深地刺痛。

我再也无法安然入睡了，索性起身，傻呆呆地坐在床沿边，双脚踩在拖鞋上，没有穿进去。我觉得没什么力气，没什么精神，整个人软趴趴的，就势又倒了下去。

但我总得找点什么事来打发时间。转头看向自己的左边，床边的凳子上有一杯水，再看看右边，妈妈的嫁妆——一张老旧的书桌上也空空如也。我仰起头，床对面的玻璃柜子里倒是有不少书。

曾不止一次地想过用看书来打发时间，但是不敢。一打开书本会连带打开太多我正在努力遗忘的记忆，我怕自己会崩溃。

挣扎了好一会儿，我还是不由自主地爬向床的另一边。我知道有些事情我不可能逃避一辈子。

我第一眼就看见自己还没上完的中学语文课本，下意识地把视线挪开，目光被一本《老人与海》吸引了过去。我毫不犹豫地抽出这本书，抱着往回爬。

我没办法半躺半坐着看书，只能完全躺下去，拿左手举着书看。

"一个老人，独自摇着小船在墨西哥湾的暖流里打渔。"我的心跟随着文字一点一点平静下来。"已经八十四天了，他什么也没打到，连一条小鱼也没钓着。"我的视线开始漫无目的地在书本上滑动，内心平静如水。一向多愁善感的我总是很容易被文字牵动心情，心想：不管怎么倒霉也比我强吧？至少还能继续出海打鱼，不像我是个彻彻底底一无所有的人。好像瘫痪之后就总觉得这个世界上不会再有比自己更惨、更可怜的人了。

说来也奇怪，不知道为什么我一看书便停不下来，一翻开书本，那种奇妙的、在上学的时候才有的感觉就又回来了！我完全沉溺进去。可是看了没多大一会儿，我的手举酸了，开始在空中摇摇晃晃，必须放下来休息。我于是侧着身子，把书本立起来放在床上，拿左手扶着看。

"老人说，'他不了解我，可咱们应当有信心，对不对？'"看到这里的时候，我怔住了，老爷爷的这句话仿佛是在问我，"咱们应当有信心，对不对？""对！"我竟然在心里大声应和着。

"'可您要是捉到一条老大的鱼，还够力气逮住它么？''我想我一定能行。'"老爷爷的回答多么熟悉。以前的我也经常跟自己讲同样的话，从来不相信自己做不到，做不好，无论多难，无论多大的挑战，都对自己充满信心。想起小学的时候，看到老师讲台上那朵超级大的红花，我便暗暗地在心里说："它是我的！"嘴角不自觉地流露出一丝笑容，自信中简直带着几分狂妄。最终，我还是以第一名的成绩赢得了它。

可是现在呢？这个我还活着吗？她恐怕早已消失得无影无踪。只剩下那个终日以泪洗面，软弱、没用的人！

躺着看书眼睛累了，我决定起身坐在床沿上，把书本摊开放在腿上看。此刻，映入眼帘的一句话将我的目光锁住——"'人可不是生来就要给打垮的，'他说，'你尽可以消灭一个人，可就是打不垮他'"。我的心澎湃起来。老人独自在茫茫大海上漂流，那种孤独和无助像极了此刻的我。我所承受的疾病、疼痛和内心的煎熬就像老人遇见的鲨鱼一样。可是从头到尾，老人都不曾泄气，他每时每刻都充满信心和勇气。没有了鱼叉，还有刀，还有船桨，还有舵把子和短木棒，只要还有一口气，他都要和鲨鱼战斗到最后。

我的眼里溢出激动的泪花，"一个人并不是生来就要给打败的，一个人可以被毁灭，但不能给打败！"我微微仰着头想：瘫痪了其实并不代表一无所有的，没有了能正常行走的双腿，我还有双手，还有一个一刻也不愿停下来的头脑和一颗永远不甘放弃的心。原来我还拥有这么多宝贵的东西，我还怕什么呢？不能站立和行走了，还可以坐着，哪天不可以坐了，还可以用爬的，无论如何，总有活下去的办法。我要做一只扑火的飞蛾，只要我的生命一天没有被彻底毁灭，我都要一次又一次努力，一遍又一遍朝着目标奋斗！我不相信我这辈子就这么完了！即便是最后像老人那样只得到空空的骨架，至少——我对得起自己！

我重新躺倒在床上，书本摊开着背面朝上贴在胸前。我出神地看着窗外昏黄的夕阳，思绪不知不觉回到从前，脑海中不由得出现一个梳着两个羊角辫、喜欢幻想未来的小女孩……

# 第二章

## 痛苦中寻找幸福

# 我患上了类风湿？

　　那个小女孩便是我。我出生在一个飘满雪花的冬天，刚生下来的我便像极了父亲。我两岁的时候已经能唱出一首完整的儿歌，4岁已经会写所有亲戚、长辈的名字。从小，父母就对我寄予厚望，却不知道我是这个家灾难的开始。

　　从记事以来，我好像总在生病，总在和病魔对抗。三天两头感冒、发烧，我的身体也在这样日复一日的对抗中日益消瘦，日益虚弱。我不怕生病，唯一担心的是疾病会使我无法上学，那是比生病更可怕的事。为了不耽误学习，我坚持要在放学之后才去医院治病。于是我每天的生活都是固定的三点一线——学校、医院、家。

　　那个傍晚，像往常一样，我还穿着校服，一放学便跟着妈妈往医院跑。我无力地躺在病床上，凝神注视着点滴瓶，同时努力制止着一阵又一阵的咳嗽。

　　"妈妈，我会不会死？"在一阵猛烈的咳嗽之后，我好不容易才缓过一口气来，惊恐万状地问妈妈。我觉得我总有一天会这样咳死的。我并不知道死意味着什么，但我知道如果我死了就不可以再上学了。

　　"怎么会死呢？打完针、吃完药就会好了！"母亲在一旁陪着我输液，时不时帮我整理一下被子，并在我咳得太厉害的时候喂给我一口热水喝。

我的喉咙口一直痒痒的,连呼吸都伴着呼呼声。我乖乖缩在雪白的被子里不敢乱动,生怕一不小心又会引起一阵猛烈的咳嗽。

一咳起来就会止不住的。我知道,我怕极了那样的感觉,咳到呕吐,连苦胆都要咳出来的感觉。一咳起来,想喘口气都难。

我已经上小学一年级了,也患上那可恶的支气管哮喘一年多了。生病以来,我的生活中便一直充斥着两种味道,一是书本的油墨味,那是我喜欢的味道,一闻就停不下来,一闻就可以忘记所有的病痛。二是医院里的药水味,那是令我感到恐惧,却好像永远也逃不开的味道。

我不知道我为什么会生病,也从不怨恨什么,只是在每次咳得快要断气的时候,我都会忍不住傻乎乎地想:老天啊!让我得什么病我都愿意,别再让我得哮喘了!

没有想到老天爷的耳朵这么灵,我只在心里那么一想的事居然这么快就应验了。

不久之后的一天早上,妈妈正站在门口看着我去上学,刚走出家门没几步的我,突然感觉右脚踝关节无端地疼起来,走路也有些不听使唤了。我只当是什么时候扭到了自己不知道,又怕身后的母亲无端为我担心,于是装作没事人一样直起腰板大步朝前走去。

我以为过两天就会好了,可接下来的几天,关节却越来越疼,我越来越忍受不住。被父母发现之后,他们火急火燎地带着我去医院做检查,好几家权威医院的诊断书上都写着:类风湿。

从那时候我才知道这个世界上还有这样一种病,但我一直以为它和普通的小感冒没有什么差别,或许都不用吃药它就能自己好。

　　我一点儿也不担心自己生病的事情，或者说，我还根本不懂得担心。但几乎每一个医生都说了同样的话："抓紧治疗吧，晚了可就不好治了！"父母整天愁眉紧锁，可我却把这句话朝另一个方向去理解了——如果早治，应该很容易就能治好的吧！

# 别给我扎针了，行吗？

但如果那么顺利就似乎不像我的人生了。3 岁之前，我健康无比，看相的人说我将来会很有出息，却会花父母不少钱，直到我生病之后，母亲才彻底明白这句话里的玄机。对于类风湿这种病，我们一无所知，没有人告诉我们应该怎么治，找谁治？我们只能像没头苍蝇似的病急乱投医。一听说针灸治类风湿有效，我们就赶紧去尝试。

7 岁那年的夏天，我不记得是疗程开始的第几天了。妈妈照例在放学之后带我去中医院做理疗。

我和妈妈坐在人力三轮车上，车夫正大汗淋漓地蹬着三轮车，车轮飞快地旋转着。我一路上都在哀求母亲，"别给我扎针了好吗？输液、吃药都行，多苦的药我都吃，别给我扎针了行吗？"

母亲一开始还耐心地给我讲道理，说："不扎针病就不会好，等病治好了就再也不用扎针了。"可我根本听不进去，以往扎银针的痛苦经历如在眼前，光是想想全身的皮肤就已经开始发紧、发痛，我再也不想受那种苦了！我不死心地继续苦苦哀求。

母亲见跟我说不通，就先哄着我说："到医院妈妈就跟医生说，不给你扎针了啊！"我信以为真，高兴得不得了。

三轮车在医院门口停下，母亲伸出双手接住我，我借助母亲的力量欢快地跳下车。双脚接触到地面的时候，我的右脚脚踝突然涌来一阵强烈的疼痛。但这点疼对我来说不算什么，我也

没有在意。我一瘸一拐地往医院大门走，但走得很快，可以不用扎针，我也很乐意去那个地方了。

我被母亲半扶半搂着上了二楼，那间熟悉的诊疗室里，两排整齐的病床排列在两边，中间留出宽敞的走道。看见其他病人的背上、腿上吸满了比我拳头还要大的火罐，和那被火罐拔起，像一个个小馒头一样的皮肤，我的心便揪到了一起。

我自觉地在属于自己的那张病床上躺好，等着医生的到来。

给我扎银针和拔火罐的医生对我很好，还开玩笑说让我给她做干女儿呢！但是由于我害怕扎针，所以潜意识里，我把他当作一个坏人。可是今天，医生的样子怎么看起来柔和多了呢！

还没来得及朝他微笑，便看见他从柜子里取出细细长长的银针，然后慢慢向我走来。熟悉的药水味越逼越近，一种对扎银针的恐惧感也瞬间袭涌而来。

我心里咯噔一下：不是说不扎针了吗？怎么他还朝这边走。是要给隔壁床的病人扎针吗？不对，他拿的明明是小号的银针，而且从进门到现在，我并没有听到母亲跟医生说不给我扎针的事。

她骗我！我真是太天真了，不扎银针上理疗科做什么？

医生已经带着笑容走过来了，来不及多想，我以最快的速度翻身跳下床，连鞋带都来不及系，踩上鞋子就往外跑。说来也奇怪，来的时候还隐隐作痛的脚，这会儿却一点儿也感觉不到疼了。

我只顾拼命往外跑，但我毕竟跑不快，在离逃出医院大楼只有几步之遥的时候，母亲从后面追了上来，在众目睽睽之下将我抓住，用胳膊肘夹着把我"拖"回病房。而我，丝毫没有反抗的能力，有那么一秒钟，我甚至有一种上刑场的感觉。

我被医生、护士，还有我的母亲合力按住手脚，动弹不得。酒精棉接触到我的皮肤，冰凉冰凉的，我的心揪到了一起。比我的手指头还长出许多的银针被一根根刺进我的穴道，疼得我拼命哭，拼命喊，拼命叫。

病房里所有人的目光都聚集到我身上。

我绝望地闭上眼睛，忍受那一下下直钻心窝的疼痛，只希望这一场炼狱可以快点结束。我恨母亲，恨她竟然狠心看着我受这样的苦。我哭喊着骂她是骗子，骂她不是人，我骂得很大声，恨不得全世界都听见。

可我不经意间看到，母亲眼角的泪水一直都没有停过。

从医院里出来，我脸上的泪痕还没有干，太阳穴两边的头发还是湿的。离医院不远的地方有个卖冰淇淋的。那时候我的支气管哮喘还没有完全好，母亲从来都不许我吃冰淇淋、冰棍儿这些冰的东西。

可是那天，也许是为了弥补什么，母亲竟然主动给我买了个冰淇淋。圆锥形的蛋筒，随着机器一阵响动，冰淇淋打着圈儿在手里围成了一个尖儿。

手里握着冰淇淋的那一刻，我觉得自己是全世界最幸福的人！

# 爸爸挤在人群中为我挂号

接下来的日子，每天去医院里扎银针、拔火罐、电疗、电烤，我也已经习惯了忍受所有的疼痛。连续在医院做了几个疗程的理疗之后，病痛虽然有所缓解，但我们都知道，病依然在身上，仅仅依靠理疗是无法根治的。想要彻底治愈，我们必须寻找新的治疗方法。

这时候，从乡亲口中传来一个消息，听说住在我们附近的一位阿姨，她的女儿以前和我有一样的病，在一家类风湿专科医院里治好了。得知了这一消息，爸妈一刻也不敢耽误，打着手电筒连夜找到这位阿姨家去打听。阿姨很热心地告诉了我们医院的地址。

仿佛抓住了救命稻草一般，我们说什么也要试一试。不敢多耽误，爸妈很快带着我搭上了去医院的长途汽车。

凌晨出发，我们走了大半天的时间才到。医院比我想象中要大。父亲背着我往里走的时候，我看到许许多多和我患同一种病的人。有个年纪看起来比我大几岁的姐姐被她的母亲背着朝这边走来。女儿已经很高了，母亲背着她明显很吃力，看起来她的女儿更像是"挂"在母亲的背上。女孩穿着裙子，我注意到她的双腿弯曲得很不自然，膝关节肿得很大。母女俩脸上痛苦和无助的表情使我的心也一点一点痛起来。

父亲背着我从她们身边经过时，我突然觉得我和她的命运

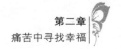

是那么相似。

越往里走,见到越来越多这样的病人。男男女女、老老少少,那一张张被病痛折磨得面无血色的脸,那弯着腰,佝着背,屈着腿,那每一步都显得无比艰难的步伐,那因为病情严重而变得奇形怪状的关节和四肢……我的心一直揪着,之前完全没有意识到的我开始感到一种莫名的恐惧和慌张。

难道以后的我也会变成这个样子吗?不会的!我不住地在心里重复着:不会的!我不会变成这样的!爸爸说过他会把我治好的……心里这样想着,手不自觉地搂紧爸爸的脖子。爸爸,我会治好的对吗?你一定会想办法把我治好的!

我不敢再看,也不敢再往下想,干脆闭上眼睛把头埋进父亲的背上。

父亲把我放下来的时候,我们已经进了医院大厅。我和妈妈等在那里,爸爸去帮我挂专家号。我运气还算不错,赶上了每天只坐诊两个小时的名誉院长—— 一位年近八旬的老人的坐诊时间。

这时,我不经意发现角落里有个小弟弟坐在那儿,约摸三四岁的样子,正一动不动地望着为他忙进忙出的父母,那单纯无邪的眼神让人动容。天哪,他那么小就……

我也开始在人群中搜寻父亲的身影。父亲的个头很高,加上一种特有的父女天性,我总能轻而易举地在人群中找到他。

在大队人流的尽头,我看见父亲正挤在长长的队伍里为我挂号,正因为每天只坐诊两个小时,所以这会儿在挂号窗口前排队的人特别多,前推后挤。我虽然看不见父亲的脸,但我可以想象出父亲脸上的焦急。

看着父亲消瘦的身影夹在人群中,我突然觉得鼻子很酸,一种强烈的内疚感占据了我整个心灵。

别挤！你们别挤我的爸爸！我的视线一直停留在父亲的背影上，眼角有些湿润，心里却觉得暖洋洋的。这一切都是为了我。我把这一次当作自己康复的机会，我想父亲更是。

爸爸回来了，我赶紧收起自己的情绪，安安静静地等着父亲过来牵我。父亲的脸上一直挂满了笑容，那笑容与以往不同，几乎有些激动。能让我感觉到一种力量，一种希望。

爸爸牵起我的手往右边走廊的方向走去。父亲平时干的都是粗重活儿，手劲练得很大，但对待我——她最疼爱的宝贝女儿的时候，总会显得无比细心。母亲在我的另一边，牵着我另一只手，我被幸福地包围在中间。

我的脚疼，走不快，爸爸妈妈就迁就我，也把自己的脚步放慢，陪着我一步一步走。他们的手心让我觉得很温暖，我在心里发着誓，治疗的过程无论多么痛苦，我都一定要坚持到底。

从医院回去的时候，父亲背起我，一只手还拎着重重的药包。趴在父亲的背上，我闻见一股熟悉的、淡淡的烟草香，那是父亲的味道，使我感到特别温暖、特别踏实。

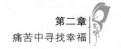

# 你为什么不去聋哑学校读书

　　医生开给我的药是放在筛子里端出来的,堆得像小山一样,把我们带去的行李袋胀得鼓鼓的。那是够吃一年的药。看着这些摇起来哗啦哗啦的药瓶和那满满一大壶黑漆漆的药酒,我的心便开始慢慢往下沉。

　　这些药一吃就是一年,可吃进去的药就像泥牛入海,我的身体并没有出现预料中渐渐好转的反应。父亲不信我治不好,东拼西凑了一点钱又带着我去了一趟那家医院,又给我扛回了一年的药。

　　这一年的药,我一边吃着,双手却渐渐疼痛起来,变形也在悄然发生着。大概是由于每天写字的缘故,右手腕关节的疼痛和变形速度明显比左手要重、要快。

　　为了能每天按时吃药,我把那些瓶瓶罐罐的药都放在书包里带着。就算我每天都要背着药罐子上学,就算我的脚步变得越来越迟缓,越来越沉重,越来越奇怪,就算在别人眼中,我走起路来像个"怪物",但只要一天还能待在学校里上课,我就会觉得开心和幸福。

　　操场上,同学们总是玩得很开心,他们的欢笑声总让我有种按捺不住的渴望。但我不能加入他们,我只能看,我只能一个人呆呆地趴在窗台上远远地看着他们玩,看着他们笑。

　　我也笑着,只是这笑容与他们不同。

　　我的身体，站久了会疼，走路多了会疼，写字时间长了也会疼。实在站不住了，我便用手拄着自己的膝盖和腿，慢慢走回教室去。

　　上体育课的时候，同学们都在尽情地玩耍，而我只可以安静地坐在花坛或者草坪上，身边那一丛丛生机勃勃的小草就是我最好的伙伴。

　　放学了，同学们都像快乐的小鸟般成群结伴地回家。我因为脚疼，走得慢，没有人愿意等我，所以上学、放学的路上我总是独来独往。

　　这也正好磨练了我从小独立、自主的性格。并且，我一直都相信，我的病总有一天会好的，我总有一天可以像其他人一样健健康康地活着。我以为我只是有点不方便，只要我一天还可以走路，可以上学，可以正常地生活，就和健康的孩子没什么不同。

　　直到那一天去上学，我好不容易爬上教学楼的台阶，正打算朝教室走。在我埋头走路的时候，感觉到我前面站着一个人，而且他并没有要让我过去的意思。我于是抬头看了他一眼，是个个头高出我许多的高年级男生。一张完全陌生的脸上带着几丝令人厌恶的狐疑。

　　我与他的目光对视的时候，他就那样毫不掩饰地像看"怪物"似的盯着我看。我觉得浑身不自在，本能地将目光回避。

　　他不知道已经在那儿研究我走路的姿势有多久了。我感到一丝害怕，心里突然有种不好的预感。

　　我正准备绕路走，他突然冒出一句话："你怎么不去聋哑学校读书？你应该去那边"。他的语气是那么的笃定，仿佛他自己说出了一句非常有道理的话。

　　不用看也知道他指的方向是位于我们学校隔壁的特殊学

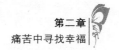

校。这句突如其来，没头没尾的话使我瞬间懵了，愣在那里不知应该如何回应。

等我稍微回过神来，感受到这句话的杀伤力时，赶紧夺路而逃，把他丢在身后，把当时的难堪和自己的狼狈通通丢到身后，不去理会。

我躲得了那个同学，可我躲得了自尊心的难受吗？

我们学校隔壁就是市特殊学校，在那里读书的都是聋哑人和轻微智障的孩子。这边是健全孩子的学校，常常可以听见嬉闹声和读书声，而那边，除了准时响起的铃声之外，却显得寂静多了。

原来，在他的眼中，我是和特殊学校的学生一样的残疾孩子，我应该待在属于残疾人的学校。

他的话是什么意思？是说我不配和健全孩子待在同一所学校里读书吗？我为什么不配？我有手有脚，能自己走路，能自己上学，我和他们一样，为什么我不配？

我是残疾人吗？不，我没有残疾，我只是生病了，走路不好看，但我会好的，我会好的！

# 用成绩找回尊严

我低着头，双手紧紧拽着书包带，一直"跑"到教室门口的窗台前。我的眼泪一直在眼眶里打转，我努力控制着不让它掉下来，憋得喉咙发干，发痛。

因为走得有些急，双脚开始隐隐作痛。我索性重重地捶打着自己的双腿，我恨极了这个样子的自己！我仰起头望着灰蒙蒙的天空，想让窗口的冷风使自己平静下来。

"你怎么不去聋哑学校读书？"这句话像魔咒般不停地在我脑海中回响，我的内心怎么也无法平静。

我是多辛苦才能和他们一样上学，难道生病了连想要上学的权利都没有吗？我为什么不能在"正常人"的学校里读书？我为什么不能和他们一样？生病是我的错吗？我做错了什么？别的孩子都那么健康，为什么我却要承受这么多的痛苦？

生病又怎么样？走不动又怎么样？我偏要在这里读书，不只要读，我还要比健康的孩子成绩更优秀。我认为学习是我找回自信和自尊的最好，也是唯一的方式。

这样想了以后，我觉得内心晴朗了许多，仿佛找到了动力和希望。

这时，预备铃声已经响起，我赶紧擦去眼角的泪花，收拾好自己的情绪，堂堂正正地走进教室。连我自己都说不出为什么，能够坐在教室里听老师讲课，就会觉得特别兴奋，感觉浑身充满

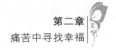

力量。

　　也许只有在学习的时候，我才和所有的同学一样健康，可以完全不去想自己的病；也只有在学习的时候，我才能感觉到自己的存在。

　　为了从小的梦想，也为了能用成绩来证明自己，获得别人对自己的尊重，我比以往更加刻苦，更加用功。课堂上的 45 分钟，我一秒钟都不敢浪费，我敢说，我比教室里的任何一个同学都更加认真听讲，唯恐遗漏老师讲的任何一句话。

　　课间的时候，同学们玩，我不玩，继续一丝不苟地学习。就连喝水的时候，眼睛都舍不得离开书和笔记本。我时刻记着，我到学校里是来干什么的。其他同学可以任性，可以放纵自己，我不可以，我没有资格。

　　在我完全投入到学习中的时候，我和外界是隔绝的，周围的同学们无论吃什么，聊什么，玩什么，都无法分散我的注意力。对我来说，无论环境再怎么嘈杂，都无法对我造成丝毫影响。在我埋头学习的时候，教室里安静得仿佛只剩我一个人。

　　白天在学校的 8 小时是满满的 8 小时，我几乎没有一刻休息。心中有一股力量让我一刻都停不下来。

　　只有我自己知道这一切是为了什么，当我的努力终于有了回报的时候，当我考到班里第一名的时候，当老师发给我她亲手做的大红花，眼神里满是赞许和期待的时候，当我成为同学们的榜样的时候——我激动得几乎要掉下泪来，只有我自己知道我付出了多少。

　　每次，当老师念出我的成绩和名次时，同学们的目光都一齐聚集到我身上，眼神里没有歧视，没有鄙夷，没有嘲笑。而像是在和刚刚认识的，和以前不一样的我友好地打招呼。

第一次不是因为自己的怪异和特殊而引起别人的注意,这种感觉让我几乎有点受宠若惊。脸上的笑容虽不敢太明显,太张扬,心中却有一份抑制不住的喜悦和成就感。

我终于可以做一个"正常"的学生,放学的时候,我不再像一只掉队的小鸟,总是孤身一人。有时候,会有同学在我的座位旁等我一起走。教学楼前面的台阶,同学们三两步,轻而易举地就走完了。那短短的几步台阶,我却要花上很久。

我只能小心翼翼地迈下去一条腿,站稳了,再小心翼翼地迈下另一条腿。我以为同学们一定会等得很不耐烦而丢下我先走。他们却一直耐心地等在那里,甚至下完台阶又走回来,陪着我一步一步下。

看着我终于走完那几步台阶的时候,同学们和我一样,脸上的表情瞬间舒展和轻松起来。我笑了,他们的表情告诉我,他们都在为我使劲。他们配合着我的步调,尽管走得很慢,一路上却有说有笑。

在学校里,不再有人在身后学我走路的样子,也没有人再嘲笑我是"瘸子脚"。也许是我自己的心态彻底不同了,我不再在意别人的看法,而是牢牢记着自己应该做的事。只有当我不断进步,不断取得优异成绩的时候,我才觉得自己活得充实和有意义。

# 全校面前，我让妈妈骄傲

不久之后，我们就迎来了期中考试，我的成绩还算理想，学校将我评为本学期的"示范生"。

学校召开期中总结会和家长会的那天，全校师生按班级次序一字排开，整齐地坐在操场上。校领导坐在高高的主席台上，一排整齐的课桌，铺上平整的大红桌布，显得十分庄严。屹立在半空中的五星红旗正迎风飘舞着。

我坐在人群之中，眼睛一直急切地四处搜寻。

其他同学的家长都来了，妈妈怎么还不来呢？虽然心里明明知道，这个日子她一定会来，可我是多么急于想让她知道，我考得很好。

家长会开始了，同学们坐在前排，家长们坐在学生后方的空地上。我一直不安分地时不时回头看看，妈妈怎么还没有来。记不清是第几次扭头向后望的时候，终于看见了那个熟悉的身影安静地坐在人群中。我这才心满意足地笑了。

主席台上传来主持人响亮的声音，被念到名字的同学上台领取奖状。我屏住呼吸，清楚地听见主持人叫我的名字。我缓缓站起身，回头看了一眼我的母亲，她淡淡地笑着，与她的眼神对视的时候，我有那么一丝兴奋。

母亲正在身后看着我呢！

我从容地穿过人群走向主席台，尽管我尽量把脚步加快，尽

量忍着疼痛"像正常人一样"走路，但主席台前的那几步台阶，我似乎还是走了很久。

为了不想让大家"注意"我太久，到了主席台上，我迈着大步走到领奖台前，定定神，伸出双手接过校长亲手颁发给我的"示范生"奖状和奖品。我压抑住激动的心情，恭恭敬敬地向校长敬了少先队礼。

转身的时候，我习惯性地去寻找那双充满期待的眼睛。走回操场时，我的脚步变得很慢，我一直注视着人群之中的母亲，母亲也一直远远地看着我。那目光里包含着只有我们才能相互读懂的语言。

我的脸上没有笑容，反而泪水已经开始蠢蠢欲动。

我很想挥舞着手里的奖状大声地告诉她，我没有让她失望，我没有让她和爸爸的辛苦白费，我没有给他们丢脸！我很想！但这一切都只是发生在我的臆想中，我不可能真的做到。

期中总结会结束之后，家长们都要去各自孩子所在的班级里，操场上人群开始混乱起来。我手里捧着奖状，安静地坐在那里不动。我知道有个人会来找我。

果然，母亲很快就来到了我身边，我站起来收拾好自己的东西。母亲默默地一只手搬着她带来的小板凳，另一只手帮我搬着凳子。

我们母女俩并排走在操场的煤渣路上，走在大队人流的后面。虽然一路上，我们一句话都没说，但我们都可以感受得到，彼此心里的温暖是一样的。

回到教室里，母亲就坐在我的身边。这样的感觉真好，因为有她在，才使我取得的成绩变得有意义，我要让母亲为我感到光荣，我要成为她心目中的骄傲！

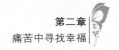

　　按以往的每次考试成绩,前三名的同学老师都会在今天发大红花。我的名字被老师频繁地念着,我也就频繁地在讲台和座位之间来回。我从来没有这么心甘情愿地"跑腿"过。

　　不一会儿,我的课桌上已经摆满了大红花。老师的表扬声,周围同学和家长的赞叹声,我都丝毫不在意。对于我而言,母亲的笑容和肯定是比任何奖励都要重要、都要珍贵的。每次老师提到我名字的时候,我都会偷偷地去看一眼母亲脸上的表情。

　　她会为我高兴吗? 每每这样一想,心里都会觉得无比激动。

　　母亲的脸上始终保持着淡淡的笑容,显得十分平静。这就是母亲对我的无言的爱与支持,她的爱从来不会表达出来,她甚至从来都没给过我任何的赞许,但我能看得出,此刻她的眼神中有一种东西在跳跃。

　　放学的时候,母亲帮我拿着那些大红花,她把它们聚拢到一起,像一个好看的花球。我挽着母亲的手臂,把头微微地靠在她的身上,母亲的体温让我感觉到幸福和满足。一切苦的也都变成了甜的。

# 第三章

## 母爱为我撑起一片天空

# 撞头考出来的 98 分

由于长时间写字的缘故,我右手的变形速度特别快,腕关节向内弯得很厉害,可以活动的幅度也越来越小。我握笔和写字的姿势也就难免有些奇怪,虽然我自己一点也没有察觉,但同学们都说,我写字是用笔戳的。就算是这样,我仍然要求自己写出的每一个字都要工整无比。

医院的药吃了两年,病情非但没有什么起色,反而日益加深的疼痛让我开始感觉到这种病并不像我想象中那么简单。渐渐地,我的膝盖也没能幸免,肿痛在逐渐加深,走路也变得越来越吃力。

实在疼得难以忍受的时候,母亲只好又带着我去医院做理疗,能缓解一下疼痛也好。这时候,好心的医生告诉我一种药,说吃了可以止痛。

母亲担忧地问,"是不是激素药?"医生说只是普通的止痛药,母亲才放心地去帮我买。在那之前,我从来没有吃过任何止痛和激素类的药物,忍受疼痛早已成了我的一种修炼。

两块钱能有一百颗的白色小药丸,我每天都带在身上,实在疼得受不了了才吃一颗。吃过止痛药之后,身体的确轻松很多,走路和活动都变得利索起来。唯一让我不喜欢的是,一旦药效发作,人就困得不行,像吃了安眠药一样。不过一觉睡醒,身上的疼痛就都不见了,整个人都感觉轻松和精神起来。

我特别喜欢这样的感觉,身心舒畅。但逐渐加强的抗药性却让我越来越担心。从吃药到药效发作,时间间隔得越来越长。从十分钟到一小时、再到半天,甚至更久。

每次吃药前我都会算好时间,尽量把药效发作犯困的时间和上课的时间错开,但可怕的抗药性使我越来越无法控制药效发作的时间。那一次,药效发作的时间比我预计中晚了许多,本来应该是中午的午休时间,却延迟到了下午第一节课。

上课的前几分钟,我的头就开始晕晕乎乎起来。当数学老师拿着考试卷走进教室的时候,我的心开始悬了起来。

怎么办? 我待会儿怎么考试?

可千万不能在这时候睡着呀!

试卷发下来,我赶紧一目十行扫了一遍,万幸啊! 题目很简单,如果我做得快一点,应该能提前做完交卷。

这样想的时候,我已经提笔写起来了。连垫试卷的书都没拿,抓起试卷就全神贯注地扑了上去。为了节省时间,写这一题答案的时候,眼睛已经自觉地开始瞄看下一题的题目。

可无论我怎么抓紧时间,我所担心的事还是发生了。我一边做题,一边感到头越来越晕,越来越沉。越想专注却越无法集中精神。

睡意来袭的时候简直比洪水猛兽还要可怕。眼皮像灌了铅,一直向下耷拉,真恨不得用根竹签撑起来。

我用左手撑着额头,头却一次一次不争气地往下滑,我只好死死揪着自己的头发,右手继续不停地写字。

糟糕! 试卷上的字变成双影了,我看不清! 我用力摆摆头,让大脑感觉到晃动,再努力睁大眼睛看。不行! 还是双影!

怎么办? 怎么办? ……

　　睡什么睡？清醒啊！情急之下，我只好用手死命地拍打自己的后脑勺并在课桌上一下一下撞自己的额头，指望借助这样的方法来换取片刻的清醒。

　　每次的撞击和微微的痛感总算能够短暂地驱赶睡意，虽然眼前的一切还是模糊不清，但至少能有那么几秒钟的清醒，我就趁着这难得的几秒钟赶紧写。

　　坐在讲台上的老师终于发现了我的不对劲，走过来轻轻地问我："还能坚持吗？不行的话就请假回去休息吧。"

　　"我能坚持！不用请假！"我一边回答一边赶紧埋头写起来，说什么我也要考完！我猜老师是以为我疼痛发作，不堪忍受才会有这些反常的举动。我赶紧解释道："我不要紧"。生怕老师要"赶"我回家，不让我考试。

　　再给我一点时间吧！我不停地在心里祈祷。为了能让自己看得清楚一点，我在草稿纸上把字写得斗大，就算是双影也可以辨认。

　　但是写在试卷上的字却都是歪歪扭扭的，这点是我绝对不能允许的，我宁愿擦了重写。可拿着橡皮擦的手软绵绵的，不知道在哪儿划拉，我只好把头拍得更用力一些。

　　经历了一场与"魔鬼"的战斗，总算还是完成了试卷，我如释重负。第一次没经过检查就匆匆忙忙把试卷交给了老师。下课铃响，老师收好试卷走出教室。我全身瘫软，往桌上一趴，就算天塌下来我也管不着了。

　　周五发试卷，看到自己试卷上那个红色钢笔印所代表的分数，我的眼泪瞬间喷涌出来——98分。我明明可以得满分的，为什么没有更仔细一点，为什么会做错？你真没用！真没用！

# 我不要你送我上学

这样一边治病一边上学的日子持续到小学五年级,我的病情越来越不乐观了。双腿膝盖的变形和疼痛也越来越严重,自己走路去上学也就成了一件非常困难的事情。

妹妹又刚上幼儿园,无奈之下,妈妈只好每天先送我上学,再回来接妹妹去幼儿园。后来,妹妹在跟我同一所小学里上学前班,妈妈就同时接送我们两个。窄窄的自行车后座上,妹妹坐前面,我坐后面。再后来,车后座已经容不下我们两个了,妹妹就站在前面的踏脚板上,妈妈推着我们两个人走。

刚开始送我上学,母亲总是会在半路就停车,把我放下来,叫我自己走到学校去。

"你自己走吧!"每次听到母亲说这句话,我都会狠狠地瞪着她。觉得她怎么会那么狠心,明明知道我走路会很疼,明明知道我走不动,却还要把我丢在半路上,让我自己慢慢"爬"到学校去。

那一次,妈妈照样在半路停下来,下车转身面对着我。我知道接下来要发生什么,于是死死地抓着车座不放,说什么也不松手。

母亲像平时一样,一只手扶着自行车龙头,另一只手臂把我从车后座上抱下来。但是这一次,我不再那么配合,母亲根本抱不动我。于是她打下自行车站脚,把我从车上硬生生拽下来。

就算再怎么不情愿走路，就算再怎么害怕疼痛，从小性格倔强的我是怎么也不会对母亲说出"妈妈，我走不动，您把我送到学校去吧"这样的话的。

我心里有一千个，一万个不服气，走就走！我不要你送！

甩给母亲一个难看的脸色之后，我气呼呼地转身就走。可是一迈步我就有些后悔了，脚疼、腿疼、膝盖也疼，我走路的速度还不如七老八十的老太太。但想着母亲可能在后面看着我，我就努力挺直了身子，大步向前"蹿"。

才走了没多远，我就累得不行了，委屈的眼泪已经开始在眼眶里打转。我想母亲这会儿一定早跑远了，这样想的时候，眼睛不自觉地偷偷往后看。我也说不清楚自己究竟是希望看见母亲走了，还是没走？

反正，我回头的时候，看见母亲正站在那儿看着我，与她的目光相撞的时候，我觉得无比尴尬，赶紧回过头继续向前走。但同时又在心里想着，母亲会不会看我走得可怜，又心软要主动把我送到学校去呢？

哼！你要送我都不要你送了！我心里面那团倔强的火焰已经完全被母亲点着了。

再一次悄悄回头看的时候，远远地看见母亲骑着自行车回去的背影，真是个狠心的妈！那个总是能带给我安全感的背影，却在这一刻让我感到生气。

我拄着自己的腿一步一步往学校挪，一路上净被路人当怪物一样看着，我讨厌这种感觉，讨厌极了！我控制自己的眼睛只看着前面的路，不去看任何人。不知不觉中，视线却渐渐被泪水模糊……

好不容易看见学校门口的大花坛，我像捡到宝贝似的"飞

"奔"过去。找了块干净的地方一屁股坐下,这才能长长地舒一口气,休息够了再走。

放学接我回家,母亲通常都会去得比较晚。我不知道是因为要接妹妹放学所以迟了,还是她故意晚去,想让我自己走回家去。

当值日生催促着要锁门的时候,母亲还没有来接我,我只好自己慢慢往家里走。那一段常人只需要走 10 来分钟的路,我却要花上双倍甚至更多的时间。

每次走不了几步就要停下来休息一会儿,喘口气。站久了腿会僵掉,完全迈不开步,实在走不动的时候,我只好找个地方坐会儿。但是我的膝盖弯不了许多,太矮的地方我坐不下去,只好一路留意有没有什么高一点的花坛、台阶。

我弯着腿慢慢挪到花坛边,先用手撑住我要坐的地方,再慢慢落下身体。可是腿僵了,疼得动弹不得,蹲不下去,只好放手,让身体惯性地塌下来。骨头在水泥地上蹾得生疼,膝盖关节噼里啪啦一阵响。

我每次休息的时间远远要比走路的时间长,这样才能稍微恢复体力并鼓起重新站起来走路的勇气。我平静地坐在那里,好好放松一下全身,并不断按摩着为下一次"跋涉"做好万全的准备。

小蚂蚁从我身边爬过,我已经没有力气去给它们"让路",只好用手指让它们一一改道而行。看到它们在我周围欢快又活泼地爬来爬去,我不禁在想:连蚂蚁的生命都比我自由。

# 在妈妈背上读书

渐渐地,我的情况越来越差。我已经没办法持续站立或者走动超过3分钟。母亲不得不开始全程接送我上学。

那时候我才知道,之前母亲是为了锻炼我走路才坚持不肯把我送到学校的,其实站在我身后的她,不知道悄悄抹了多少回眼泪。可我的情况并没有因此而有多大的改善。

每天早上,在母亲的帮助下穿好衣服,收拾妥当,然后母亲把我抱上车,书包就放在前面的车篓里,自行车就在母亲匀速的踩蹬下,开始在那条走了不下一百遍的乡村小路上飞快地穿行。

母亲的背完全遮挡住了我的视线,但那种速度感和趴在母亲背上的舒适感却让我分外享受。

母亲把我送到学校之后,还要回来忙家事和农活,中午再把我接回家,吃完饭再送我去学校,晚上再去接我放学。如此这般,她每天都要往返家和学校8趟。

最怕的是下雨天,虽然我和母亲都穿着雨衣,但还是难免被雨淋湿。母亲只好在帮我穿好雨衣,把我抱上车之后,再用塑料布把我的腿包好,然后再让我打上雨伞,这样就万无一失了。

后来,妹妹上小学了,妈妈因为要照顾我而完全顾不上她,从小学开始,妹妹一直都是自己去上学。而妈妈为了贴补家用,也为了能减轻一些扛在父亲一个人肩上的重担,她坚持在纸壳厂找到了一份临时工作。

从那以后,母亲每天更加辛苦。为了节省时间,她便不再每天接我回家吃午饭,而是改成每天去学校给我送饭。

她每天都要在上班之前先把我送到学校去。中午下了班回家急急忙忙做午饭,自己还没顾上吃,先提着保温桶赶去学校给我送饭。最重要的是——要带我去上厕所。学校的厕所在操场的尽头,我自己根本走不过去……也正因为这样,为了方便,我只好经常一整天都不喝水。

把我安顿好之后,母亲才能安心回家吃饭,然后上班。晚上下了班再来接我一起回家。

教学楼里云梯一样的台阶总是让我望而却步,妈妈只好每天背着我上下楼梯。我微微搂着母亲的脖子,头靠在她肩上,静静感受母亲那逐渐急促起来的喘息声。

她一直把我背到教室里,在座位前放下我,然后在同学们好奇的目光中离去。只是,母亲背我上楼的步伐变得越来越沉重,气喘得也越来越厉害。

我的心很痛,我不知道应该怎么样来减轻她的辛苦,我只希望能够看到她多一些快乐,多一些笑容。所以我的烦恼和压力从来都不对她讲,她只需要知道我优异的考试成绩就够了。

放学回家的路上,母亲推着自行车缓缓前行,我急忙把身子向前倾,想靠母亲近一点,然后照例开始向母亲汇报我这一天来的学习情况。

我把白天在学校里听到的、看到的所有好玩、有趣的事情通通讲给她听,那些不开心的事,装在自己心里就好。因此一路上,只有欢声笑语。

"妈,您知道吗?今天上美术课,我做的皂雕,老师给我打了95分呢!"我得意地说给妈妈听。

"哦?"妈妈的表情十分舒展。

"老师拿着我雕的肥皂看了老半天,然后说了一句:'嗯!这猫雕得不错!'"我绘声绘色地模仿着老师当时的语气和表情。看看我的母亲,她一直微笑着,十分认真地在听我说。

"可问题是——我雕的是只兔子啊!"我苦笑着告诉妈妈。

这话刚一说完,妈妈"噗嗤"一下笑出声来。

"老师研究了半天,怎么就下结论这是只猫呢?"我微微噘着嘴,仿佛若有所思,母亲看着我傻乎乎的样子,笑得更开心了。

那一刻,我从母亲的脸上看到了久违的孩子般的笑容,让我所有的烦恼和痛苦一时间全都烟消云散。

一千多个日子以来,母亲每天风雨无阻地接送我上学,脚步几乎踏平了家到学校的那段路。她却从来没有过半句怨言,半点责怪,半点厌烦。反而,母亲竟然对我说,那段日子是最艰苦也是最快乐的时光。每天看到我就能让她忘记一整天的辛苦和烦恼,因为——我是她的希望,是她的骄傲。

# 深夜,妈妈陪我背单词

在母亲的辛苦接送下,我也和同龄的孩子一起步入了中学。进入中学以后,科目一下子多了起来,一开始我的成绩并不理想。

第一次月考结束,我的英语才考了80多分。小学六年的档案上,我的成绩一直是名列前茅,班主任有些不解,趁着母亲早上送我上学的时候,把她叫到一边,对她说:"您的孩子成绩并不拔尖儿。"

虽然母亲并没有因此责问我半句,但这样的话却让我心里十分难受。我从来没有因为成绩不好而让母亲被班主任找去谈话,这是第一次! 有生以来第一次!

开学前的那个暑假,我白白休息了两个月,连向来对我很放心的父亲都担忧地提醒:"不在家好好温习功课,上了初中怎么跟得上哦!"我当时不以为然,也许是对自己太过自信了。

开学之后才知道,其他同学都在利用假期补课,而我……月考成绩出来之后,我彻底急眼了,难道真让父亲给说中了?

想想母亲每天那么辛苦接送,都是为了我,我就拿这样的成绩回报她吗? 我不能原谅我自己。我暗暗在心里发誓:一定要把成绩赶回来,我一定要!

母亲非常支持我,在手头并不宽裕的情况下,仍然爽快地给我买了崭新的复读机和全套的英语磁带。

于是每天早上，母亲在送我上学的途中就开始督促我背单词。她帮我背着书包，把英语课本摊开放在前面的车篓里，我们一边走一边背。因为要盯着书本看，母亲就只能推着我慢慢走，而为了上学不迟到，我们必须很早就起床。

一路上，母亲推着我一步一步走，眼睛留心盯着课本，我坐在后座，一个单词一个单词地背。母亲念的书不多，其实她丝毫不懂英语，她只认识汉语拼音，因此她抽查我背单词的时候，我只能用汉语拼音字母读出来，母亲核对过无误之后，我再在心里默记成英文，保持双重记忆。

"图片；图画……"母亲提中文含义，我背英文。

"picture，p-i-c-t-u-r-e, picture."我用响亮的声音流利地背出来。

"没错！ Good！下一个！"母亲的神情显得有些兴奋。

不过，母亲刚刚的那句Good着实是让我跌破了眼镜，老妈啥时候也学会一句英文了？

有时候我背得卡壳了，母亲也会调侃我说："连我都快背下来啦，你还记不住？"现在想想，母亲的确是很聪明的，以前她在我的英语作业本上看到老师画的笑脸和写的一个单词，就拿来问我这个单词的意思，我说是Good，就是表示很好的意思。我想那时候她就已经记住这个单词了。

每天无论多晚，睡觉前，母亲都照例抽查我白天学的新单词。我端坐在床上，靠着靠垫，母亲就坐在我对面的床角，抱着我的英语课本。她提一个，我背一个。

不知不觉夜深了，我和母亲都感觉疲惫起来。我半躺半坐着，慵懒地把头随意靠在靠垫上。干了一整天的活，本来就累坏了的母亲也开始体力不支，母女俩的哈欠相互传染起来。

我继续在母亲的提示之后,喃喃地吐出一串字母,然后耷拉着眼皮等待亲提示下一个。好几秒钟过去了,母亲仍然没有任何反应,我微微抬眼一看,母亲正低着头昏昏欲睡,眼皮在两毫米以内的距离中挣扎着,手里的书在一点一点开始滑落。

我于是把上一个单词又大声地念一遍,借此来叫醒母亲。我突然的大声使母亲立刻惊醒,倏地抬起头,迷迷糊糊地看我一眼,然后重新把书拿稳,揉着眼睛问我:"背到哪儿了?"

看到母亲疲惫不堪和被我吓一跳的表情,我既觉得好笑,又无比心疼。于是提议:"要不今天就到这儿吧!明天再背?"

"不行!背完再说!"母亲拖着明显很疲惫的语气回答我。然后努力地揉一揉眼睛,稍微驱赶一下睡意之后,用手指着书上要背的地方,随着手指的滑动,清楚、认真地念出来。

我实在找不出不继续下去的理由,于是努力打醒十二分精神,不背完坚决不休息!

在不知不觉中,睡意一次又一次考验着我们的意志。不知道什么时候,我背着背着就突然睡着了。母亲也实在坐不住了,顺势横躺在床的另一头,举着书本看。渐渐地,举书的双手慢慢软下来,直到连同书一起贴到胸前。

房间里便只剩下——一个40瓦灯泡发出的昏黄的光亮和急缓不一的两种呼吸声……

不知过去了多久,我和母亲之中有一个先醒过来,便叫醒另一个,直到背完单词为止。第二天上学的路上用来巩固和复习头一天晚上背下来的内容。

经过这样一场在母亲监督下的奋斗,我的成绩很快赶了上来。课堂上的英语听写,我一直是满分,在不久之后的期中考试中,我考到年级前十名。

校长开始留意到我这个每天都要依靠母亲接送、和别人不太一样的孩子。并且在期中考试之后,送给我一本记事本,在第一页上赫然写着一行黑体大字:顽强拼搏,努力学习,做新时代的张海迪!

　　从那天起,我把这句话深深地印在心里,作为目标,也作为动力。虽然后来我再也不需要母亲帮我背单词了,但那些日子里的点点滴滴,我都好好地收藏在心底,成为记忆里最珍贵的回忆。

# 第四章

## 苦尽了甘会来吗

# 和同学们永远的告别

可能与其他同学不同，在学校里，我最喜欢的事情就是考试。之前的一次月考、一次期中考和期末考我都是年级第一名。我的照片被张贴在学校的展示橱窗里，并且在全校师生面前作了一次演讲报告。

但遗憾的是，曾经送我笔记本的那位校长已经离开了我们学校，他没能看到我的进步，他也并不知道我的动力中有一部分来自于他的期望和鼓励。还有不到一星期的时间就又要期中考试了，我却在这时候意外地收到一封愿意免费为我治疗的阿姨的来信。

阿姨是在报纸上看到我的情况的，她以前也得过这种病，后来幸运地治好了，所以她诚心拜师学医。我和爸妈都觉得这是一次难得的机会，就算治不好，顶多就是保持现状，总不会有什么更差的结果吧。

于是我很快写好了请假条，启程的日期也已经决定。

出发的前一天，我坐在教室的座位上，望着教室里的一切默默地发呆。同学们像平时一样活跃在教室里，聊天的聊天，说笑的说笑，学习的学习，偶尔会有一两个你追我赶的同学飞快地从我身边跑过……真好！

投影仪安静地待在我左前方的角落里，此刻正像我一样安静地盯着眼前的人群看。正对着我的黑板早已经被值日生擦得干干净净,黑板上面挂着显眼的红底金色的八个大字:好好学习,天天向上!

这八个我每天一抬头就能看见的大字,无论何时看见总能像警钟一样鞭策我用功学习的大字,却在这一刻带给我无比的不舍和脑海中无限的回忆。

我看着自己的作业本上,老师写给我的批语:安心治病,身体是革命的本钱! 我要去治病的事情我只偷偷写在作业本里让老师知道。我想治好病,又不想耽误学习,矛盾的心情已经纠缠了我好些天。这一刻,老师的这句鼓励仿佛给我吃下了定心丸,所有的不舍都化作治病的决心。

我用沉默的方式和我的每一位同学道别! 再见,同学们! 我会回来的! 回来和你们一起毕业! 我一定会回来的!

可以这样平静地离开,真好! 我兀自想象着再次回到这里的时候,一定会是一种不一样的景象——能依靠自己的双腿、双脚正常地走进教室,告诉他们我回来了! 老师和同学们的表情会有多么惊讶?

我完全沉浸在自己的想象中,兴奋得几乎要笑出声来。

母亲提前到学校来帮我收拾东西,周围的同学们注意到妈妈在帮我收拾书包,收拾抽屉,都疑惑地追问我:"要去哪儿?"

"我要去治病。"我只简单地回答了一句,便低着头收拾起自己的抽屉来。"去哪里治病?""要去多久?"接下来的细节问题由母亲帮我详细解释。

我一直低着头,双手无所适从地在抽屉里掏换着,我不想让同学们看到我此刻很不开心的表情。还有两天就是期中考试的日子,等我治完病回来,刚好就要会考,我是多么不情愿在这个时候离开。

得知我要去外地治病的消息,大家沉默了几秒,只有母亲的手还在不停地把课桌上的书一本一本往书包里装。

班长就坐在我邻座,他突然搬起凳子往黑板方向走。当我满心疑惑的时候,同学和母亲也一起把目光投向黑板。

只见他在黑板上写下几个大字:

祝李玉洁同学早日康复,重返校园!

——班级全体同学

这时候,同学们都一个一个走到我身边来,一下子被这么浓的祝福团团围住,我简直有点受宠若惊。看我行动不方便,班里的女同学们平时没少背我、没少扶我,一时间,我心里所有的感激和感动都无法用言语来表达,只剩下滚烫的泪水不停地顺着脸颊流淌下来。在我身边的母亲也被这群孩子的举动招惹得红了眼圈。

同学们把我和母亲送出门口的时候,对我说:"现在医学这么发达,你一定可以治好的!"我相信! 并且从来没有像那一刻那么相信自己可以治得好。

走出校门的时候,我和母亲的心里都是暖融融的。这个简单的告别仪式永远地烙印在了我心里。只是,那时候的我们谁也不会想到,那竟是我最后一次在学校里见到我那群可爱的同学们。

# 梦中的幸福

第二天一大早,村委会的一位叔叔便开着车到家门口来接我。得知我要去治病,又好不容易有了新的希望,村委会领导十分支持,也十分为我感到开心。考虑到我出行不便,领导们决定送我一程。

我便带着大包小包的课本和参考复习资料,满怀期盼地踏上了治病的路途。对我而言,那也是一条通往希望、通往健康、通往梦想的金光大道!

为了让我安心治病,父亲劝我办理休学,我说什么也不愿意,我想和我的同学们一起毕业。于是,我自作主张给老师递了请假条,我相信即使耽误一段时间,我回来也一定赶得上的。

怕耽误会考复习,我便请每位老师帮我指出复习重点,我自己带着课本,一边治疗一边复习功课。对我来说,学习是和治病同等重要的事。

出发的路上,我的心情似乎有些复杂,更确切地说应该是兴奋。我已经无心去想是否能治得好这种愚蠢的问题了,也无心去观赏沿路的景色,尽管我出门的机会少之又少。

坐在车里,我满脑子装的全是病治好以后的喜悦和激动!等病好了,我就可以穿裙子了,生了多少年的病,就穿了多少年的长衣长裤,对于一个类风湿病人来说,永远只有冬天,没有夏天。

等病好了,我一定要上体育课,做课间操,参加课外活动,打羽毛球,这是我这些年一直没有机会做的事。因为生病,我永远只能坐在教室里,听着操场上广播操的声音蠢蠢欲动;我永远只能趴在窗台上,看着同学们自由地奔跑,幸福地微笑;我永远只能看着别人兴奋地挥着球拍,而自己心痒痒得跃跃欲试时,才发现自己连握稳球拍的力气都没有。

等病好了,每年运动会的时候,我一定要第一个举手报名参加长跑比赛,我那长长的双腿应该是很擅长跑步的,可是它已经好多年都不知道跑是种什么感觉了,我已经辜负了太多灿烂的阳光,新鲜的空气!

等病好了,我一定要学骑脚踏车,我是班里唯一一个不会骑脚踏车的了。就连踢毽子、跳绳这么简单的游戏我都从来没有参与过。我的童年记忆里,没有游戏,没有快乐,只有打不完的针,吃不完的药和忍受不尽的痛苦。

如果病治好了,我要学的东西还多着呢,我实在有太多太多没有尝试过的事情。等病好了,我一定要把这些年不能吃的东西都吃一遍。因为生病要忌口,我已经好多年都感觉不到食物的香味了。还有还有……

因为生病,我的人生有太多、太多的空白和遗憾,我要一一把它们弥补回来。

我幻想着自己病好以后,每天带着妹妹一起去上学的情景。大手牵着小手,幸福的一起去学校。或者我可以骑着单车,载着妹妹,悠然地穿过一条条马路,多么幸福!

而这,也是她多年的愿望。母亲每天要接送我,没有时间兼顾她,从小学开始,她一直都是自己一个人上学、放学,一个人过马路。她常常一脸羡慕地说,要是我们也能像其他兄弟姐妹那样，每天一起上学、放学，那该有多好啊！而我却连这样一个小小的心愿都无法帮她达成。

我幻想着父母看到我痊愈之后的那种狂喜和激动的场面，喜极而泣，相拥痛哭。我幻想着自己终于可以丢掉那些瓶瓶罐罐的药，彻底摆脱"瘸子"的声名和耻辱，再不用母亲每天辛苦接送，也再不用给身边的老师和同学们带来麻烦了。终于可以做一名正常的学生，专心读书，完成学业，实现梦想。我仿佛看到我的清华大学在向我招手。

对于我来说，拥有了健康就等于拥有了一切。这任何一种幻想都足以令我满足到窒息，我被自己描绘出来的幸福感塞得满满的，我宁愿永远待在这幸福的幻想中，也不愿回到现实里。

其实，几乎每次只要一打听到新的治病消息，我都会情不自禁地重复着这样的幻想。尽管知道希望越大，失望就越大，尽管在充满期盼的同时，自己心里也充满了不确定，但就是无法控制，无可救药地会这样幻想着、期盼着，哪怕回报我的总是无尽的打击和绝望。

车窗的风一直迎面吹着，不断地把我的头发甩到耳后，这一刻，我深深感觉到自己是这个世界上最最幸福的人，我拥有了我渴望拥有的一切。我仿佛看到自己以后的人生都洒满阳光，道路通顺、平坦。

然而，梦终究是梦，只有在幻想的世界里才有片刻美好的存在，在无奈的现实面前，是很难成立与存活的。

# 被火烧一样地疼痛

我的一切幻想在我见到那位阿姨的时候就彻底幻灭了。

我是被母亲背着来到阿姨面前的,阿姨见到我的第一句话就是:"你的病情比我想象中的要严重。"

这句话使我感到非常沮丧,非常难过,来时的意气风发和激动的心情顿时消减了一大半。但阿姨马上安慰我说:"你也别灰心,毕竟你还年轻,治好的机会还是很大的,我们一起努力!"

阿姨还好意提醒我,治疗的过程会非常痛苦,连大人都忍受不了,让我要做好心理准备。我淡然一笑,心想:还有什么痛苦是我没有承受过的吗?

不过阿姨的提醒也是不无道理的,治疗过程当中的痛苦的确是我想象不到的。

治疗的第一天,我的左半边病变关节都被敷上了草药,一种只要药汁沾上皮肤,很快就能让沾到的地方起一大片水泡的剧毒草药。并要一直用被子捂着,保持温度。我总觉得就像农村的捂谷种一样。

草药刚一接触到我的皮肤,立刻就是一阵火辣辣地灼痛,一种足以击垮一个人所有的坚强与意志的灼痛。像被火烧,被热油泼到一样。

但我只能躺在床上不能动,还要用被子盖得严严实实的。四月中旬的天气,捂在厚厚的被子里,又闷、又热、又疼。心里急躁得不得了的时候，我索性闭上眼睛，全身攒着劲儿，咬紧牙关，用力地呼气，在一片黑暗中默数着时间一秒一秒地走过。

长时间保持同一个姿势躺着，我的身体会整个僵掉。觉得非常不舒服的时候，我就慢慢用力，撑着床铺稍稍挪动一下，皮肤上的灼痛会突然加深、加重。

疼得想哭、疼得意志力快要垮掉的时候，我就努力地去想一些开心的事情来分散自己的注意力。想想只要挺过这一关，幸福就近在眼前了；想想自己考上重点高中，甚至将来考上名牌大学的时候，会是多么开心、多么兴奋的场面！

这样想一想，我的心几乎沸腾起来，嘴角流露出一丝不自觉的笑容，身上的疼痛似乎也已经消失得无影无踪了。对于接下来我将要承受的治疗过程中的一切痛苦，我不但不觉得害怕，反而觉得信心满满。

说来也奇怪，不知道为什么，身上越是痛，我却越是觉得心安。仿佛痛苦越深，幸福就越真实，我就越有勇气相信，自己能治得好！

我常常把自己的命运想象成是一场拔河比赛。我站在幸福的这边，而绳子的另一头拴着可怕的病魔、命运的考验。我必须不懈地努力，只有战胜它们，赢得胜利，才会有幸福的一天，也才能赢回自己的人生。反之，则会被病魔和命运俘虏，从此一蹶不振，跌进万劫不复的深渊。我知道，在这样一场命运的拔河比赛中——我会赢！

于是，我就这样一声不吭地捂在被子里默默忍受了一天一夜。夜晚我一点睡意也没有，因为疼痛，也因为自己急躁的心情。母亲和我睡一张床，我夜里疼得龇牙咧嘴，母亲也陪我折腾了一宿。

　　到了第二天,原先敷药的地方已经全起了泡。手背和膝盖上的皮肤像气球一样鼓起来,看起来十分恐怖。为了增加温度,加快起泡的速度,我一整晚都把包着药的手捂在肚子上。药汁透过包草药的布带渗到我的皮肤上,到第二天,肚子上也起了一整片像水痘一样的泡泡,火辣辣地疼。

　　阿姨说,泡起的越大,表示治疗的效果会越好。但我身上的泡却没有想象中那么大,我感到十分沮丧,心想为什么我承受了和别人一样的痛苦,却总是得不到一样的效果。

　　我一连哭了好几天,之前的信心全都荡然无存。可那又能怎么样呢?我只能继续默默忍受,继续用快乐的回忆充斥自己,继续去相信并且期待着有奇迹降临。

　　好不容易起了泡,为了不把它弄破,一举一动都要格外小心,如果水泡提前破了,一切就都前功尽弃了。那透亮的水泡看起来是那么脆弱,翻身、盖被子都要小心翼翼,不小心碰到,又是一阵钻心地疼痛。

　　加上疾病本身的疼痛,那几夜我几乎没怎么合眼。好不容易睡着,不是噩梦连连,就是被一阵突如其来的剧痛疼得在睡梦中大叫着惊醒,扰得母亲和阿姨也都无法安然入睡。连我自己都不知道那样的日子是怎么熬过来的。

# 心里有个海迪

经过几天几夜的折磨，好不容易挨到了"揭皮"。所谓"揭皮"，就是等水泡消去以后，把原先坏死的皮肤扯去，再擦上消炎药，等它长出新皮。

我以为痛苦的过程已经结束，这些日子紧绷的神经总算可以稍作轻松了，谁知擦上消炎药的过敏反应更加让人难以忍受。一阵阵难耐的瘙痒让人痛苦不堪，原来，痒的滋味比疼更难受。

但是再痒也只能忍着，不能用手去挠。每时每刻的奇痒难当，实在比死更难受，我的眼泪挤在眼角，床单和被子被我抓得皱成一团。痒起来的时候，我只好不停地对着伤口吹气，透过纱布，微微的凉爽的摩擦感能让自己暂时好过一点。实在痒得受不了了，母亲就隔着纱布轻轻地帮我摸摸。同去的病友阿姨忍得龇牙咧嘴，她委屈地说，要是此刻她的母亲在旁边，她早就想大哭一场了。

由于治疗期间不能下床，足足有一个多月的时间，我只能像个植物人般躺在床上，等着母亲递水递饭。

晚上是最难熬的，整夜整夜，忍受着钻心的疼痛，根本无法入睡。只能傻傻地望着窗口，盼着天亮，再望着门口，苦等着阿姨来帮我换药时能为我减轻身上的痛苦。

除此之外，我只能整天呆呆地在病床上躺着，眼睁睁地忍受痛痒难当的折磨，除了像个植物人一样整天盯着天花板发愣，似乎再也做不了别的事情了。一个多月下来，就连天花板上的每一粒灰尘，每一个蜘蛛网我都来回数遍了。据说古人练百步穿杨，要把虱子看得像车轮般大小，大概就是我现在这种境界了吧！

不过，平时只要感觉身上的疼痛还可以忍受，勉强能够专心的时候，我都要拿出复读机听听外语，或者让母亲帮我拿着课本温习。无论如何，我都不会忘记学习，我很怕自己会退步，很怕自己回去之后会跟不上，所以一点也不敢浪费时间。

我的手上、腿上全是泡，拿不了东西，也不能动，只能让母亲帮我拿着书。她坐在床沿上，把书本翻开面对着我。我瞪大眼睛，全神贯注地看着，但是母亲的手每微微抖动一下，都会让我看不清，然后还要慌着神儿去找自己刚才看到哪儿了。

每翻一次书，我都要提醒一次母亲。为了加深记忆，有时候要反复翻回去看前面的内容，再翻回来，有时我表达得不够清楚，母亲就不知道我说的是哪一页。如是再三，大家都觉得烦躁和疲惫不堪。

每次只要一想到同学们此刻都坐在教室里上课，而且已经参加完期中考试了，我却只能待在这里等着命运的宣判。想着没能参加的考试，想着自己落下一大截的功课，一种莫名的焦躁就将我折磨得十分难受。

这个时候，我就会想起张海迪躺在病床上利用镜子的反光看书的艰难。我的心便随着脑海中出现的画面而逐渐平静下来。

一个羸弱的小女孩无助地躺在病床上。长期以来病痛的折磨已经使她的身体十分虚弱，尽管她的脸色很苍白，但是脸上一直洋溢着笑容。她的身边有一面镜子，她把喜欢看的书翻开放在镜子前面。小女孩侧着头,很认真地看着镜子里倒映出来的文字,久久没有挪动一下。她沉浸在文字的丰富世界里,几乎忘了病魔的存在,忘了身体的疼痛。此刻支撑着她的,是一股强大的力量,叫作希望和梦想。病床上的她一如现在的我,她的坚强与顽强时时刻刻牵动着我,带给我勇气和动力。

为了分散我的注意力,减轻我的痛苦,也打发一些无聊的时间,母亲上街帮我买了盒磁带。音乐的确是怡情养性的最好方式,听着音乐忍受痛苦,心情的确可以平静不少。舒缓的旋律让我沉浸在一种梦一般的世界里,暂时地忘记了自己是谁,忘记了自己还活着,忘记了周围的一切,包括痛苦。但这种片刻的宁静总是不能持续太久,身上隐隐作痛的关节总会时不时地牵动我的神经,然后迅速把这种疼痛传遍全身,占据我全部的意识和思绪。

一个疗程结束,情况似乎并不乐观,而且我发现自己已经无法下床了,只要我的双脚一落地,一种剧烈的、如针扎般的疼痛就会从脚底的每一寸皮肤袭遍全身。

那种感觉就好像是,小美人鱼用她从海巫婆那里换来的双腿走路一样,"每一步都好像是在尖刀上行走,好像你的血在向外流。"

我以为治疗结束后,情况就会有所好转,哪知道长时间脚不沾地地躺在床上,让我从此失去了行走、站立的资格!

# 妈妈再一次教我学走路

　　母亲是丢下地里没干完的农活,丢下年幼的妹妹陪我去治病的。加上同村的阿姨,我们三个人住在一间不足 15 平米的小房子里,两张床、一个柜子,顺着墙边摆开,门口的墙角边堆放着蜂窝煤和锅碗瓢盆。

　　对于我的双腿已经无法下床走路的事实,我不愿意接受,母亲更不愿意! 于是,顾不上钻心的疼痛,每天都由母亲搀扶着我在屋子里来回地练习走路。

　　可是,已经长时间不能下床的我,这猛一下地,双脚像踩在针尖上一样疼痛。第一次站立还没能完成,母亲还没来得及拉住我,我又一屁股坐回到床上。然后我感觉全身的血液都开始涌向我的小腿和双脚,胀得像快要裂开一样。

　　我伸手去捏捏自己的小腿,每一次按下去都是一个白白的手指印,好半天才能还原。我把脚放在小板凳上踩踩,慢慢习惯那种针扎一样的疼痛,然后和母亲开始又一次的尝试。母亲的手臂从我的胳膊下穿过,一把把我搂起来,我颤颤巍巍站不稳,死死抓着母亲的衣角一刻也不敢松手。

　　我的双腿好像灌了铅一般沉重,根本不听使唤,连走一步路都成了困难。但母亲并不放弃,每天都用她那粗壮的胳膊架起我,在屋里一遍一遍地来回走。

　　其实,我的双腿都已经弯曲得没办法挪步了,加上剧烈的疼

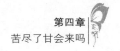

痛,我的腿根本使不上一点劲儿,根本走不动路,连小孩子学步都不如。

我的腿已经不会朝前迈,像两根杵在原地的木桩,只能母亲走一步,就拖着我往前一步。所以,几乎是母亲在拖着我往前挪,而不是我自己在走路。我身体的重量全部承受在母亲的胳膊上,母亲的汗水很快便湿透了鬓角,呼吸也变得沉重起来。母亲用力地把我往上提着,我站着的姿势更像是半蹲半坐,我的双腿根本立不稳,母亲只要一松手,我就会像滩烂泥一样摔得狼狈不堪。

在每步中间稍作停留的时候,我的双腿就要承受一些身体的重量,全身就会疼得要死。我死咬着嘴唇,忍着疼痛不敢吭声,眼睛被泪水蒙得一片模糊,什么都看不清。我实在累得不行,不想再继续"折腾",身体开始不自觉地往下坠,母亲显得越来越吃力,但她还是死命地提着我就是不松手。母亲说,让我的腿时常承受一些重量,情况也许会渐渐有所好转。

没"走"几步,我已经累得筋疲力尽,被汗水湿透了的衬衫贴在后背上,明显感到一种湿糊糊的不舒服的感觉。我偷偷去留意母亲脸上的表情,对于完全走不动路的我,母亲一定气坏了,急坏了,也一定十分不耐烦了。可是,母亲的脸上没有我想象中的恨不得把我丢掉的表情,她只是愁眉紧锁地盯着我弯曲的双腿看,看着它们一点一点地往前挪动,我感觉到有泪水凝固在她的眼睛里。

我不敢再反抗,也不敢再拒绝,只能继续咬紧牙根,努力拧着劲儿让双腿感觉到一点点力量。但是除了疼,还是疼,我感觉像是有人在不断地往我的骨头里钉钉子,疼得我想撞墙死。但我不能让母亲知道这些。

　　既然双腿得不到力,我只能试着依靠双手去抓墙、抓窗户、抓门锁。所有我能够够得着的东西,我都希望能扶着它们借一点力。这才发现,自己的双手已经弯曲到无法想象的地步,变形的手指已经无法抓牢任何东西。勉强用力,勉强和变形的关节作对的后果——就是疼,疼到心里,疼到骨子里。

　　我和母亲都累到筋疲力尽的时候,她就把我放在床上休息会儿,我一下子倒在叠好的被子上好好地喘上几口大气。休息好了,就接着来。一次比一次显得吃力,身体一次比一次沉重,藏在心里的绝望也逐渐蔓延、加深。

　　可即便是这样,我和母亲谁都不敢说出放弃这两个字。仿佛放弃的不仅仅是走路,更是我后半辈子的人生!就这样,我每天依然被母亲用胳膊夹着,一边大滴大滴地淌着泪水和汗水,一边练习走路,母亲也一路陪着我走,陪着我哭。

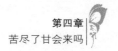

# 妈妈喂我吃饭

治病期间,不知道是因为身体上的疼痛,还是心理上的沉重负担和压力,我几乎都没有食欲。

手上包着药,缠着绷带,吃饭很不方便。那里没有桌子,都是母亲帮我端着碗,我自己拿着筷子往嘴里扒饭。医左手的时候,我还可以用右手吃饭。医右手的时候,就没办法了,左手笨手笨脚的,饭吃不进嘴里,母亲就开始每天端着一小碗饭坐在我床前,一口一口地喂给我吃。

可我什么也吃不下,但凡看到和想到任何吃的东西都只让我觉得反胃。就算一整天水米不进,我也丝毫不会感觉到饿,丝毫不会有想吃饭的感觉。

尽管那时候的我已经骨瘦如柴,不用照镜子也知道我的脸色十分不好。母亲心疼地说:"不吃饭,你的身体会支撑不下去的,对病没有好处。不吃东西,就承受不住病痛的折磨,就没有力气和精力去和病魔抗争。"

这似乎是一个值得我多吃几口饭的理由,我是一定要好好地回去的,回去我还要接着上学,还要赶回这段日子落下的功课,然后还要准备会考的。我不喜欢自己病快快的样子,我告诉自己要恢复到以前的精神状态。

于是每天,我都像例行公事一样,一口一口地张嘴去接母亲喂过来的饭菜,咀嚼然后下咽。无论吃进嘴里的是什么,对我来

说都不重要,我只不过把我的身体当作一部消化食物的机器,把我吃进去的东西转化成我可以继续承受病痛的能量。吃到嘴里的东西我是感觉不出任何味道的,我只把吃饭当成一种义务,一项每天都要完成的工作,敷衍着吃几口,让母亲放心。

毕竟为了让我多吃一点,母亲想尽了办法。一大早就跑去帮我买不同的早点,她自己就热一碗头天剩下的隔夜饭菜吃。每天她都问我想吃点什么,她去买。我喜欢的零食、小吃,母亲买了许多放在我床头,可是因为没有胃口,全都搁得发霉了。

每天做饭,母亲都尽量变着法儿地去迎合我的口味。而且几乎是用哀求的眼神坐在我床边,一口一口小心地喂,一口一口看着我吃。

每次,母亲舀好一勺汤汤水水的饭,总不忘轻轻吹几下,然后小心地递到我嘴边。我熟练地含着勺子,把上面的饭菜拨到嘴里的时候,母亲也微微张着嘴角,神情格外小心地看着我吃。我一粒不落地吃干净时,母亲脸上露出满足的微笑,马上埋头舀好另一勺喂过来。

这情景像极了小时候,可我如今却是个"长不大"的孩子了,再也离不开她的照顾。我知道我只有尽力地把母亲盛给我的饭吃完,她才能够安心。

但我实在没有胃口,吃不下饭的时候我就只喝一小碗汤,母亲就每天特地煮汤。其实我并不喜欢喝汤,但只有那种酸酸的味道才能对我的味蕾造成一丁点儿的刺激。母亲就帮我算掉汤里所有我不吃的东西,只留下我愿意吃的,才送到床前。

见我竟然能毫不反感地喝下一碗汤,母亲总是欣喜地说:"再喝一碗吧,还是热的呢!"说这话的时候,母亲已经走到炉边,打算从锅里再帮我盛上一碗。我总是笑着摇摇头,装作酒足饭

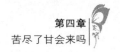

饱的样子。

在那里的每一天，母亲甚至比在家里的时候起得还早，我不知道是不是我夜里哭着喊着疼醒的时候吵得她没有睡好。

她一早起来烧开水、做早饭，然后伺候我起床。洗脸水得母亲帮我端到床边，并且帮我拧好毛巾，刷牙的时候得母亲帮我倒好一杯水，挤好牙膏，再端着盆给我接水。她上街买完菜回来再洗衣服。

房东太太常在楼下叫她下去聊聊天，母亲要在伺候我上完厕所，给我准备好一杯白开水，确定把我安置好了以后才能过去。每次都不会去很久，怕我有事要叫她。

和我们一道去治疗的病友阿姨，由于家里人都没有办法去照顾她，所以平时也都是母亲帮忙照顾着，端茶递水，甚至端屎端尿。

母亲是世界上最最善良的母亲，她从来都不说什么，像照顾自己的亲人一样细心、仔细。但我心里却很不是滋味，很替母亲觉得委屈，这一切都是因为我。

# 第五章

令人心痛的光芒

# 我要带你去看火车

第一个疗程结束的时候,父亲带着刚上小学的妹妹和几位亲戚大老远地来看我。

大雨从早上一直下到中午,地上鼓起了大大小小的水泡,雨水结成了小溪。我们住的小屋子必须拿块大木板在门口挡住,才不至于渗进来太多的水。

快到中午的时候,母亲陪我下完棋,正准备起身做午饭。这时候,屋门突然被人从外面推开,继而门口出现了一个高大的身影——是父亲,是我的父亲,身后还站着妹妹和舅妈、姨妈她们。

父亲扶着门边,小心地从横在门口的木板上跨进来,另一只手还拽着扛在肩膀上的蛇皮袋。

父亲进门的一刹那,我十分惊讶,才短短一个多月没见,我的父亲明显比我出门时瘦了好多,身体原本就很消瘦的他越发显得憔悴和苍老。我心里一阵苍凉和心疼,眼泪几乎泛滥。

听舅妈们说,来的时候,父亲扛着满满一蛇皮袋新鲜的土豆和豌豆角,从车站走了很远的路过来。他顾不上自己,一把雨伞遮在妹妹身上,等他们到的时候,父亲的身上已经没有一处是干的了。

舅妈们还告诉我,这些日子,我和母亲不在家,父亲每天天不亮就起床了,去地里干一阵活儿,挖好一担土豆挑回家,然后才去上工,晚上收工回家还要去割一大筐猪草。地里的活,外面的活,家里的活,他一样也没耽误。

难怪,父亲瘦了。

父亲隐隐约约告诉我,这些日子他总是失眠,每天到半夜了都睡不着,天不亮就醒了,有好一阵儿都是靠吃安眠药才能勉强入睡。

其实不用说,我也知道父亲心里在想什么。我这个不怎么争气的女儿,对于他来说,却是上天赐给他最好的礼物,是他最大的欣慰和骄傲。只要我不在家,他就会像丢了什么宝贝似的,惴惴不安。

我在治疗期间,父亲几乎每天都要打电话问阿姨我的病情。我知道父亲的心里一定怀着跟我一样的信念:我一定能治好!所以,他一定也有跟我一样的兴奋,一样的激动,一样的幻想。

我女儿的病就要治好了! 这样的幸福感和满足感同样充斥着他,膨胀着他,使他做任何事都充满了精神,充满了动力,做得起劲,做得开心,做得踏实,做得甘愿。所以,他一个人在家里辛辛苦苦地干活,同时强烈地期盼着我有一天能健康地走到他面前,带给他一个世界上最好的消息!

这是我们父女俩多年来不用言语的默契,我以为这就是父女天性。

去看我的那天,父亲一直坐在那儿一言不发,这些是我从他的眼睛里面读出来的东西。

吃午饭的时候,父亲不停地把我喜欢吃的菜往我碗里放,一阵莫名的酸楚袭涌而来。我借着米饭蒸腾起来的热气悄悄地抹着眼泪。在我有记忆的这十多年里,父亲一直都是这样,总是把好菜默默地放进我和妹妹的碗里,他自己省吃俭用,却总是把最

好的都留给我们。

父亲是个不怎么爱说话的人,但他对我们的爱却无处不在,无微不至,从生活中最细腻的点滴中流淌出来。他表面虽然总是很严肃,不苟言笑,其实内心很细腻,很柔软。

不知道为什么,对于父亲,我似乎总有一种说不出的内疚。因此,我总是不断地提醒自己,为了爱我和我爱的家人,我应该更勇敢一些,更努力一些,更坚强一些。

和妹妹聊天的时候,病友阿姨逗她,问她:"想不想妈妈,想不想姐姐?"她低着头不说话,只是默默地抹起眼泪来。

上次妈妈打电话回家的时候,明显听出她在哽咽,她却依然小心地告诉妈妈,家里很好,她也很好,挂上电话,她却一个人哭了很长时间。这些日子以来,我也时常会梦见她,梦见和她一起玩耍,一起学习,我以为这样的梦终会有实现的一天。

妹妹像一只快乐的小蜜蜂般飞进我的病房,她津津乐道地跟我说这说那,使我在病痛中,生活没有那么枯燥和无聊。她惊喜地告诉我,她在来的路上看见了一列真正的火车,而且车身是红色的,很漂亮!

她说:"等你的病治好了,我要第一时间带你去看真正的火车!"她在说这些话的时候,眼睛里闪烁着光芒,那是一种无法抗拒,更毋庸置疑的光芒,如流星一般,仿佛所有的痛苦在那一刻褪色,所有的心愿都在那一刻幸福地实现了。

其实妹妹和我一样,除了在电视上,还没有见过真正的火车,她的天真、单纯的心里唯一的小小愿望就是想带我一起去看真正的火车,让我一起感受快乐。

在那段日子里,痛苦和郁闷几乎覆盖了我生活中的一切,唯一清晰而又热烈的声音,就是每天都会按时经过的火车那由远

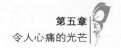

及近的汽笛声和呼啸声,我想那一定是妹妹所说的红色的火车吧！那时候每天藏在心里的一个最强烈的愿望是,等我康复后要做的第一件事就是和我的家人一起去看真正的火车。

# 和妈妈吵架

治病的日子里，我几乎每天都在流泪。有时候是因为疼痛难忍，一大半的原因是内心的苦闷和委屈。

我知道自己已经无法再下地走路了。这就意味着，即便是回到学校我也不可能继续上学了，意味着我从 14 岁起就只能一辈子躺在床上生活，做一个什么都干不了，只能每天混吃等死的废物。往后的日子里不再有生机，不再有希望，不再有尊严和骄傲，暗无天日，生不如死。

经过许多天的锻炼，我似乎没有任何的进步，不只是我，就连母亲也开始泄气了。

我已经完全站不起来，一点儿都不行。母亲必须一只手把我死死地搂在怀里，另一只手在最短的时间里帮我穿好衣服，因为时间一长，我和她都会支持不住。

我的身体使不上一点劲儿，全身的关节也都是硬邦邦的，又怕碰到我的水泡，因此母亲抱我的时候显得格外吃力，格外费劲。

母亲怕我摔倒，于是搂得我很紧，勒得我的肋骨和胳肢窝都很痛很痛。但我不敢吭声，只努力地把头向上仰着，贴在她的怀里艰难地呼吸。

母亲把我抱回房间的时候，实在没有了力气，我被重重地蹾在了床沿上。母亲累得半天才能缓过一口气来，委屈的眼泪已

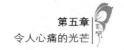

经从她那爬满皱纹的脸上流淌下来。

我自己也还没缓过气来，却听见母亲呜咽着说了一句："你可把我害苦了！"母亲说这话的时候声音很轻，而我却听得一清二楚。

说完这句话，母亲一直在无声地哭泣，仿佛她心里已经积压了太多太多的委屈，在这一刻全部爆发了出来。

刚才的那一蹶，我尚没有觉得疼，但母亲的这句话却深深地刺痛了我。

我把她害苦了？是我把她害苦了？究竟是谁带我来这个世界上受苦的？从小就自尊心极强的我怎么听得了这样的话。我和母亲闹起了脾气，一直不理她，好长时间都不和她说半句话。我在跟她赌气，我不能原谅她！

母亲也应该感觉到了她刚才那句话的杀伤力，她没有坐到床上来，而是一直坐在屋子中间的小板凳上没有挪动一步。我也一直躺在床上，目不转睛地盯着天花板看，努力不让自己的眼泪掉下来。空气仿佛在那一瞬间凝固。同村的阿姨只是看着我们母女，想劝劝却又不知如何开口。

不知道这样过去了多久，母亲起身拿起一个新鲜的桃，默默地削好递到我手边。仿佛刚才什么事都没有发生过。

我扭头翻过身，理都不理她。母亲把手里的桃递得更近一些，轻轻说了句："吃个桃子吧，你最喜欢吃的。"

当时也不知道哪儿来那么大的火，我抓起母亲削好的桃儿，一把扔出去老远，然后翻身躺下，看也不去看她。被我扔出去的桃儿咚的一声撞到对面的窗户玻璃上，弹回来在地上滚了老远，沾了一地的灰尘。

我以为母亲会气得大骂我一顿，我刚刚的行为似乎就是在

故意惹她发火。我的头皮已经在那一刻紧绷起来,等着迎接母亲的迎头痛骂。

出乎我意料的是,母亲一点儿发火的迹象都没有。她默默捡起我扔在地上的桃子,把它洗干净放在一边,然后重新削好一个,洗干净又递到我面前。

她是个脾气极好的人,有时候好得叫人心疼。这一次,我没有拒绝,因为我的良心在那一瞬间受到了太多的谴责。其实在我转身背对母亲的时候,心里已经后悔万分,泪如雨下。我在做什么? 我为什么要这样?

其实我是不怪她的,我有什么理由怪她? 这些年来,母亲对我的爱我不清楚吗? 我感受不到吗? 她是为了谁才受了那么多年的苦? 我竟然为了维护可笑的自尊心而一时失去了理智。

也许,这是每一个瘫痪的人都必经的过程吧! 我感觉自己正在上演史铁生老师笔下的"双腿瘫痪后,我的脾气变得暴怒无常。望着望着天上北归的雁阵,我会突然把面前的玻璃砸碎;听着听着李谷一甜美的歌声,我会猛地把手边的东西摔向四周的墙壁"那样的人生。那是我以前读他的《秋天的怀念》时所无法想象,无法体会的人生,而现在,将要一一在我的生命中上演。

# 把我背到铁轨上去吧

早上，一抹明媚的阳光从窗口照射进来，我躺在床上侧过脸，半眯着眼睛去迎接那耀眼的阳光。眼前的一切模糊不清，内心的痛楚却分外清晰。

我知道父亲和妹妹，还有奶奶都在家里满怀期盼地等着我，等着我康复的好消息。我也无数次地幻想，自己迈着从容、矫健的步子，健健康康地出现在他们面前。可想象中的几千、几万种幸福、圆满的可能都已经被现实冲刷得支离破碎，无一幸存。

我不知道以自己现在的样子该如何回去面对父亲，面对家人，我非常害怕看到他们失望的眼神。每一次治疗失败，他们内心的痛苦其实丝毫不亚于我，我实在不忍心让他们又一次失望，又一次伤心、难过。只要一想到父亲落寞的眼神，我就整夜整夜睡不着觉，恨不得自己从来就没有来到过这个世界。

奇怪的是，那段日子，我的脑海里时常回想起很小的时候看过的一部电影中的画面。人物和故事全不记得了，却偏偏只牢牢记住了这样一个情景：一位年轻的母亲推着年幼的、坐着轮椅的女儿在火车铁轨旁散步。很显然，瘫痪的女儿给她的单亲母亲的生活带来了许多的艰难与辛酸，母亲早已不堪承受。就在女儿浑然不觉的时候，母亲突然一把把女儿的轮椅推到铁轨上。火车呼啸着开过来了，离这对母女越来越近，天真的女儿并不知道母亲想干什么，还一直惊慌地喊着："妈妈！火车！火车

来了!"

　　她没有注意到她母亲脸上木然的表情。就在一场人间悲剧即将上演的时候,女孩的母亲突然猛一用力把轮椅拉了回来,火车呼啸着从这对母女身边疾驰而过。也许,是母性中的一点良知让她在生死攸关的最后一刻作出了选择,只差几秒钟,母女俩的命运就将彻底改变。

　　这幅电影中的画面就那么一遍又一遍地在我的脑海中重复浮现,伴随我每一个失眠的夜晚。也不知怎的,心里突然就冒出了一个奇怪的想法,竟想也没想地就对母亲说了。

　　听着不远处火车呼啸而过的声音,我一遍又一遍地哀求母亲:"把我背到火车铁轨上去吧! 把我放在那里,您就可以回家了,或者干脆就把我丢弃在这里,让我自生自灭吧! 我不想再拖累任何人了!"我说这些话的时候表情十分坦然,眼睛盯着天花板一动不动。

　　我是想自己去的,无声无息地去死,可现在的我,是连爬都爬不过去了!

　　我只能求我的母亲。"妈,您帮帮我吧! 像我这样活着也是生不如死。我会写一封遗书,请阿姨证明并不是您心狠,是我自己不想活下去了,爸爸是不会怪您的! 我不怨任何人,是我自己命不好。替我跟爸爸说一声'对不起',我只能下辈子再报你们的恩了!"

　　我不记得这些话是在想了多久之后才说出口的,或者根本没经过大脑。

　　"如果您不忍心,就帮我买安眠药吧,那样子我能死得舒服一点。"我平静地躺在床上絮絮叨叨地说着这些话,而母亲一直默不作声,坐在床沿上眼泪一直没干过。她强忍着哭声,闷闷地抽泣,让人有一种撕心裂肺的感觉。我的心里也难受,无比痛苦。

终于有一次,在我说完这些话以后,母亲哽咽着却异常清楚地吐出一句话:"妈跟你一起死了算了!"然后我们母女俩再也抵挡不住,放声大哭起来。同村的阿姨看不下去了,语重心长地对我说:"孩子,这些日子,你妈心里也不好受,怎么还要说这些傻话呢?"

是阿姨的话点醒了我,我突然意识到自己真的说了好多好多的傻话。这些极端的话除了像一把把尖刀刺伤母亲的心以外,根本没有任何意义。就算我死了,恐怕这世界上最伤心的人还是我的母亲,会为我哭得呼天抢地,会为我的死痛不欲生的人也只有她。我竟然如此自私,如此不负责任地说这些话去伤她的心。

我怎么可以忘了,这些日子以来,她何尝睡过一个好觉,她的心里何尝比我好受。每天夜里,我只要稍微动弹一下,母亲都会醒来,小心翼翼地摸索着去扯灯绳,看我有没有什么不妥。

每当我身上作疼作痒,不堪忍受的时候,母亲总是整夜整夜地帮我按摩,隔着纱布轻轻地帮我抚摸伤口,减轻我的痛苦。

这些年她心里的痛会比我少吗?她咽进肚里的委屈我又知道多少?她常常痛心地说:要是痛苦可以代替,她情愿替我生病,替我受苦,替我承受这些年病痛的折磨!

看到母亲为我哭红的眼睛,我才深深地意识到自己的行为有多幼稚、多愚蠢、多自私。以后再也不敢说这种不负责任的傻话去伤她的心了。

# 回　家

经过一段对我来说极度漫长、极度痛苦的时光,总算,治疗结束了。母亲已经收拾好东西准备回家了。阿姨的家人专程雇车来接我们回去。

回家,是在这里的每一天都心心念念、牵肠挂肚的事。本不想再带着悲伤和绝望回去,可是……

永生难忘的两个月。我在那间不足 15 平米的小屋子里待了两个多月的时间,60 多个日子里没有离开过一步。母亲背着我走出那间小屋的时候,我突然觉得外面的阳光很刺眼。这情景像极了我们刚来的时候,母亲背着我,我们都以为走进了希望,而现实却早已物是人非,我再也回不去两个月前,命运也回不去了。

如今,外面的一切对我来说都是陌生的。母亲的背是唯一让我觉得安全,觉得温暖的。我把头贴在母亲的肩膀上,懒懒地趴着,不去看周围的一切。

母亲转身背对着车门,小心地在车座上放下我。然后我自己笨拙地扭来扭去,在座位上坐稳。我的双腿十足就是两根木棒,在车里伸不直,也没办法缩回来,动一下还疼,怎么放着都不舒服。我自己在车里折腾了半天,只能靠手背撑着坐垫让身体挪来挪去,手也跟着疼了。

其他人搬好东西开始上车的时候,我赶紧坐好不动,双腿只能横在车座中间，斜坐着，母亲挨着我，但是已经被我的腿逼到角落里了。没有人注意到我的手一直死死地抓着坐垫，因为这样的姿势我没办法保持平衡，车每一次晃动我都会无比紧张，感觉自己快要从座位上滚下来了。

回去的一路上，平静而沉默，路还是那条路，风景也还是那些风景，只是没了来时的兴奋和激动，没了来时的意气风发。多了一种茫然，多了一种心如死灰的平静，我努力用沉默掩饰着一切。

但让我无法不在意的，是父亲，他一定以为我已经康复了，他一定还在继续我之前的那些幻想。一想到父亲可能会有的反应，一想到我又要再次让他的眼神里布满绝望的阴霾，我就觉得十分不安，我的内心被一种强烈的罪责感包围着。

我矛盾极了，一方面我很想回家，十分想念家人，另一方面又希望车永远也不要开到自己家门口。就这样一直不要停，直到生命的尽头。

车停在码头边等渡船的时候，他们去买了水和吃的。我什么也没要，母亲递过来的矿泉水和剥好壳的鸡蛋，我没有看一眼，只是平静地摇摇头。那一刻的我什么心情都没有。

上了船之后，由于车是静止不动的，车里的空气一下子变得格外闷热。大家都热得不行，跳下车跑去船沿边吹凉爽的河风去了。

压着这么重的东西，船会不会突然沉了？这样我就能死在这里了。不行，那样会死很多无辜的人，让我一个人死就好了！我一个人坐在车里，想着这些莫名其妙的事情，竟然感觉不到丝毫的燥热，因为我的心里早已是一片冰天雪地。

不管怎样，车终究还是在家门口停住了，我终究还是怀着复

杂的心情回到了家里。家里的一切没有任何的改变,那种熟悉的感觉和家人不变的关心让我觉得心情稍好了一些。

看到茶几上放着的半盒安眠药,我的心一阵酸楚。

知道我回来了,邻居们都过来了,大家都问我:"好些了吧?""嗯,嗯……"我低着头小声答应着,没说好也没说不好,我知道大家一定都以为我治好了,而在那一刻,我竟然特别不想解释什么。

刚到家里,舅舅就为我送来一碗热汤,并激动地对我说:"成功在望! 成功在望!"舅舅的眼神里闪烁着令我心痛的光芒,连他也以为……

为了我的病,舅舅也经历了无数个不眠的夜晚,他如同娘亲一样关心我、担心我。舅舅说"成功在望"的意思是,我的病好不容易治好了,终于可以安安心心地读书,考大学了。可以没有羁绊,自由自在地去追寻属于自己的广阔天空和海洋了。没有疾病的困扰,我的人生就能由黑色变成彩色,变成金色,前途会充满无限的光明和希望。

可是,让我怎么告诉大家我已经瘫痪的事实。鲜香的热汤在嘴里涌动,泪水却在腾起的热气中悄然滑落下来。

# 第六章

## 坚强是唯一的选择

# 与轮椅的较量

刚回家的那些天，跟治疗的时候一样，我整日在床上躺着，等着母亲衣来伸手，饭来张口地伺候。还没回家的时候，父亲就给我的房间换上了崭新的窗帘，是一大幅竹子的图案，我很喜欢。

宁静、清秀，像一幅精致的油画，连每片竹叶上的纹理和那种竹子特有的清新的气息都展露无遗。我就那么每天望着窗帘上的竹林愣愣地发呆、出神，好像自己也正置身于一片幽静的竹林中一样。

也许是竹子本身的气息带给我一种宁静的感觉吧，至少可以让心乱如麻的我得到暂时的平静。记得以前外公在世的时候，他也在屋后栽种了好多竹子，那片竹林是我小时候最喜欢去的地方。以前最疼爱我的人就是外公，看到竹林，想起已经去世的外公，竟让我已经彻底凉掉的心里感觉到一丝温暖。

父亲帮我从残联领回来的轮椅就放在床边，可我不愿坐上去。只要拄上双拐或者坐上轮椅，自己就是一个不折不扣的残疾人了，轮椅就是残疾人的标志，残疾人的象征。可我的内心极不愿意承认这一点，尽管它已经是无可改变的事实。记得小学的时候，老师在我的成绩单上批注："身残志不残"，我都暗地里难受了很久。对于从小就是完美主义的我来说，残疾这种字眼显得格外刺耳！

　　好多天,我宁愿整天躺在床上,也不要坐轮椅,我对它排斥极了,憎恨极了。其实我知道,这种厌恶完全是因为一种连我自己都不易察觉,且不愿承认的害怕。我害怕那个残酷的事实,害怕那一段未知的,但铁定生不如死的残疾人生。我怕极了!我努力不把自己和残疾联系起来,努力欺骗着自己,努力撇清和轮椅的关系,心底里有个倔强的声音在说:就算在床上躺一辈子,也不坐轮椅!

　　经过好多天的挣扎,我最终还是妥协了,因为坐上轮椅,我至少还能看得见外面的阳光;因为坐上轮椅,我至少不用连喝水都要麻烦母亲和妹妹;因为……我已经没办法不依靠轮椅生活了。就像我的病一样,就算我对它恨之入骨,也不得不接受它将一辈子陪伴我的生命。我必须学会和它"和平共处""相互依存"。

　　母亲似乎明白我不愿坐轮椅的心情,关于轮椅的事情,她只字不提,只是每天小心地把水杯放在我的床边,让我伸手就可以拿到。还要每天都算好时间,干着干着活儿也要回来伺候我上厕所。

　　她每天都按时把饭菜递到我手里。我总说"放着吧,我一会儿吃",母亲就听话地把饭菜放在一旁,不勉强我吃,也不多问,放下就走了,走的时候还不忘提醒一句:"趁热吃,你这病不能吃凉的。"

　　可我哪里会有胃口呢?母亲每次送过来的饭菜我都只勉强吃了几口,但母亲还是耐心地在她自己吃饭之前把热腾腾的饭菜往我手里递。母亲说要喂我,我坚持不肯,我的右手臂已经严重变形,僵硬得像一截树桩,我想我以后是连用右手吃饭都不可能了,但就算一辈子用左手,一辈子只能拿勺子吃饭,我也要自己吃!

母亲每天来收碗的时候,发现她给我端去的饭菜几乎都没动,她显得有些着急,问我有没有想吃的东西,她去给我买。

# 活得如行尸走肉一般

又一个早上,我从自己的噩梦中惊醒,感觉无比疲累。无力睁开眼茫然地去扫视周围的一切,有那么几秒钟,就像失忆了一样,突然觉得这个世界如此陌生,内心便无比惊慌失措起来。然后慢慢地,又一点一滴记起所有的事。

天又亮了,为什么天要亮?

我还活着吗?是的,而且——瘫痪了!这一句臆想之中的回答让我的心又一次感到撕裂般的疼痛。我猛地翻身把头贴在另一边的枕头上,眼泪再一次不受控制地溢出眼角。

彻底地失去健康,失去心爱的校园,失去追求梦想、追求幸福的自由和权利,我的人生彻底毁了。这样沉重的打击使我的精神彻底崩溃,所有的坚强,所有的支柱与支撑顷刻间变得不堪一击,彻底垮塌。

我像一只可怜的蜗牛把自己关进厚厚的躯壳里。不再有理想,不再有尊严,不再有活着的勇气和毅力,暗无天日的生活着。我从里到外,彻底变成一具行尸走肉。心跳不再有感觉,呼吸不再有生命,眼神不再有光芒,心里不再有温度,如死水一般,变成一片冰天雪地。

我已生无可恋,以前的自己也彻底不见了,意志消沉得像一滩烂泥,心痛得快要死去。所有的痛苦、脆弱、委屈一起朝我涌来,我发疯一样地挣扎,发疯一样地在心里喊不要!为什么?

老天爷为什么如此不长眼，为什么是我？我究竟做错了什么？为什么所有的痛苦和不幸都要我一个人来承受？我还是个刚满 14 岁的孩子，我的人生才刚刚开始，为什么让我变成废人一个？我一直很努力地生活，很积极地把握人生，很拼命地追逐梦想，到头来却是这样的下场！

我真的很想一觉睡过去，再也不要醒来，只要一睁开眼睛，残酷的现实就摆在眼前，由不得你逃避，由不得你摆脱，由不得你不接受。我不敢去想自己也许就要这样做一辈子瘫子的事实，将要成为父母永远的担忧和累赘，却又难以控制地疯狂地去想象自己以后可能会有的悲惨下场。

等到自己四五十岁，甚至更老一些的时候，还是像现在这样一个人孤零零地坐在冰冷的轮椅上。或沿街乞讨、残羹剩饭、苟延残喘；或老态龙钟、老泪纵横、卑贱不堪。我想象着有一天连最爱我的父母都嫌弃我、抛弃我、离开我的时候，活着将是一件多么悲惨、多么残酷的事。每每想到这些，我都恨不得自己可以马上死去，生命就此终结。

我脸色苍白地平躺在床上，无力地望着窗户发呆，好几个小时，一动不动，跟个死人一样。说是平躺，其实我的双腿早已经无法伸直了，完全靠脚跟着力，时间长了，会像针扎一样疼痛。

我整天除了流泪，还是流泪，哭得歇斯底里，哭得天昏地暗。我感觉自己的心正在一滴一滴地往外渗着血，痛到心碎，痛到窒息。眼泪成了唯一理解我的东西，唯一排解内心苦闷的方式。

足足几个月的时间，我的眼泪几乎没有干过，每天从天亮哭到天黑，从天黑哭到深夜，哭累了，就不知不觉地睡着了，醒来又接着流泪。枕巾和床单总是大片大片地泪湿了又风干，风干了又湿透。

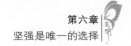

　　每天的天亮,每一个崭新一天的开始,从我有知觉的那一刻起,就要重新面对一次残酷的现实,重新承受一次打击,然后重新崩溃一次,又重新挣扎,重新歇斯底里地发疯。

　　我彻底陷入了苦难的恶性循环,无法自拔、无可救药。每天除了流泪,我找不到更为理智,更为理想的方式去宣泄。我以为自己的眼泪早已在这几个月里流干,眼睛不再是心灵的窗口,而是成了没有泪水,没有光芒的空洞。

# 死还是活着

新的一天又开始了,我依旧僵硬地躺在床上想自己的命运。眼神空洞而且呆滞,只有泪水止不住地流。

我以为自己一定疯了,我倒宁愿自己已经疯了,一个精神失常的人是不会觉得活着有多么痛苦的。可我的头脑却异常清晰,我的所有痛苦、残酷的现实,都清楚地摆在脑海中,残忍地撕扯着我的心、我的肺。

我常常出神,思绪被一些毫无次序的事情带走。给我治病的阿姨说过,类风湿患者中也有不药而愈的奇迹出现,而我,竟然还会疯狂地幻想着,也许哪一天,我一觉醒来,发现自己突然奇迹般的康复了!尽管,这种愚蠢至极的想法连自己都欺骗不了。

我一直把它囚禁在潜意识的最深处,接受着最严酷、最残忍的拷打与折磨。但我永远也无法扼杀的是,人在绝望的时候,总会无比地期盼奇迹的降临,侥幸是唯一可以在绝望的沼泽中存活下来的火种。

但这世间上本就是没有奇迹发生的,一切的结果都是必然的。除了会突然将我吓醒的无休无止的噩梦,我更无休无止地做着这种不药而愈的梦,梦见一个长着很长的白胡子的老神仙递给我一些药,吃药的后果是要么死,要么好。我毫不犹豫地抓起那些药吞了下去。每次刚一下咽就突然醒来了,一旦醒来,身体稍稍的动弹而引发的全身的剧痛就立马提醒我这样的美梦有多么荒唐。

有一种感觉叫做生不如死！我想，和我一样患过类风湿疾病的人一定都深有体会。类风湿一直被医学上称之为"不死的癌症"，所谓"不死"其实比"死"更可怕。它会一点一点掠夺你的健康，一点一点击垮你的意志，只要你活着的每一天，它都会让你在无穷无尽的痛苦与煎熬当中度过。

深入骨髓的疼痛会伴随着你拥有知觉的每一秒钟。除了忍受疼痛，你只能眼睁睁地看着自己的关节一天天变形，一天天失去各种活动功能。都说人生苦短，生病之后，我却只觉得生命太过漫长，太过遥遥无期。与其痛苦而又毫无意义地活着，不如一死了之，一了百了。虽然舍不得家人，但也许这个世界上没有我了，他们能生活得更好，更幸福。

既然如此，死吧！还活着干什么呢？

我几乎每时每刻都在考虑如何安乐死。自杀的方式有好多种，每一种方法，每一个细节，我都仔细考虑过。这才发现，一个严重的类风湿病人，连想要寻死都是一件如此困难的事。上天剥夺了我们活着的幸福和乐趣，就连选择死亡的权利也一起被剥夺了。

我能够活动的范围很有限，思来想去，最简单的方法就是，从二楼楼梯口大胆地跌下去，任由自己摔得头破血流、停止呼吸。而事实上，我并不仅仅是这样想，也真的这样去做了。我曾经无数次转着轮椅来到楼梯口，我心里十分清楚，只要我稍一用力，自己的身体就会随着轮椅的倾斜而滚落下去。如果我的离开能让自己和家人从此脱离苦海，那为什么不呢？

我紧紧攥着轮椅的转轮，眼泪止不住地喷涌而出，明明寻死

的念头和决心已经沸腾到极点，却始终没有勇气再向前迈进一步。我不怕死，我只是怕万一摔不死，反而成为父母更大的负担和累赘。

也许，这就是我的命运，上天安排我屈辱地活着，就是为了一点一滴地折磨我，一点点给我希望，又一点点将它们打碎、扑灭。但即便是这样，我自己的命运我自己一个人承受就够了，我不想再连累身边的人。

经过仔细考虑之后，始终觉得只有割腕才是最"安全"的方法，那是唯一我能够做到又能必死无疑的方法。

离开学校以后，母亲再也不用每天接送我上学，她留在家里照顾了我一段时间之后，闲不住的她决定帮父亲分担一些家里的负担，于是给自己找了份活干。平时，爸妈都在外面工作，妹妹在上学，家里就只有我一个人，我有足够的时间来结束自己的生命。

# 不甘心就此死去

为了能让自己安然离去,我决定留下一封"遗书"。我找出纸笔在膝盖上摊开,用自己一贯没有笔力的字迹颤抖着写下心中想好的话。

"亲爱的爸爸、妈妈:当你们看到这封信的时候,我或许已经去了另一个世界。请原谅女儿的自私,女儿的不孝。如果有来生……"

简单的几句话,简单的开头,我的泪水却已模糊了双眼,雪白的信纸上落下几滴大大的泪珠。只是简简单单的几个字,我却几次写错,大脑就像突然死机了一样,无法正确地组织语言,在心里默念了好多遍的话语却总是写得语无伦次,凌乱不堪。我把自己写了一半的"遗书"一张张揉皱,扔进垃圾桶里。心里有一肚子的话要说、要写,可这会儿却一个字也写不出来,一个字也写不下去。

我把手中的笔扔得老远,把垃圾桶里的废纸撕得粉碎,我不想让父母看见有所警觉。我拿起平时做手工用的小刀,放在自己跳动的脉搏上,一下、两下……我可以清楚地感觉到自己的脉搏正在热烈地跳动,跟从前那个充满自信、充满梦想,坚信世上无难事,坚信命运掌握在自己手中的自己,心中跳动的是同一种频率,可我却再不是我了。

拿刀的手开始颤抖。我知道,只要一下,绝情的一下,勇敢

的一下，我就能够彻底解脱，再不需要备受煎熬，生不如死，再不会生病，也再不需要继续这段毫无意义的人生。

我留恋地看了一眼窗外的阳光，明亮的阳光从窗帘缝中照射进来，很耀眼，把我的脆弱显露无遗。我知道，一旦作了决定，就再也看不见这明媚的阳光。

我心痛不已。这时，我的脑海中不断地浮现出一个人——我的母亲，一个让我无法不在乎，无法不留恋的人。她的眼神，她的泪水，不断地在我脑海中重现，不断地提醒我想起以前的种种。

是母亲给了我生命，是她给了我留在这世界上的第一记响亮的哭声；是她扶着我走第一步路、教会我说第一句话；也是她，在我带病求学的这些年里风雨无阻地陪伴我走过每一天，每一步。这里面包含了多少期盼，从出生盼到我学会走路、学会说话、学会叫妈妈……每一天都盼着我健健康康地长大成人。

她教会我做人的道理，和爸爸艰难地养育我成人，她背着我四处求医，背着我去上学，看着我承受病痛的折磨，她无数次哭红了眼睛。她在承受着自己无比心痛的同时，还要鼓励我坚强，带给我活下去的勇气。她这样做是希望我放弃自己的吗？

不管多么艰难，她都没有放弃过我。不只母亲是我的精神支柱，我也是她的。母亲说过，我生病的时候，她也想过死了算了，但为了我，她必须坚强、勇敢地活下去，她不忍心抛下我，我是她未完成的责任。

想起母亲，我感到无比愧疚，眼泪也早已决堤。很小的时候就曾在心里发过誓，要做一个争气、懂事的好孩子，要带给父母幸福、安乐的生活。可这一瘫痪，让我除了寻死，几乎忘记了所有，忘记了从前的梦想，忘记了自己的誓言，也忘记了从小到大

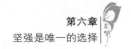

都引以为荣的应该肩负的责任。

母亲教会我坚强,教会我努力,却不曾教过我放弃,她辛苦地供我读书,为我治病,送我上学,也一定不是为了让我学会自暴自弃,不珍惜自己。假如我选择放弃,那么母亲为我付出的一切都将变成白费,我自己的所有努力、所有挣扎都会全部划归为零。

死并不是解决问题的方法。死是逃避,是一切的终结,包括幸福。离开人世便不再痛苦,却也带走了所有幸福的可能。即使我死了,也无法逃脱自己的罪责,我拿什么面对这段失败且不完整的人生,我拿什么面对自己的一事无成,一败涂地,我拿什么面对自己曾经引以为傲却半途而废的梦想,我拿什么面对自己从来不曾肩负的责任。

我知道自己还有好多东西放不下,放不下朋友,放不下父母,放不下妹妹。我想要亲眼看到妹妹考上大学,将来有一个好的前途,就像从小就看着她一步步长大成人一样。我要能够确定我生命中最重要的几个人将来都能生活得幸福,我才能安然地离去。

# 可以被毁灭，但不能被打败

我无法自己出门，也没有地方可去。闲来无事的时候，我总喜欢静静地在门口坐着，把头靠在门框上，愣愣地看着远处的天空出神。有时候看着看着，会有一两滴眼泪从眼角溢出来，然后内心划过一阵莫名的悲伤。我索性把头仰得更高一些，扬起嘴角用笑容抑制住悲伤。

瘫痪之后，我变得沉默寡言，常常可以一整天不说一句话，我以为沉默便能够掩饰一切。可是因为我的郁郁寡欢，使家里的每个人都蒙上一层阴影，家里的气氛也十分压抑，失去了往日的欢声笑语，一家人每天沉默地进出，沉默地吃饭，沉默地各忙各的。原本温馨、幸福的家变得死气沉沉。

那时候的我，是一个脆弱加敏感体，一片落叶、一只路过的小鸟、一群年轻的、健康的生命，包括他们的笑容，都足以勾起我的眼泪和伤感。

是谁把我变成了这样呢？我常远远地看着天空想，我原本有完美的人生计划，有高远的理想和明确的人生目标，是谁把我变成了这个样子呢？是命运吗？这个世界上真的有命运这回事吗？我不知道，我上辈子一定是做了什么坏事，穷凶极恶，这辈子才会落得这样的下场，每次这样想，我都会觉得也许自己是"罪有应得"。如果说真的有报应，就报应在我一个人身上好了，为什么要连累我的家人也一起受苦。难道他们上辈子欠了我什

么吗？可他们都是那样好的人。我忍不住闭上眼睛在心里默
默地祈祷：保佑我的家人平安健康，有什么灾难、报应就冲着我
来吧！

我无法完成双手合十的动作，只能够将左手握成拳头，右手
握在左手上来代替。许完愿，我觉得轻松了不少，仿佛上天一定
会答应我的请求一样。我每年的生日也许这同一个心愿，上天
对我已经有太多的不公平了，我这唯一的心愿它总不会也拒绝
吧？如果我痛苦的存在可以换来家人的健康、平安，我会觉得好
过一点。

从很小的时候起我就很喜欢一首歌，歌名好像叫《美丽的西
双版纳》，有句歌词我记得特别牢——"剩下我自己，是不是多余
的？"没人的时候，我会时常默默地重复着唱这一句，我一直都觉
得自己就是多余的。假如这个世界上没有我，爸爸、妈妈和妹妹
会是令人羡慕的三口之家，我的存在根本就是老天错误的安排，
是多余的。

然而没想到，这个已经不能够让他们骄傲、这个没用的我，
却影响着全家人的情绪。我一个人的打击也是全家人共同的打
击，我不幸的命运成了全家人共同的不幸。他们都在压抑自己，
都自觉地尽量不提起那些令我伤心的话题。每天照常工作、赚
钱、做家务。或许忙着的时候能让他们暂时忘却一些烦恼。他
们又何尝不是忍受着内心的煎熬，经历过无数个不眠的夜晚。
每每想到这些，我的内心就非常不安。

我觉得自己不应该再这样下去，我决定让自己振作起来！

我每天都逼自己去想，如果有一天，我以前的同学、伙伴都
考上理想的大学，一个个事业有成，家庭幸福，前途无量，而自己
却只能像只可怜虫似的缩在这轮椅上度过余生；当所有的人都

拿怜悯的目光来看自己,甚至是自己曾经不屑,不耻的人都活得比我好,活得风风光光的时候,我还可以坦然地面对吗?我的自尊心能够承受吗?

答案是不能!我无法接受!何止不能接受,我每每想到这些都恨不得马上死掉算了。但这就是我的命运,我没得选择,我没有不接受的权利!

你就是坐轮椅了,就是残疾了,这辈子都甭想上大学了!你得一辈子这样孤独到老、到死!不能揭的伤疤永远都不会好,我每天自己揭开,自己撒盐,彻骨地心痛,发疯似的挣扎,我要逼自己振作起来!

一个连死都不怕的人,还有什么能将她打垮呢!

彻底想通之后,我不再流泪。就算我哭瞎了双眼也无济于事,这一切不会有任何的改变。不会有人在意一个年轻的生命是在经历了多少痛苦,多少挣扎之后,才无奈地选择放弃自己热爱的生活和世界,更加不会有人在意,她活着时候的梦想,她的骄傲。

那么我的人生换来了什么?换来了母亲心里的一道永远也无法愈合的伤痕,换来了相识的人一句无言的惋惜和感叹,换来了一个如气泡般生存过的印记。我的离开就如同我从来不曾来过这个世界一样。这就是我要的人生意义吗?我活着就是为了这样悄无声息地来,又悄无声息地死去?

不!绝对不是!我还有梦想,还有责任,我还有我的人生!我还有好多事没有做完,人生当中还有好多空白和遗憾,就这样离开我不甘心。我要实现我的诺言,要证明自己存在过!

# 第七章

## 破茧成蝶

# 活着, 我就没输

　　早晨起来, 拉开房间的窗帘——天气很好, 从窗口看出去的天空湛蓝纯清。淡淡的云朵悠闲地在高空里飘浮着, 我的视线微微朝下移动, 眼前的绿树和小草都让人感觉空气格外新鲜。周围的一切都是那么宁静。没有人打扰, 我可以独自倚在窗前悠然自得地享受这个惬意的早晨。

　　但眼前的宁静却无法止住我内心的波澜。我生下来就注定是要受尽磨难的吗? 我又一次无力地靠在轮椅上。身体微微下滑, 使脖子刚好可以停留在轮椅的靠背上。虽然身体无法走动, 好在思想还是自由的。

　　连算命的都说我不是残疾就是短命, 我活下来了, 所以成了残疾。算命的说我如果提前一天或者推迟一天出生都是好日子, 可我偏偏就选中了那一天。

　　这倒是很符合我的性格, 我想。天生不喜欢走寻常路, 天生喜欢与众不同。我就要选在这一天出生, 我就要选在这一天降临到这个世界, 仿佛算命的越说它不好, 我越觉得自己选对了似的。我倒要看看它给我安排了怎样的命运, 看它想把我怎么样。如果想要无休止地折磨我, 那就来吧, 我不怕! 我偏要好好活着, 活给老天看! 让它知道, 我是没那么容易被打垮的!

　　我不确定自己在想这些的时候有没有说出声来, 反正平日里就我自己一个人在屋子里, 说出来了也没有人能听得见。我便有很多的时间像这样和命运"谈判"。

我已经坐轮椅了,还有什么比这更差的结果吗?最坏的结果我都能接受了,还有什么好怕的!

这样歪着身子"躺"久了,脖子和腰背都酸痛起来,腿也开始麻了,于是我稍微挪动一下身体,使头靠在轮椅的扶手上能舒服一些。

我想找本书看。那时候我还没有属于自己的书架,一摞摞的书本全都搁在母亲装过蔬菜的大纸箱里,挨着靠窗的墙根放着,打开便能闻见一股浓浓的书香。我随手抽出一本,漫无目的地翻翻。14岁这一年的夏天就在这日复一日的"清闲"之中快要过完了。

14岁,多么美好的年纪呀!我忍不住感叹。可以无忧无虑地享受青春多好!我的14岁和别人的有什么不同呢?我的14岁坐了轮椅,我的14岁永远地离开了学校。我的命运好像在14岁这一年就注定了。

我又忍不住轻轻叹了口气。然后转身滑动轮椅把书本合上放到书桌上去,下次好拿。我保持着一个慵懒的坐姿,全身瘫软地窝在轮椅上,思绪继续天马行空。

我在14岁这一年失去了健康,失去了自信,失去了所有对幸福的期许,但我的心智却在14岁这一年里用最短的时间成长了至少十年,并且懂得了,活着便是一切幸福的开始。我的14岁似乎要比别人精彩得多,我获得了自己作为健全人的时候可能永远也无法获得的宝贵精神财富。这算不算是好的一面呢?

我想这就是其他人常常挂在嘴边的:上天是公平的吧!它拿走你一些东西,也会赐予你另一些东西作为补偿。只是它给

你的未必是你想要的,而它拿走的却是你最不能失去的东西。

我的命运——健康与否,我自己无从选择,但我唯一有权利做决定的——就是开心与不开心。我可以哭着过一天,也可以笑着,不可改变的是,无论哭或笑,这一天都会过去,那么,何不让自己开心一点。即使有许多事令我无可奈何,至少选择权在自己手中!

我可以选择活得充实而有意义,继续追逐梦想,也可以选择一生碌碌无为、唉声叹气,哪一种是我想要的? 当然是前者!

我突然坐立起来,内心开始变得不平静。我挺直了身子望向窗外,我目之所及的事物全都在微微的清风里挺立着、生长着。

我的人生才刚刚开始呢! 用老人们的话说就是:茅草尖尖才刚露头。现在说结果好像还太早。我还有好长的一段路要走呢! 说不定后面还有美丽的风景和数不清的惊喜在等着我。如果说一路都充满风雨,那我的人生肯定不会寂寞了。这样一想,我似乎对自己的未来充满期待。

就这样认输,就这样向命运屈服,你甘心吗? 当然不甘心! 还未到达自己的彼岸,我岂能甘心?

我抬头看看天空,老天一定听见了我的祷告。我抿起嘴唇,忿忿地望着天空在心里说着:你看着吧! 我不会就此认输的!

# 照顾好自己，等于帮父母

在那之前，我是十分讨厌自己的。天气冷了不去加衣服，让自己挨冻，冻得全身冰凉，关节僵硬；心情不好就装睡不吃饭，夜里饿得胃难受，整夜整夜睡不着；坐久了全身都疼，却偏不让自己休息，一坐就是一整天，越是疼就越要这样，怎么不舒服怎么来。感冒、发烧了死活不吃药，不看病，扛到声音完全嘶哑，讲不出一句话。甚至蚊子歇在我身上，我也不去赶走它，一动不动地看着它吸我的血，然后满足地飞走，而我，就像个活死人，没有反应，没有表情。我疯狂地挑战着自己身体的极限，自己跟自己作对。

父母的担心溢于言表。母亲还是会按时把一汤匙黑色的药粉喂到我嘴边，然后安慰我说："会好的，慢慢会好的。"我就像个木头人一样呆板地嚼着苦到心里的药粉，一口气咽下去，不说一句话。看着面无血色，骨瘦如柴的我，父亲痛心地说："看看你还像个什么人了！"

我的确不知道自己变成了什么样子。我已经许久没有照过镜子了，我讨厌看到我自己，我害怕看到镜子里那个狼狈不堪的自己。

挣扎了好多次，我终于鼓起勇气，缓缓地把轮椅挪到衣柜上的镜子前，胆怯地去看镜子里面自己的脸。瘫痪之后的几个月，我从来不照镜子，这一下猛然间看到自己，竟然吓了一跳。苍白

的脸上看不到一丝血色,两只哭肿的眼睛在瘦得已经捏不起来半点肉的脸上鼓出来,被泪水浸湿的头发凝到一起,狼狈不堪。

我是个一无是处的可怜虫!我厌恶地想,我简直看不起自己。

不!我不是!我不是!我又开始为自己辩驳。

以前的我到哪儿去了?我要把她找回来!

我努力让笑容绽放在自己的脸上。我告诉自己要好好活着,活出个人样,无论变成什么样子,我也要跟以前一样,做父母心目当中的骄傲!

我知道自己一直是父母的心头大石,我实在不希望让他们继续为我担心下去。既然选择活着就只有一条路——好好活。我渐渐意识到,如果我哭,家人会陪着我一起哭,一起难过,那么如果我笑,家人也会陪着我一起笑,一起开心。

于是每天早上,我笑着目送爸妈出去工作,然后心里便开始祈祷着他们这一天一切顺利。奶奶做好了饭,便和我一起等着他们回家吃饭,我们俩唠唠嗑,说说话,这一切都让我的内心无比平静。

每次我倚在门边默默地看着父母出门,内心都会觉得无比酸楚,他们的背影已经日渐苍老。他们无休止地劳动,仿佛是要为他们瘫痪的女儿把后半辈子的钱都挣回来。

他们的辛苦,我丝毫替代不了,帮不上忙,我能做的就是照顾好自己,不再让他们为我担心。我想这是我能帮他们的最大的忙了。

我是个有病在身的人,和自己过不去的后果仅仅是无端给自己增加痛苦而已。身体已经不好了,再有什么新的病痛,只会更加害人害己。

我不再那么抗拒,不再拿自己的身体当作和命运赌气、较劲的工具。天冷了我会尽量多穿一点,尽量不让自己受凉,不让自己生病、感冒。无论是不是自己喜欢的,是不是自己想吃的,我什么都吃一点。类风湿属于免疫系统疾病,我多吃东西,补充营养,抵抗力强了,身体底子好了,也许比任何灵丹妙药都还要好。

也许是心情变开朗了,也许是身体渐渐调理好了的缘故,我的胃口竟然也渐渐好起来了,至少偶尔在开饭前,我能感觉到饿了,想吃东西了,那是多少年不曾有过的感觉。除了不能走路,我的精神头儿看起来比健康的人还要好。

看着我一天天开朗,气色也一天天好起来,全家人的心情也逐渐晴朗,遮在我们头顶上的乌云开始在笑声中逐渐消散。

每天的午饭和晚饭是一天当中最开心的时候,因为一家人都在。大家好像都有一种共同的默契,各自说着自己遇见的开心的事儿,不开心的话题只字不提。因此一顿饭吃得笑语连连,父母还能带着笑容出去工作。家——终于又变回了以往幸福的模样。

看着家人开心的样子,自己兀自微笑着,埋在心里的所有不愉快都变得微不足道了。

# 自己快乐，也让他人快乐

我们家一楼很潮湿，变天前总会像泼过水似的。潮湿的环境对我没有好处。为我的身体考虑，爸妈将我安置在二楼。在家里我所能够活动的空间便很有限了，除了客厅和房间，就只剩阳台了。

我每天早上起床后的第一件事就是"冲"到阳台上，贪婪地呼吸几口新鲜空气，然后伸个懒腰告诉自己：新的一天又开始了！

我的脚不喜欢放在轮椅的脚踏板上，让双腿自然地垂到地上比较舒服，在我用不怎么有劲儿的双手滑轮椅的时候，脚还能帮上一点儿忙。轮椅通过阳台那一厘米高的台阶的时候，我会习惯性地将双腿腾空，轮椅会自己顺着小小的坡度滑向阳台外面，然后在围墙前面停下来。这样的感觉我十分喜欢。这算是我自己发明的轮椅上的一种娱乐。

我喜欢趴在阳台上看眼前的事物。一棵从我出生就已经在那儿的老柳树，一丛和柳树相依为命的竹子，还有一间青瓦泥墙的农家小院。我每天都看，尽管——他们每天都一样。除了在春天的时候，原本光秃秃的树干会在一夜之间缀满密密麻麻的小嫩芽，然后又几乎是在一夜之间，嫩芽变成了一簇簇茂密的枝丫。

清晨的阳光舒服地洒在我身上，我眯缝着眼睛朝自己的左前方去看那个明亮的大火球。忽而觉得太阳是天底下最大方的,无论你是谁,无论你是个什么样的人,它都会毫不吝啬地把阳光分给你,它能叫每个看见它的人都感受到温暖。

门前的柚子树——每一片树叶都映照着太阳的光芒,那么喜悦,那么生气勃勃,那么……忘词了。偶尔有一两个路人经过,如果是认识的人我会和他们打招呼,他们的脸上便都能看见灿烂的笑容。在太阳照射下的一切事物都变得美好起来。

我以前怎么没有发现呢?一棵小树、一株草都是那么美好。美好的事物其实一直都在我的周围,只是我的眼睛一直都被泪水和绝望的阴霾遮蔽,根本看不到事物美好的一面。原来我已经错过了这么多美好的东西。突然觉得活着真好!活着还可以每天享受这明媚的阳光,还可以看见一切美好的事物,让自己心情大好。

不知道是不是海明威笔下的圣地亚哥爷爷的乐观和开朗影响到我,我的脾气好像一下子不见了,变得不急不躁,波澜不惊。我只是开始明白,心烦和生气是最没有用处的事,后果已经造成了,还不如把生气的时间拿来想想怎么补救,怎么把不好的后果降到最低。

我最心爱的玻璃工艺品被家人不小心打碎了,我遗憾万分。可转念一想:它总有一天会碎掉的,之所以是在今天,也许是我和它的缘分已尽了。在它还属于我的时候,它带给了我好心情,我也珍惜了,这就够了。现在,是它该要离开的时候了。我们所失去的一切都只是在它该要离开的时候离开罢了,不必强求,也不必痛苦。这样想以后,活着的每一天都只觉得倍感珍惜,因为明白了现在所拥有的,总有一天会失去。

任何能够叫我生气的事情发生的时候,我总会第一时间压

住自己的怒火,对自己说:没事,还好！然后想想有什么比生气更值得做的事。气头过了,甚至常常都想不起来有什么可值得生气的。时间长了,整个人变得平和起来,也就多了不少快乐。

我想让身边的人也拥有这种快乐。我学会了做一个"出气筒",静静地聆听身边所有人倒给我的苦水,然后提醒他们别忘了生活当中的幸福。我能够让每个和我聊过天的人都感到心情愉快。

前十多年一直活得一本正经、规规矩矩的我竟然也学会了开玩笑。我会在别人气得火冒三丈的时候,来一个无伤大雅的玩笑,把对方弄得无气可生,最后无力地笑出声来。这种快乐便是双倍的。

多了笑容,原本死气沉沉的脸上便多了几分精神,多了几分朝气。我喜欢这样子的自己,喜欢别人在没有注意到我双手的时候还会好奇地问:"你为什么坐轮椅?"

一缕轻轻飘过来的微风停止了我所有的思绪。我抬头仰望纯净的天空,心里有个无比坚定的声音说着:即使坐了轮椅也要好好活着,像个健全人一样开心地活着！

# 我的小天地

有很长一段时间,我最喜欢做的事情就是到阳台上晒太阳,无论天气好坏,我每天都去,一待就是一整天。因为无法出门,还有一个很重要的原因是——没人发现我在那里。我尤其喜欢下雨天,我想象那是老天在为我这样的人流泪。

说是晒太阳,其实只是在静静地发呆,把自己变成一尊活雕塑。用冷漠的双眼看着眼前过往的路人,无论是认识还是不认识的,无论眼前发生什么事,都无法让我的心里泛起一丝涟漪,我的眼睛此刻只是一盏走马灯。

我不爱看电视,尽管我总是习惯性地在起床之后就把电视机打开,我只是需要有一些声音来赶走屋子里面的寂静和孤独。电视里演什么都与我无关,我还是自顾自地找事情做,无所事事的感觉实在让人焦躁难耐。

我把从阳台上收进来的衣服一件件叠好,放进衣柜,偶尔做一点缝缝补补的针线活,或者扫个地什么的。每次做完这些我都会无比生气,因为自己实在没用,做一点点小事都会累,身上都会疼,然后喘着粗气全身瘫软。但是,这是我仅仅能够做到的事了,如果不做,我怕长此下去,自己会变得懒惰,更怕自己以后什么都做不了了。

除此之外的时间我全放在一些毫无意义的事情上,折千纸鹤、折纸蝴蝶,用线串起来做成各种各样的挂饰挂满自己的房

间。冬天,我会去买支红蜡烛,放在炉子上融成蜡水,再请父亲去帮我弄几根枯树枝,加上一个废弃的牛奶瓶,我能用这些东西做出一束栩栩如生的腊梅花,所有的亲戚朋友看到都不相信这是出于我手。

连我自己也不知道我为什么要做这些东西,也许只有在做这些手工的时候,我才觉得自己的那双已经严重变形、十分难看的手并不是一无用处的。也只有当我正专注地做某件事情时,才能够暂时忽略所有的痛苦,忘记自己已是废人一个。能够自己亲手做出一些漂亮的东西,多少会有那么一丝丝的成就感。

我每天做的事情都是不经过大脑的,想做就做,没有任何理由,任何目的。

有一阵子我心血来潮想种种花,风风火火地找来许许多多的塑料瓶子做成一个个小花盆。不满8岁的妹妹可高兴坏了,跑里跑外忙个不停。我其实只是一时兴起罢了,我只是需要找一些不同的事情来填补每天枯燥、无味的生活。我根本不懂养花,也不知道自己有没有能力照顾它们,但妹妹却很拿它当回事儿,不止四处为我搜罗花种子,还耐心地帮我把土装好,再把一颗颗小种子小心翼翼地埋进土里。

于是我每天又多了一种打发时间的方式。每天起床后的第一件事就是"冲"到阳台上去看我种的那些种子发芽了没有。我天天给它们浇水,天天坐在旁边和它们说话,心情大好。没过多少日子,那些乱七八糟的种子竟然全都发芽了,这倒是一个意外惊喜。

仔细一看,有桃树、鸡冠花,连黄瓜都有,一个个小小的嫩芽破土而出,我既欢喜又感动。我每天都去看它们,陪在它们身边一坐就是大半天,它们好像每天都不一样。渐渐地,小嫩芽变成两片小小的叶子,脆嫩得让人忍不住想要伸手去——抚摸它们。

鲜活的生命就这样每天在我的眼前一点一点生长,能让人感受到一种强烈的生命力量和生命气息。我用手指去触摸那些幼苗的时候,心里竟然无比激动和欢喜。它们是因为有我的照顾,才能如此茁壮成长,这让我觉得心情很好。

只可惜,那些脆弱的嫩芽儿还没来得及长大,还没来得及轰轰烈烈地绽放一次,就在一阵狂风暴雨中纷纷夭折了。

# 第八章

## 学会苦中作乐

# 花 未 开

夜里下了一场大雨,雨点打在窗玻璃上叮咚作响。沙沙的雨声一直未停,伴随着大风的推送,一阵阵逼近到窗前。凉爽的温度却让人的睡梦变得格外香甜。

早上醒来,似乎还能闻见雨水的味道。我趴在枕头上亲昵地蹭一蹭自己的脸,然后贪婪地深吸一口气。伸个懒腰之后便觉得精神抖擞了。随即起身,把笨拙的身体移到床边的轮椅上。

经过长时间的练习和适应,我已经能够熟练地完成这一系列的动作了。尽管隐隐约约的疼痛会伴随着关节的每一个动作,会限制我的行动,但我不想去搞清楚到底是哪里在疼,只要我不去在意它,不拿它当回事,疼痛也就仿佛不存在了。

简单将自己收拾了下,还来不及梳洗,首先要做的是去看看我的"好朋友们"——那些可爱的、生机勃勃的小花苗。想必它们昨晚上定是酣畅淋漓地喝了个饱吧,说不定一晚上的时间,它们又长高了不少呢。这样想着,我的脸上不免现出盈盈笑意。

我转着轮椅出房间,顺利穿过客厅,来到阳台门前,因为夜里下雨的关系,怕雨水渗进屋里,此刻大门紧锁着。我用脚和轮椅那伸出去老远的脚踏板微微抵着门,好让我能顺利拉开门闩。

推开阳台门的一瞬间,眼前的一切使我惊呆了。不是一片片油绿油绿的小叶子冲着我"笑",而是凌乱的泥土散落得到处都是,那些不结实的花盆东倒西歪地躺了一地。一场大雨几乎

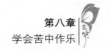

让它们全军覆没。

有一两个没有倒的小花盆还稳稳地立在那里,花盆四周黏着细小的沙粒和尘土,那是明显的被雨水洗礼过的痕迹。花盆里面已经积了厚厚的一层水,稚嫩的小花苗整个身子都浸泡在雨水里,这会儿看上去很像一个落水的少女正在极力地向我呼救呢!

我心疼极了,赶紧把花盆拿起来,将里面的水倒掉,花盆里的土也趁机流出去一些。那些水滴在阳台上,很快便蔓延了湿湿的一大片。我接着把倒在地上的那些"可怜的孩子们"一一救起,可是那些幼苗有的已经断掉,有的已经在泥土的掩埋和大雨的冲刷中失去了生命。

我佝偻着身子默默地收拾起阳台上的这一切。一小把一小把抓起地上的泥土,重新放回到小花盆里。那些花苗也一样,无论它们是否还能活过来,我都一一把它们送回"自己的家"。

看着眼前的一片狼藉,我难过了许久,仿佛自己的生命也要随之消逝一般。

我独自叹了口气,远远地看了一眼天空,太阳已经出来了,下过雨的天空显得干净而明亮,在阳光照射下的每一颗小露珠都变得晶莹透亮、闪闪发光。

昨夜还是疾风骤雨,今天却依旧艳阳高照。我的这些小花苗昨天还活力十足地生长着,今天却已经……

我毕竟还是照顾不好它们,我无助地想,都怪我,都是因为有我这么个没有能力照顾好它们的主人。

是它们让我的心重新活过来的。可它们都还没有经历过美丽的绽放!为什么不等它们开花以后再……这样的想法连我自己都觉得可笑。这由得自己选择吗?我们可以选择灾难在什么时候降临吗？我可以要求老天在我完成学业，事业有成，年事已高，已经了无遗憾、了无牵挂的时候再让我瘫痪吗？这实在是很贪心的。

想想人生本就是如此的无常啊！也许人生的精彩恰恰在于它的不可预料，既是意外，也是惊喜。暴风雨是我们无法预料跟避免的，遗憾也好，伤心也好，都无法改变自然的规律。我们所能做的只有珍惜眼前，把握拥有的每一天。

至少活着的时候，它们每时每刻都在尽力生长，尽力盛放。其实我也一样，只要活着一天，还是会期盼着梦想开花的那一天，只要方向没变，还是会一直一直朝前走的。

我久久地凝视着它们，心里突然感觉无比珍惜。这一刻我还在迷茫，还在悲伤，还能有各种各样的情绪，这一刻无论我拥有的是什么，都应该珍惜，因为明天，这一切就将都不复存在了。

坐在门口向四周看去，原本狭窄的阳台似乎变得宽敞了些。没有了那些花花草草，只剩下自己孤独的身影——但我的内心再也不会觉得空落落的了。

# 一双鞋垫让我的心活过来

　　我每天在阳台上晒太阳的时候,都看到同村的阿姨、大妈们聚在一起绣鞋垫,很好看的样子。很奇怪,我的心竟然还会为一双十字绣鞋垫而动容,我以为它早已经死去,不再有任何感觉。我想应该是因为,喜欢所有美好的事物是人的天性和本能吧!

　　我心里涌起了想学绣鞋垫的热情。我第一个想到的是我的贴身"老师"——我的母亲。于是母亲一回来,我就缠着她教我绣鞋垫。

　　"妈,我想绣鞋垫,您教我吧!"满以为母亲会倾囊相授,因为绣鞋垫、织毛衣这一类的事情在母亲手中总是显得特别简单。没想到母亲扭头说:"你?你手没力气,拿什么绣?"

　　母亲的"小看"让我心里很不服气。我不知道这是不是母亲惯用的激将法,总之母亲的这一盆冷水泼下来非但没有浇灭我的热情,反而更加坚定了我要学的决心。在母亲说这话之前,我也许是学着玩的,但此话一出,我非得做出点样子出来不可。

　　但母亲说的其实也没错,我的双手变形严重,十指已经没办法笔直地伸开。每一个关节都像锈死的螺丝,从皮肤里顶得老高。有个朋友曾开玩笑地说我的手像梅超风的手,我心里很难受,却也知道那是事实。

　　我的胳膊用常人的食指加拇指围起来已经绰绰有余,还不如3岁小孩儿的胳膊粗。我的手看上去最明显的就是骨头,加

上手指蜷曲着,我的双手便显得很小、很不中用。事实上,它们好像也真的很不中用,一本《现代汉语词典》我都要两只手合作才能搬得动。

不只是母亲,所有见到我这双手的人都会认为我学不会。但我偏不信这个邪,我相信我的双手是很灵巧的。这么容易就死心,这哪里像我呢?无论如何,我非要学会不可,谁说我学不会的,我就证明给他看!

那天,我像往常一样坐在阳台上发呆。隔壁的阿姨边走边绣着鞋垫,无意间发现了坐在阳台上的我。我问起阿姨手中的鞋垫,阿姨笑着说:"想学吗?想学的话,哪天有时间我教你!"阿姨的话简直说到了我的心坎上,我高兴地连连点头。

没过两天,阿姨真的来找我,说教我绣鞋垫。她没忘了这件事,让我感动得不得了。

那个下午的阳光很好,阿姨坐在我旁边,她绣,我看着,看得十分认真,连眼睛都没敢眨一下。我心里觉得很神奇,普普通通的花线可以变化出这么多种漂亮的图案,鞋垫也可以做得像艺术品那样唯美。

几分钟的工夫,我觉得自己已经熟练掌握了,于是兴奋地拿起手中的鞋垫,迫不及待地扎下第一针。对于我这双手来说,这的确不是一件容易的事情。我从家里随手找来的一根针,不是绣花针,针很粗,针头戳得手指很痛。时间长了,手指上长出一个个厚厚的茧,反而不觉得疼了。而且手指上的茧会让我觉得特别有成就感,那是劳动者的象征。

从那一天开始,我每天起床后的第一件事就是拿起鞋垫一针一线地绣,直到被家人催促着去吃饭,放下碗筷的第一时间就又拿起针线。

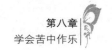

# 爱上飞针走线的乐趣

　　我似乎狂热地爱上了这种飞针走线的乐趣。每天晚上，家人都睡了，我还一个人在灯下全神贯注地绣着，舍不得去睡，直到眼睛开始发干发涩。我甚至常常因为停不住手而一整天都忘记喝水。我想我是太渴望能有点事情做，每天只能坐在轮椅上的日子，已经快要把人的活力与朝气都消磨殆尽了。

　　我自己学着用布条给粘好的鞋垫锁上边。我做起来很慢，很费力，但针脚很细、很整齐，好多人都以为我是用缝纫机缝的。我是唯一一个不用铁箍绣鞋垫的人。我的手指头太细，又不灵活，所有的铁箍都不适合我用，我就索性不用了，就用自己的双手，用两根手指捏着针头使劲钻。

　　我绣出来的每一针都是一样大小，连背面的针脚也一样细小。我是个眼睛里容不得半点沙子的人，有半点不满意的地方，我宁愿不厌其烦地拆了重绣。我的右手臂无法弯曲，无法把鞋垫拿得离自己的眼睛近一点，好在视力还行，远远地抱着一双鞋垫一坐就是一整天。

　　母亲买回来的一把给我剪头发用的大剪刀，手柄很大，很紧，我就用它来把家里用不着的碎布头剪成我需要的形状。但我的手太小，无法自然地撑开剪刀，每次都只能用双手把剪刀拉开，剪一下又用双手拉开，再剪。常常一天下来，右手手指的骨头被剪刀硌得生疼。

　　有一次绣鞋垫的时候,发现每次拉线,手指都会有隐隐约约的痛感,我并没有在意,继续乐此不疲。直到痛感渐渐加深,我才停下手里的活计去看自己的手指,右手无名指的关节褶皱处有一道被线勒出来的很细很深的伤口。为了使绣出来的图案平整、美观,我总是很用力地拉线,没想到自己的手指这么脆弱,线勒进肉里了。我只好找来一根布条把手指缠上接着绣,可又由于长时间被布条缠着,使得那根手指比其他手指细了许多。

　　我喜欢坐在窗子前,打开收音机,边听边绣。光线很好,心情也好,惬意悠闲,时间仿佛过得很快。

　　绣鞋垫的时候,我总喜欢自己躲起来绣,只因为别人看见我绣鞋垫的时候总是像发现"新大陆"一样。大家看到我的手,都会惊讶地说"呀! 你还能绣鞋垫?"我不喜欢这样的感觉。我自己并不觉得我绣鞋垫的样子有多可怜,我只不过比正常人绣得慢,这又有什么关系呢?

　　经过一番不分昼夜的辛苦,当我终于完成我的"战利品"在日光灯底下陶醉地自我欣赏的时候,那种喜悦和成就感实在无法比拟。在灯光的映照下,每一根丝线都闪现出淡淡的光泽,那些图案仿佛有生命一样。凸起在鞋垫表面的密密麻麻的十字针脚,摸起来十分舒服,像按摩一样。

　　我知道爸妈第二天要去走亲戚。我悄悄滑到鞋柜前,取出爸妈的鞋子,小心翼翼地把两双崭新的鞋垫放进爸妈的鞋子里。大小刚刚好! 我是用他们以前的旧鞋垫做模子剪下来的鞋样,果然没错。

　　这份好看又舒服的神秘礼物,我想爸妈一定会喜欢的。这里面一针一线都是我的祝福和心意,希望他们出门在外的每一刻都平安、顺利。

　　我想象着他们第二天早上起来穿鞋,发现这个小小的惊喜,会有什么样的反应和表情呢?我不禁偷偷笑了,内心被一种强烈的幸福和满足感充斥得满满的。

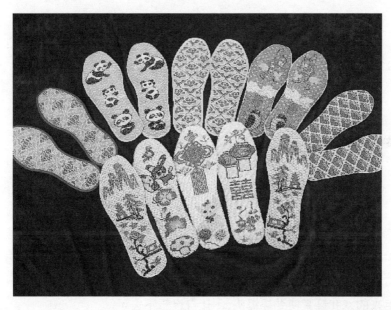

2007 年亲手绣的鞋垫

# 上天赐予的翅膀

有了这种全新的爱好，我的生活终于不再是一天天的无事可做，连长久以来的习惯性失眠都似乎有所改善。

早晨，我在一个美美的梦境中睁开双眼，人却仿佛还在梦里一般，感觉周围的一切都是陌生的。房间好像不是自己的，窗户也不像是那扇窗户，甚至于都不确定自己究竟躺在什么东西上面。

闭上眼伸个懒腰，再一次睁开眼睛的时候，我才真正清醒了，家是我自己的家，床是我自己的床，所有在这间屋子里生活过的记忆全部重新回到我的脑海中了。

我满意地从床上爬起来，根本不费力，想想在治疗的时候，连从床上坐起来都要靠母亲扶一把的日子，真不知道是怎么过来的。我赶紧使劲摇摇头，不让自己想下去了。

我转着轮椅打算去阳台上呼吸一下新鲜空气，这是连续起了几个大早之后不小心养成的习惯。推开门的第一时间，出现在我眼前的是一只全身羽毛乌黑的、个头挺大的鸟。从高高的天空飞下来，停落在屋前的篱笆围墙上，悠然自得地梳理起自己的羽毛来。

这是乌鸦？其实我并不确定它是不是一只乌鸦，我从未见过真正的乌鸦，只不过它全身乌黑的羽毛使它看上去实在不怎么讨人喜欢。

真倒霉！一大早起来就碰见乌鸦了，真是不吉利呀！我习惯了用早上的第一个际遇来判断自己这一天的运气。正准备缩着身子往屋里避的时候，又忽而觉得好笑：你什么时候也这么迷信了，只不过是一只小鸟而已，又跟自己的运气何干呢？

假如它不是全身羽毛乌黑，假如它有百灵那般婉转、动听的歌喉，我一定不会对它有半点厌恶。它们的羽毛就跟我们身上的残疾一样，都是上天赐予的缺陷，但这缺陷并不表示一无是处。

我最后再看了一眼那只可爱的小鸟，用微笑的眼神表示对它的感谢之后，便收拾好心情准备回屋忙活自己的事了。我所谓的忙活，只是从这个屋转悠到那个屋，把一件东西从这个屋里拿到那个屋去，什么时候心血来潮了，再搬去另外一个地方。一直觉得自己是个喜静不喜动的人，原来也有好动的时候。

莫名其妙地，和那只小鸟的偶遇使我的心情难得的好起来。而我总会在心情不好的时候，去想一些值得开心的事来调试自己，而在开心的时候则有意去提醒自己一些不开心的事，来让自己适应，这样的方法能够使自己更加坚强、内心更加强大，也更加宠辱不惊、不卑不亢。

我刻意使自己想起，自己将终身离不开轮椅的陪伴，一辈子都要坐轮椅了。坐就坐吧，坐着不累，我没心没肺地想。在心情好的时候，我才有勇气去想这些事情而不用担心自己会崩溃。

父母老了以后我就得自己一个人过生活了，没有人再能帮我，再能照顾我了。我想我可以做得到吧！要真到了那一天，我没有任何人可以依靠的时候，我还可以靠自己呀！我会学会自理的，我会想办法自食其力，绝境会逼我学会做任何事情，所以，我不用怕，对吧？

　　如果有一天,你看见身边所有的人都过得比你好,比你幸福的时候,甚至将来,当你看到大街上那些情侣手牵手时,会觉得羡慕,会嫉妒和难过吗? 我用不着羡慕别人,有些东西人家生来就有,我生来就没有,羡慕也羡慕不来。别人生来就有健康的身体,我生来就没有,羡慕又有什么用呢? 如果是别人依靠自己的努力拥有和得到的东西,我想要的话,自己努力就可以了,用不着羡慕任何人。何况,全世界比自己幸福的人那么多,我羡慕得完,嫉妒得完吗? 与其这样,我更愿意真心地去祝福每一个比我幸运、生活得比我幸福的人,这样我人生中的快乐也会越来越多。这样的人生才是我想要的,活着是为了让自己、让身边的人开心。什么都可能会变,唯有内心的快乐才是最真实的。

　　藏好这些心事之后,我慵懒地舒展了一下身体,想打开电视看看此时有没有什么好节目。似乎已经成为习惯动作了,一打开电视就不舍得不把鞋垫抱过来。一边看电视一边绣鞋垫,我一不留神就绣错了,得拆了重绣。"你可真笨!"我气急败坏地竟然说出声来。"爸妈怎么就生出你这么个笨头笨脑的姑娘呢!"说完自己哈哈大笑起来。

　　我的笑声在空荡的客厅里显得格外清楚、明亮,我相信,这笑声也将会回荡在我往后生命中的每一天。

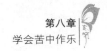

# 我不再怕被人看

很快地，这个秋天即将过完，我也一直在客厅、房间和阳台之间来回"周旋"，没有踏出过家门一步。不久之后，亲戚家里办喜事，我们一家人要去道喜。

怕不方便，怕麻烦，我事先给自己找了 N 个不去的理由。其实家人都知道，我不去的真正理由只有一个，我不愿意出门——是不愿意坐着轮椅出门，不愿意让别人看见坐着轮椅的我。

可架不住亲友拳拳盛意，大家都说很希望我能去，妹妹也抓住机会在旁怂恿着："去吧！有我们在，怕什么的！"

瘫痪之后，我还从来没有踏出过家门半步。我也说不清自己究竟在怕什么，在抗拒什么。难道坐了轮椅就一辈子不出去见人了吗？这样一想，我的那股子倔强劲儿又回来了，心底竟然有了一丝勇气。"那就去吧！"我说。

母亲和妹妹推着我的轮椅在乡村公路上走着，快到的时候，我远远地看见高朋满座，热闹而嘈杂。我的轮椅越来越靠近人群，我的头也越低越往下，身体不自觉地紧贴着轮椅的靠背，全身使着劲儿，仿佛想借助这种力量使轮椅后退，而不要继续前行。可使劲的同时，也知道这是不可能的。

母亲推着我从人群中穿过，大家必须马上挪开为我开道。我的头依旧低得很沉，但已经可以感觉到周围人的眼睛全部聚

集到了我身上。我不去看任何一个人,眼睛里边只有自己的腿和攥紧的双手。

母亲把我安置在一个方便的地方——不会挡着路,不会妨碍到别人,然后就去和亲戚、朋友聊天去了。我一个人乖乖地坐在那里一动不动,任由自己被当作博物馆里的展览品一样"观赏",尽管会觉得浑身不自在。

吃饭的时候,我执意不上桌子,让母亲帮我盛好饭,我自己端着吃就好。不是因为别的,而是我怕麻烦别人,自己的轮椅要占两个人的位置,别人就要为我挪位置、腾地方。而且我是用勺子吃饭,我不想被大家看到我狼狈夹菜的样子,更不想让大家看到我的不方便,然后一桌子人帮我夹菜。我不想要这样的"特殊待遇",一点也不想。

但是我最担心的事情还是发生了。"你真的一点都不能走路了吗?""你能站起来吗?""拄拐杖可以走路吧?""你要站起来走路,不要整天这么坐着,你要锻炼就不会成这样了!""唉!真可怜哦,这么小就……"

我被大家的"关怀"包围着,这些话像一把把锋利的刀子刺着我的心脏,它此刻正在不住地淌血。要搁我以前的脾气,我肯定会用犀利的言语"回敬"他们。但是我不能,我也不愿意这么做。大家都是在关心我,他们的出发点是好的,只是他们不了解我的病,也不了解我的内心感受而已,我不能不识好歹,不分青红皂白。而且这一瘫痪,也似乎磨掉了我所有的棱角,我不愿再与任何一个人哪怕是产生一点点的摩擦。我心里的大树垮了,我保护自己的方式不再是还击,而是缩进自己的壳里。

我最害怕的是别人会说,谁谁谁家有个智障孩子,说跟他们比起来,我强多了。我听不出来这是安慰还是挖苦,我只是

在想：我真的比他们强吗？他们不会思考，也就没有烦恼，而我呢？

我努力笑着，应承着，尽管心里面已经泪如雨下。我耐心地跟旁人解释着我的病情，毫不避讳，毫不隐藏，我想他们会问，只是因为不了解，我解释了，他们便不会再问了不是吗？有些事情已经是事实，我一辈子不提起也不表示它不存在。

往后的日子还很长，我必须学会面对。以后会遇到多少困难、多少打击都无法预料，如果因为这种小事就不舒服、不开心，那以后的日子要怎么过呢？

我开始转变自己的心态。为什么别人会看我，会喋喋不休地问这问那呢？我想一半是好奇，一半是关心。

在我们这个小城市，坐轮椅的确实不多。像母亲说的，在我这个年纪就坐轮椅的，就更少了，大家会看一点也不奇怪。为什么一定要把别人的目光都当成恶意的呢？别人会看我，会问我，也是出于一种关心，一种好奇。也许别人是想知道，我是否需要什么帮助。假如我是一个健全的人，看到坐轮椅的，也许我的反应会和他们一样。我不想因为自己的自卑，使内心变得狭隘，而看不到世界美好的一面。于是，我把所有人的目光都当作是一种关心，我这样想：当我遇到困难或者摔倒的时候，这些"看"我的人一定会过来帮我，一定会对我伸出援手。随时随地都有那么多人关心我，我应该觉得幸福才是。

我慢慢学会了换位思考，许多问题就都能想得通、看得开了。我把我遇见的每一个人都当作好人，碰到的每一件事都当成好事，试着从不同的角度去看待生活中的不顺心。无论我遇见的人、碰到的事是不是真的好，我都照着心里好的那一面去想，不但自己没有损失，反而可以收获更多的好心情。有时候，

"傻"一些的人也许会比较幸福。

心态转变之后，一切都变得不同，我变得开朗不少。渐渐地，我甚至可以毫不避讳地和别人谈论我的病情，告诉别人我生活当中所有的不方便。以前我会觉得这是在揭伤疤，有些事情是打算一辈子都不要告诉别人的。

后来我明白，这些不是伤疤，而是包袱，背着它们我只会越来越沉重。说出来也不是在自揭伤疤，而是自己亲口承认一些不能逃避的现实。

"走"在大街上，我会用笑容回应每一个对我行"注目礼"的人。他们有的会回敬给我一个微笑，有的只是木然地看一眼，然后走开。这都不重要，重要的是我不会再因此而不开心，我已经学会把烦恼变成幸福的源头。

# 第九章

因倔强学会自理

# 止不住的内疚

　　客厅里,电视机屏幕上闪现着各种各样的画面,屋子里只有我一个人,窝在轮椅上对着电视机发呆。任凭思绪天马行空肆意游走。

　　没绣完的鞋垫搁在腿上,绣一会儿,歇口气儿,再绣。整个上午就这么悠闲而慵懒地度过了。如果问我在电视上看到些什么,我真的答不出来。我的心思根本不在电视上,也不在鞋垫上,此刻我的心思哪儿也不在。

　　"吃饭吧。"母亲上楼来了,把我从自己的臆想世界中叫了回来。她不知什么时候已经回来、又什么时候已经做好了饭菜,并照例给我端上楼来。

　　我没有抬头看母亲,只是微微将视线转移,看了一眼母亲递过来的饭菜。腾腾的热气正在热烈地飘散,一股淡淡的饭菜的香味被我深深地嗅进鼻子里。但是,这并没有增加我多少的食欲。毕竟,我待在家里什么也没有干,一点儿也不会觉着饿。

　　母亲两只手稳稳地端着饭碗,热腾腾的饭菜层层叠叠地把饭碗堆得满满的。母亲知道我吃不了多少,我从来不盛第二碗,所以她每次都帮我盛满满的一大碗饭。也许她觉得我说不定哪天心情好会多吃一些。

　　我把手里的针线一圈一圈缠在还没绣完的鞋垫上并在轮椅边放好,伸手过去接母亲手里的饭碗,发现很烫,便马上把手缩

136

了回来。"烫到了吧？我给你放在旁边，你等下自己吃。"说着，母亲把插着一把勺子的饭碗放在我身旁的茶几上，就火急火燎地下楼去了。她还有很多的事情要做，没有时间和我多说话。

母亲总是很忙碌，她的忙碌和我的清闲形成强烈的对比。

饭凉一些了，我就自己端过来吃。或者把碗直接搁在腿上，或者放在右手的手心里端着，用左手一勺一勺舀着吃。

我只能这样子吃饭。从我发现我的右臂已经完全不能动的时候，我活着的每一天都充满恐惧。我祈祷自己的左手不要再恶化了。如果连左臂也完全僵硬，到我连饭都吃不到嘴里的时候，我还有什么理由活下去？

母亲每天来帮我倒便盆，我都假装在睡觉，或者假装在做别的事情，好像根本没有看到她一样。

我不是为了逃避她，而是为了逃避自己。在逃避的同时，我的自尊心和内疚感已经将我杀死过无数次了。听着母亲端着便盆在卫生间里刷洗干净的声音时，没有人知道，躲在墙角或者被窝里的我正在无声地恸哭。那一刻我多么希望有一场无妄的灾难能将我的生命带走，我那可怜的母亲就解脱了。

我的母亲呢？她好像已经习惯了每天做这些事情，就像每天要做饭、洗衣一样，那是她逃避不了的工作。她从来不在我面前抱怨什么，她都默默地帮我做好这些事情。

而我的内疚感却在每天逐渐加深。这不是我想要的生活，不是，我的心很痛、很痛……

我的心里每时每刻都搁着一架天平，母亲为我做的每一件事，我都牢牢记着，在天平的另一端放上同等的感激和回报。可我欠下母亲的"债"好像越来越还不清了，从那以后的每年生日，我都许同一个愿望，祈求上天能给我一个回报父母的机会，我只想要这个机会,而已。

　　母亲忙活完别的事情,上来收我的碗了,看到她盛给我的饭我差不多都吃完了,她似乎很满意,哼着我从来也没有听过的小调儿快活地下楼去了。在我边吃饭边胡思乱想的这点时间里,母亲不知道又忙活了多少事情了。但我只希望:她这一刻是真的开心。

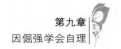

# 我要自己换衣服

妈妈得空的时候,就抱着给我换洗的衣服走进我房间,在我的床边坐下,等我。

我知道妈妈是要来帮我换衣服,她等一下便要出去忙了,只有现在有时间。于是我立马起身开始自己笨拙地行动起来。

我尽量听话,尽量配合母亲,只为了她看到我这副样子的时候不会心情不好。

母亲伸过双手来帮我。尽管我知道母亲并没有用力,但我的身体像被拉上了一张电网,敏感得无论触碰到哪一点皮肤都会疼。每次母亲帮我换衣服或者洗脚的时候,对我来说都是一次痛苦的折磨。甚至连洗头的时候,我的头皮都会疼得像针扎一样。

对于这些,我只能咬牙忍受,我不能告诉母亲。但其实我脸上的表情已经诚实地告诉她我并不十分舒服了,但她又有什么办法呢?

妈妈默默地举着外套小心地往我的胳膊上套。她一直没说话,我也沉默着。可我僵硬的双手、双腿就像枯死的树干一样,弯弯曲曲,还硬邦邦的。

母亲已经很累了,她的耐心也在承受着无比的煎熬和考验。我们谁也不知道,这样的日子到什么时候才是个头。

也许是悲从中来,母亲突然小声地叹了一句:"以后妈不在

了,你可怎么办嗌?"我正在和我僵硬的关节较着劲,正在死命地拽自己的衣服,我本来也很疼、很累了,母亲的这句话无疑让我的心又扎扎实实地痛了一下。我理解她,可性格倔强的我不会只是难过一下就算了,我实在没办法继续心安理得地接受母亲的伺候。

被照顾的那个人心里不见得就好受,让我这样在内疚中度过一辈子可比死还要让我难受。

我坚决不再让母亲帮忙。坚持要自己拿着衣服一遍一遍地尝试着给自己穿上。

我身上的关节非常不灵活,我够不到自己的脚,右臂又不能活动,每一个简单的动作都显得格外笨拙,格外吃力。我一点一点艰难地伸手去够,母亲在一旁看着心疼,要伸手过来帮我,我把她推得远远的,叫她出去,我不要任何人帮忙!

"你走! 我不要你管!"印象中,我好像不是第一次对她说这样的话了,但每一次都是带着无比的心痛和绝望说的。

在母亲一次次试图帮助我,却被我一次次拒绝和驱赶之后,母亲终于悲戚地走出我的房间。其实,除了不想要母亲继续帮我以外,更多的是不想她看见我狼狈的样子。我心里的委屈就快抑制不住,就快要爆发了。

妈妈关上门走出去之后,我确定她听不到了,就把衣服丢在一边,一个人倒在床上大哭起来。哭我为什么要过这样的日子,哭老天爷为什么要让我变成废人一个!

彻底地发泄一阵之后,我的头脑开始清醒,开始支撑着身体从床上坐起来,继续这场艰难的战斗。我是个不会让自己消极或者亢奋太久的人,情绪发泄完之后,就应该回到正常的生活中来。

我很想死！但这一刻我还活着，真真切切地活着。活着就得继续穿衣、吃饭，继续面对困难，并且继续每时每刻地在想，什么时候能死了算了。

我够不着自己的脚，没办法顺利地把裤腿套进去。我拼命吸着肚子向前弯腰，吸到肌肉抽搐性地疼痛，我拼命伸长了手指去触到自己的脚尖。我的腰已经弯到了极限，可还是够不着。那近在咫尺的距离对我来说却是难如登天！

绝望一次又一次地考验着我的耐心。我不敢细想，不敢让这一丝绝望蔓延。我开始不经大脑地四处寻找能够用得上的工具。钢笔、剪刀、痒痒挠，所有能帮我够到脚尖的东西我通通抓过来，真恨不得去弄把火钳过来。

已经是初冬了，很快，我便全身发木，冻得牙齿直打颤。但我不敢泄气，我怕自己一旦放松便没有毅力再坚持。每次感到筋疲力尽的时候，我就倒在床上休息一会儿，有一点力气了就接着来。我几乎用尽了所有我可以拿得到的工具。

我不知道自己穿好衣服花了多长时间，当我终于整理好穿在身上的衣服，可以躺在床上轻松地喘口气的时候，我感觉自己就像个凯旋归来的勇士。

夕阳的余晖从窗口映射进来，均匀地撒在我的小屋里。我用自己变形的左手去擦干眼角泪水的时候，开始深刻地明白，想要好好地活下来，学会穿衣、吃饭是基本！

# 遥远的呼唤

屋外的阳光似乎很好,隔着门缝射进来一抹耀眼的金色。此刻的我却不想出去迎接太阳,而是慵懒地停在沙发旁边,半倚半坐在轮椅上不愿意动。

电视机一直开着,我很想专注地看看,精神却总是涣散。不知道是不是瘫痪之后哭的太多的关系,我的眼泪好像特别容易被挑逗起来。看不得那些感人、煽情、悲惨的画面,一点点涟漪就足以让我哭成个泪人。甚至看喜剧也能看得流眼泪,因为喜庆的剧情和我的窘迫形成很大的反差。

在电视上看到坐轮椅的,会忍不住把自己对号入座。《谈判专家》里彭国栋坐轮椅的时候说的那句:感觉自己处处都低人一等。让我觉得每一个字都深深地戳到了我心里。

看一个类风湿药品广告的时候,听一个患者讲述自己因为不堪疼痛的折磨而打算轻生的时候,年仅 10 岁的女儿告诉她:如果妈妈死了,她就和妈妈一起死。只是她担心自己从楼上跳下去之后万一摔不死要怎么办?这个镜头我每看一次都会哭得泣不成声,但我还是天天看,守着看。我觉得她说出了我的心里话。

正当我举着遥控器频繁换台的时候,电视中的一幅画面映入眼帘:一个相貌清秀,头发整整齐齐盘在脑后的大姐姐坐在自己小屋的床上,一边认真地织着什么东西,一边柔柔地向对面坐

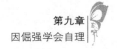

着的记者讲述自己的故事。

"他有天突然在电话里跟我说,'我不要叫你姐姐了,我要你做我女朋友'"。女主人公脸上露出甜蜜又带着几分羞涩的笑容。我的手突然停住了,开始留意画面上的文字和继续听那个大姐姐的故事。

故事讲述的是:两个患有严重类风湿并且都已经坐了轮椅的年轻人,通过电台结识并且相爱了。起初,两人以姐弟相称,每天通过电话联系,彼此问候,彼此关心。也许是他们有太多相似的经历,能触碰到对方心里最深的那根琴弦,也许,是上天早已注定了他们的缘分、他们的相遇。在平时的交流中,两颗纯洁、善良的心就这样碰撞到一起,燃烧出炽热的火花。

相距十分遥远且家境都比较贫寒的两个人为了节省长途电话费,只好忍受着思念之苦,用电话铃声相互报平安,相互传达心里的牵挂。一方起床了就打电话给另一方,拨通之后确定对方听到电话铃响了就挂断,对方就能通过清脆的电话铃声感受到彼此的心意。

但他们心里也知道,两个相隔如此遥远又都坐着轮椅的人,想要真正的在一起是件多么不容易的事。于是两个人约定好,将来哪一个人先死了,就托人把骨灰带给另一个人,两人死后要葬在一起,祈祷下辈子的相遇。

我心中的画面定格在那里——遥远的呼唤。我的眼泪顺着脸颊在刚刚淌过的痕迹上又拖出一条长长的弧线。我感动于这样的爱情,感动于这样的约定,更感动于他们的勇敢和坚定。

坐了轮椅之后,我一直都过得十分焦虑,不知道未来坐着轮椅的几十年要怎么过。但看着画面上那个阳光、自信的大姐姐虽然坐了许多年轮椅,却依然生活得那么充实而且多姿多彩,我

不禁觉得，以后的日子也许并不像我想象中那么可怕。毕竟，无论如何我们都要活下去的不是吗？

同样的疾病，同样坐了轮椅，可是那个姐姐活得多精彩呀！她的妈妈因为疾病去世很久了，失去了妈妈的照顾，她却还能那么坚强、勇敢、自信。我也可以像她那样吗？我也能有那种勇气，能够坦然地面对自己往后的人生吗？

我突然想起一件事情。于是拿手背蹭蹭挂在脸上的泪水，想也没想就拿起电话拨通了电视屏幕下的号码。电话那头传来电视台工作人员标准的普通话，我稍微平复一下心情，认真地说："喂？您好！我是一个普通的观众，我刚刚看完《遥远的呼唤》这期节目，我想请您帮我转告他们，远方有个同病相怜的小妹妹永远祝福他们！"

一字一句地说完这些话，我便把电话听筒放下了，电话那头工作人员说了一些什么，我已经不记得了。我只知道，有一些非常深刻的东西正在我脑海中涌动，正在我心里一点一点沉淀得更深。

# 如果还有下辈子

天气已经越来越冷了，我的双腿也日渐如铁片般冰冷，摸起来冰透手心，像死人的腿。我只能在晚上睡觉的时候想尽办法捂暖它们——用刚脱下来的、热乎乎的羽绒衣包裹着睡觉，或者在睡觉前用热水烫脚。

在冬天出生的我一向喜欢冬季，但瘫痪第一年的冬天似乎并不好过。

白天，我的双脚就一直处在肿胀和发热的状态。没几天工夫，双脚还是冻破了。伤口以神一样的速度蔓延，溃烂的面积覆盖了我整个脚后跟，疼得夜里睡不着觉。

母亲帮我擦了冻伤膏，清凉的药膏刚刚接触到皮肤的时候特别舒服，可是夜里会要命地疼。我只能整夜地坐着，死咬着牙根忍耐疼痛，全身既是发抖，又是抽搐。这样一直到第二天天亮，就索性直接起床。

母亲第二天帮我换药的时候，头天擦上去的药膏已混杂着脓血将纱布牢牢地黏在了我的脚后跟上。母亲生拉硬拽，才好不容易把它从我的脚上撕下来。我的双脚不可以动，上半身却像垂死的鱼一样在船板上做最后的挣扎，随着每一次疼痛而左右翻滚。

从头一年冬月到第二年农历九月，我脚上的冻疮一直都没有好。我的身体像被打开了一道大大的口子，一直往外渗着黏

黏稠稠的东西。

到第二年秋天,天气又开始转凉了,我已经没办法再穿着夏天的拖鞋。母亲决定带我去诊所打几天消炎针,好让它尽快好起来。不然即将到来的冬天又会加剧冻伤的程度。

我们出发去诊所的时候,天却开始下起了小雨。母亲帮我穿好雨衣,自己一只手撑伞,另一只手推着我的轮椅走。

我和母亲不紧不慢地走在新修的乡村公路上。道路的左边是高高的田坎,看下去是一片郁郁葱葱的绿色,右边是一口大池塘,是全村人浣洗衣物的地方。水已经涨到没过了码头。

道路是呈中间略微凸起,两边略低的态势。母亲一只手扶不稳轮椅,轮椅惯性地快速滑向道路的左边。眼看前轮已到田坎边了,母亲丢下手里的雨伞,双手合力才把我的轮椅扳正。而我,一动不动地坐着,内心平静如水,丝毫没有慌张、没有害怕。一是我知道有母亲在,她一定不会让我有危险;二是,似乎已经没有什么事情能激起我心里的那一潭死水了。

方才只是有惊无险,我们很快便收拾好重新上路了。

"妈,您选错方向了。"我平静地说。我突然冒出来的这句话让母亲一脸错愕。

"您要是想帮我解脱,该选右边,左边太低了,摔不死人的。"说这话的时候,我的脸上一直保持着淡淡的笑容。

母亲很快明白了我的用意,她也笑呵呵地说:"是啊,你不会游泳,我应该选右边。妈也不会游,咱母女俩一起下水!"说完,我和母亲都呵呵地笑了起来。

旁边撑着雨伞过路的人惊讶地看着我们母女。刚才的对话一定让她觉得莫名其妙,搞不好还在想:这对母女是不是疯了?

这是别人无法理解的苦中作乐。谈这样的话题,我和母亲的心里一点儿也不会觉得沉重，反而有一种释然。就像别人总会好心地提醒母亲要"照顾好"我，意思是担心我会想不开、会寻短见。母亲总是很坦然地告诉他们："我女儿不会的，她不是那么脆弱的人！"而我自己认为，当我的生活中，对于残疾、对于困境，甚至对于死亡都毫不避讳的时候，才算是真正的面对。

连着输了三天液，再加上母亲每天帮我用淡盐水擦洗伤口，帮我擦药，帮我烫脚，没过多久，我的伤口总算慢慢结疤了。

母亲帮我穿上袜子的时候，总是要小心翼翼地，把袜子的口撑到无限大，以免擦碰到我好不容易开始愈合的伤口，穿鞋子也是。看着母亲蹲在我的轮椅前面专注的样子，我忍不住想：她怎么就那么命苦呢？老天爷啊！你怎么就不长眼呢？她是个好母亲，为什么偏偏让她摊上我这样的孩子呢？难道就因为她是生我的那个人，就要惩罚她陪我一起受苦、受罪吗？这不公平！

我又抬眼看一看母亲，头上的白发已经多得数不清了，我心里面的愧疚和自责也堆积得数不清了。这笔亲情债，我恐怕要下辈子才能还得清了！

我深吸一口气，忍住哽咽的喉咙，平静地对母亲说："妈，如果有下辈子，我还做您的女儿，我伺候您！"说完这句话的时候，我心里坚定地想着：下辈子，我就不会是残疾的了。

母亲愣了一下，没有抬头，然后长长地叹了口气说："如果真有下辈子，就保佑你做个健健康康的孩子，别再受苦啦！"

# 第十章

## 不要让父母养我一辈子

# 新年——一个人的狂欢

15 岁这一年的春节来得不知不觉。坐着轮椅、每天待在家里的我好像已经感觉不到日子的前进和生活的节奏了。新年对我来说,也和平常的日子没有任何区别。

大年初一,爸妈带着我去亲戚家拜年。出租车在亲戚住的单元楼前停下,父亲背着我走进院子,并且上楼。

一路上净遇见熟人,他们都和父亲打招呼:"这是你女儿啊?"

"是啊! 新年好!"父亲轻声细语地和过往的熟人打招呼,我趴在父亲的背上不去看任何一个人,也不回应任何人的问候。

我的腿疼得不能动,说是背着,我觉得自己更像是"挂"在父亲的背上。父亲走路的时候,一不小心他的脚后跟就能踢到我的脚尖,他只能小心翼翼地走。

我不知道那些人看到我和父亲会怎么想,也不知道他们走出这个院子以后会怎么谈论我们。我并不在乎别人,可我在乎我的父亲。我一直把头埋得很深,很怕我给父亲丢脸了。

父亲背我上楼的时候,我明显感觉到父亲已经很吃力了。我怕摔下去,抓着父亲衣服的双手也就越拽越紧。其实,父亲也怕我摔倒,无论多累,他的手都没有松过。我兀自想象着,一条条粗黑的青筋从父亲的额头上凸起,于是咬紧牙关,憋着一股劲儿,像在给自己也像在给父亲加油,我们都要坚持到最后才行。

爬了一段儿，我感觉到自己的身体正在一点一点下坠，怎么办？爸爸没力气了吗？我有些慌神，两只胳膊死死扣在父亲的肩膀上。父亲停下来，小心地把我朝上抖了一下，然后继续走。我的心一直揪着，不敢轻轻松松地喘口气，因为疼也因为怕。

终于到达目的地的时候，我和父亲就像两个在沙漠里看到绿洲的人，憋着最后一点力气不顾一切扑过去。

父亲在沙发上放下我的时候，已经累得筋疲力尽。我已经长大了，个头已经比我的父亲矮不了许多了，哪个 15 岁的孩子还在让父母背呢？父亲在一天天老去，他会越来越背不动我的。我忍不住想，等到父母都老去的那一天，我可能就再也出不了门了。不出就不出吧，反正我也不爱出门！

那一整天，我都在沙发上坐着，一动不动。离开了轮椅，我就像一只失去翅膀的小鸟，哪儿都别想去。但我并不觉得这是一件多么可悲的事情，去不了的地方就不去，也不去想。把多余的欲望全都自我抹杀掉，烦恼就会少去许多。我也不会觉得闷，觉得无聊，因为我的内心装着一个丰富多彩的世界。

我只是担心自己的不便会带来大家的不愉快。我没有带轮椅的原因也是担心走到哪里都会成为障碍。

但我心里知道，这些都是我必须适应跟习惯的。从我瘫痪的那一天起，从我坐上轮椅的那一天起，我就必须习惯，必须学会做一个残疾人。

后来的几天，我坚持不再跟父母出去走亲戚。带着我，爸妈玩得也不尽兴，操心我吃饭、操心我上厕所、操心提前送我回家。而在家里，我却可以自由自在，不用为了上厕所不方便而节水、节食。最重要的是，我实在不忍心再让我的父亲做那个辛苦的"搬运工"。

　　可是无论我在不在母亲身边,她都是没办法完全放心的。我说我可以自己做饭,母亲始终不放心,坚持让妹妹给我送回来。

　　新年对我来说,是一个人的狂欢,好在,还有家里的小动物陪着我。我想等我老了,一定要养一只小狗和一只小猫,它们就是我的伴儿,我只是担心自己会照顾不好它们。

　　我已经习惯了孤独,也习惯了享受孤独。一个人独处的时候,我会感觉心灵正在飞快地成长。

# 特别的生日

我的生日也在春节,一个在算命先生口中非常不好的日子。我却一直铭记着,铭记那一天所发生的一切,铭记母亲十多年来为我付出的一切。

生日那天,我自己一个人在家里过得平静而安闲。

不好不坏的天气延续着严冬的寒冷,虽然坐在门窗紧闭的屋子里丝毫感觉不到外面的寒风,但我的双腿双脚此刻已经冰冷到失去知觉了。手里绣的鞋垫从早上起来就没有停过,因此双手倒是暖和得很。外面没有太阳,屋子里有些暗,我得挪到窗边去,才能亮堂一些。

爸妈在出门前,为我燃好了炭火。我坐在旁边,屋子里也一点一点暖和起来。生日这天和过去的三百多个日子似乎没有任何差别。小的时候喜欢过生日是因为渴望快点长大,我的梦想在前方召唤着我,而我正一天一天向它靠近。坐了轮椅之后却特别害怕过生日,怕自己不断增长年纪却无法承担起相应的责任。如果我不那么快长大,如果我始终是个孩子,就可以不用面对那会日益加深的生活压力。可我这样想的时候,我已经长大了,已经15岁了。妈妈告诉我,她15岁的时候,已经开始挣钱贴补家用了。

晚上8点多,是我出生的时间。爸妈还没回来,屋子里只有我一个人,一盏不太明亮的灯加上几扇黑洞洞的房门,家里显得

有些冷清。我突然想给自己过一回特别的生日，十多年来的头一次。

我从抽屉里找到5只白色的蜡烛，在茶几上点亮，我惊喜地发现，我的手还会用打火机。我随即关了电视和屋里的灯，五簇旺盛的小火苗便在我的眼前热烈地跳动起来，我的影子也正高大的在墙壁上晃动。明亮、闪烁的火光使我不知不觉走进自己的回忆里。

我的眼睛突然模糊了。想着十五年前的这一天，我的母亲还挺着大肚子、冒着大风雪四处借钱住医院呢！

自从听母亲讲了这件事之后，我就觉得自己活着有不一样的使命。我是冬天出生的，生来就应该不畏严寒、不惧风雪。母亲是承受了两天两夜的痛苦才将我带到这个世上的，想到这些，我的眼泪已经不知不觉打湿了棉袄。

妈现在在做什么呢？是不是也和我一样正在想以前的事情？我突然好想给她打个电话，突然好想听听她的声音。没等多想，我已经把电话拨过去了，用几乎有些颤抖的声音对着电话那头说："妈，我让您受苦了！"说完这句话，我的喉咙哽咽了，再讲不出一个字。

电话那头沉寂了一会儿，然后柔和地传出一句："妈马上回来。"我没有再说什么，默默地挂上电话，把自己脸上收拾干净，一定不能让母亲看出来。

我吹灭茶几上的蜡烛，只默默地对自己说了声"生日快乐"，但没有许愿。与其等待愿望成真，不如把它当作自己的目标，去奋斗，去达成。

不大一会儿，从楼下传来开门声。很快，三三两两的脚步声传上楼来，我便挪到楼梯口去等着。不只是爸妈和妹妹、舅妈、表姐他们全都来了,我有些意外。他们说要过来陪我过生日。很快,弹子棋摆好了,电视机打开了,各种各样的零食围着我堆放开来。欢声笑语的气氛一下子打破了屋子里原本的沉寂。

　　和母亲对望的时候,我竟然有些不好意思,但还是忍不住时常悄悄看一眼她的脸,她的笑容。我和母亲却再也没有说话。面对着母亲,我再也讲不出同样的话,并且我觉得自己可能这辈子都不会再讲了。母亲明白的,我想,她一定明白的。

# 我不要让父母养我一辈子

一个 15 岁的人应该做些什么呢? 从 15 岁生日过后,我就一直在思索这个问题。我一直都担心有什么是自己应该做却没有做到的。

我已经 15 岁了,不再是小孩子了,应该一年比一年成熟、懂事,做事应该有大人般的稳妥和担当了。以后不能再哭了,遇到事情要想办法,对! 不哭,想办法。

我放下手里的鞋垫,左手和右手握在一起相互取暖。已经立春了,天气依然很冷。偌大的屋子里只有我一个人的身影,也就显得更加冷清。

我从轮椅的左手边摸出遥控器,一闪一闪地转换频道。我把电视调到家乡的台,然后停下了,倒不是等着看什么有意思的电视剧,而是那从小就听惯了的主播的声音让人感觉非常亲切。

一段我还没听清的旁白结束,画面中出现一位须发花白的老爷爷,用他那流利的家乡话讲述自己如何利用退休之后的空余时间辅导一个残疾女孩儿自学小学课程的故事。

我心里一阵感动,这世上真有这样的好人啊! 对于包括自己在内的渴望学习却又受身体限制的人来说,能有人愿意教自己学知识,是件多么好的事情呀! 这也使我对故事的主人公——一个天生残疾,连走路、说话都有障碍,而且只比我大两岁的女孩子充满了好奇。

那位让人敬佩、让人感动的退休老教师说完,画面切换到一个步履蹒跚的女孩身上。女孩子正喜出望外地出来迎接她工作归来的父亲,高高兴兴地把父亲迎进屋子里。因为身体原因,女孩儿只能踮着脚尖走路。

看起来忠厚老实的父亲推着一辆很旧的自行车走过来,她的女儿脚步艰难,却寸步不离地跟着父亲。这画面仿佛很熟悉,一种奇怪的感觉慢慢涌上心头。

屋子里摆放着几大壶药酒,我几乎都能闻到那种熟悉的味道,喝一口下去便从舌头麻遍全身。女孩子很勤快,尽管身体不太好,但她依然尽量在家里帮妈妈做家务。看着她择菜、看着她洗衣服,我盯着屏幕看得眼睛都不眨一下,仿佛从她的一举一动里我能看到自己以后的人生。

女孩子在镜头前很努力地说着什么,我却什么也听不清,必须要借助字幕。看着她认真的神情,我的心一直揪在一起,好多次强忍住泪水、喉咙哽咽。

我偶尔瞟一眼字幕,当屏幕下方出现一行字——我不要让父母养我一辈子! 当她口齿不清却异常坚定地说出这几个字时,我的眼泪再也控制不住地淌了下来。她十分认真地、一个字一个字地说着这句话,却像一把大锤子在我心里砸出很深很深的印记。

她的泪水包含着她的坚强永远地定格在我的脑海中。"我不要让父母养我一辈子!"从那天起,这句话会突然莫名其妙地从我脑海里冒出来。

她说出了我的心里话。如果说活着还有什么可让我担心、让我害怕的事,我唯一害怕的就是自己有天会成为家人的负担和累赘。我不要成为家人的麻烦,我和那个女孩一样,不想让父母养我一辈子!

如果说以前我还不知道自己想怎样活着,甚至不知道自己为何而活,那么在这一刻,我已经清楚地知道了。活着得有目标,得要让身边的人感到幸福而不是困扰。

那么什么是我活着的目标呢?活着要自食其力,活得要有尊严!除了不连累身边的人,我还希望可以带给他们幸福的生活。往后的路就算再难走,只要想起那个女孩和她说过的话,我就不会失去前进的动力。

当我抹干脸上的泪水,再一次抬头看女孩的笑容的时候,我知道,我已经拥有了与她同样的信心和勇气。

# 妈妈说，我是最棒的

一个平静的上午，我正捧着一本书在房间里入迷的看时，客厅的电话突然响了。我似从梦中惊醒一般，稍作迟疑才想起来自己是不是该去接电话了。

对我来说，从床上爬到轮椅上已经不需要费多大力气了。经过长时间的锻炼，我已经"身手敏捷"。

"冲"到电话前，在拿起听筒的瞬间，心里把可能打来的人扫了个遍。但居然——都不是。电话那端的声音像是在我平静的心湖里投下了一颗石子，顿时激起千层浪。

打电话来的是以前在学校里关系很好的一位同学。太久没有听到她的声音了，也太久没有同学这两个字在我的生命中出现了，我竟然一时间激动得难以自控。一些我以为已经掩埋掉的记忆瞬间重新回到我的脑海当中，我在这种强烈的冲击下一下子变得恍恍惚惚了。

同学说着什么，而我还沉浸在自己的回忆之中，等我回过神来认真听她说话的时候，她已经讲完了。我依稀记得她好像说有问题要请教我，原来，她是专程打电话问我以前每次都能考出好成绩是不是有什么诀窍，因为——他们明天就要中考了。

我的心跳在她说出中考这两个字的时候停止了。他们要中考了，他们要中考了！是的，是他们，没有我。等一下，同学还等着我回答呢，先不想这些吧。可是他们就要毕业了，我却连参加

考试的资格都没有。

先别想了，同学还等着我回话呢。别想了，别想了！我努力控制自己保持清醒。挂上电话的时候，我已经完全不记得我跟同学说过些什么了，只觉得心里一下子缺了一大块，我的整个生命正在往一个大窟窿里掉，很深、很深。

这已经是我瘫痪的第二年暑假，爸妈白天都要工作，奶奶走了以后，就是我一个人在家。几天之后，一个燥热的下午，我正在客厅里对着电视机发呆。百无聊赖之际，忽然听见外面有人在叫我。我迟缓地答应着，同时在努力辨别对方是谁。

声音是那么熟悉，我的心几乎在颤抖，那不是……我赶紧大声应和着，慌慌张张地抓起茶几上的钥匙，然后奋力地把轮椅往阳台上滑。我无法下楼去开门，只能从阳台上扔钥匙给他们。

同学们进门的一刹那，我说不出是激动，还是感动，眼泪已经涌到眼角。才短短的一年没见，只觉得他们都长得好高，我必须仰着头才能看着他们的眼睛说话。也许，是因为坐轮椅的关系，曾经是坐在同一间教室里学习的同学，如今的我却已经比他们矮出许多。

听说了同学们已经参加完中考，只等着升入自己理想的高中，再想想坐在轮椅上的自己，被命运永远地留在了这里，不再有奔头，也找不到出路。我的心里涌动着一股说不出的羡慕和难受。

我被一种强烈的自卑感彻底吞噬，双手一直紧紧攥着轮椅的转轮，嘴唇不自觉地咬了又咬。

我在这样的心情里纠缠了半天，直到晚上母亲回来了。她进门递给我一包我喜欢吃的东西，然后转身忙去了。我突然觉得鼻子很酸，心里面无比难受。

晚上，爸爸和妹妹都睡下了，只有我看着母亲忙进忙出。母亲总要等全家人都睡了，才能空出时间来洗衣服。家里没有洗衣机，母亲把全家人的脏衣服泡在一个大盆里，然后搬个小板凳在后阳台上借着屋里微弱的灯光开始一件一件地洗。

我把自己的轮椅滑到门边，隔着纱门和母亲说着话。屋里有灯，外面的蚊子、小虫不停地飞过来往纱门上撞，母亲坐在外面安静地洗衣服，两条在太阳底下晒得脱皮的胳膊，伴随着哗啦哗啦的水声忙碌不休。

我心里非常心疼，却什么也无法为她做。看见母亲买给我的东西，我无比内疚。自己对这个家一点贡献都没有，一点用处都没有，还有资格要这要那？

我突然用非常低沉的声音对门那边的母亲说："妈，我是不是很没用，别人家的孩子都那么优秀，那么健康，我却一点儿用处都没有。"说着，我终于忍不住了，委屈的泪水像断了线的珠子一样从脸颊上滚落。

我并没有想要得到母亲的回答，我说出这句话，只是因为自己真的内疚到了极点，也难过到了极点，我不知道可以做些什么来抚平自己的难受。

那一刻，我感觉有那么一秒仿佛空气都凝固了。

母亲放下手里的衣服，抬头看了我一眼，然后很认真地告诉我："生病又不是你的错，不管别人怎么看，在妈眼里，只有你是最棒、最好的。要拿别人健康的孩子跟我换，我还不愿意呢！"

母亲所说的每一字、每一句都重重地落在我心里。我已经感觉不到自己的心跳了，只有眼泪无声地流淌着。母亲说完这些话，继续埋头洗衣服，哗啦哗啦的水声又响了起来。我看不见母亲的脸上有没有泪花，但在那一刻我才明白，在母亲深深的心

痛里,包含的是对我的十几年不变的信任和期盼。

　　一位辛劳的母亲,一个瘫痪的女儿,隔着一扇纱门,母亲待在一片黑暗的世界里默默承受一切,却努力把女儿往光明、温暖的世界里送。女儿在一片光明、温暖的世界里有资格自暴自弃吗?

　　如果这个世界上还有爱我的人,我应该为了那些爱我的人好好珍惜自己。如果这个世界上再没有人爱我、关心我了,我更应该好好活着,向世人证明自己是值得被爱、值得被珍惜与尊重的。

　　夜,继续平淡地流过,只有那些夏日里不安分的小生灵还在陪伴着我们。这一刻,我和母亲之间已经不需要任何语言,她已经把许多东西悄然注入我的生命、我的血液中。眼前那一片黑暗的世界里,有母亲的爱一路相随,我又有何所惧呢?

# 八月的煎熬

日子辗转到了八月，每年的八月，都是最心痛，最不愿度过的季节。一年又一年，看着自己曾经的同学、玩伴一个个毕业，考入理想的学校，离梦想越来越近，家人、朋友无不欢喜、欣慰。

我却只能自己躲在角落里一次一次地哭，一夜一夜地失眠、心痛。还一遍一遍地幻想，哪天能站起来了，一定要再回学校读书去。

直到比我小一大截的同村孩子都上中学了，我才猛然间记起，自己已经在轮椅上度过几个春秋了。就算能够重回学校，我也已经比教室里其他的同学大出了许多。

我笑着跟自己说："没事，我不羡慕。"

可我真的不羡慕吗？我真的可以不在乎吗？我何止羡慕，我羡慕得连呼吸都变得生疼，连看到那一双双能正常走路的腿脚，我都要追着赶着看好久。见到和我年龄相仿的年轻人，我总会想把自己藏起来，从他们身边经过，我总会不由自主地低下头，全身绷紧，逃也似的离开。

我真的不羡慕吗？

休学之后不久，母亲背着我去学校参加了会考，虽然我并不知道考出来的成绩还有没有任何作用了。回来之后母亲问我："还想继续读书吗？想的话，妈接着送你去读！"母亲的眼神和语气都显得那么认真，那么坚定，我哭出声来。我是多想回答"我

想！我想！……"但是，我可以这样说吗？这一句"我想"要让自己和母亲付出多大的代价？

我已经坐轮椅了，还能怎么样？还能考大学吗？就算让我考上最好的大学又能怎么样呢？我能干什么？坐着轮椅，我又怎么去上学？

认为自己残废了便百无一用的我，在想了一整晚之后，决定放弃学业，放弃自己从小的梦想，从小的志愿。已经是废人一个了，读书还有什么用。

但对于我来说，放弃其实比坚持还要痛苦。我告诉自己：再也不去想和读书有关的事了。可我，却再没有睡过一个好觉，再没有过一个真心的笑容。学习一直是我的精神支柱，离开学校，我的救命稻草——便断了。

我无数次梦见学校里的事情，无数次在梦里见到那一张张熟悉的面孔。没有办法，我控制不了。醒来就歇斯底里地哭一次，哭完告诉自己：这一切都过去了，接受吧！

每年一到八月份，家里都会收到许多亲朋好友家的孩子考上大学的请柬。我麻木地看一眼上面的字，便放回原处，然后深深地叹一口气，让自己的思绪转移，不去在意。

晚上在屋外乘凉，大家说的谈的也全是谁家的孩子考了哪所大学这样的话题。邻居的孩子考得不错，邻居便眉飞色舞地向旁人描述自己的孩子如何听话，如何不用操心。脸上的笑容持续不断，笑声洪亮，那笑声让我深深地心痛。我本来可以让我的父母也拥有这样的笑容。

我抑制住眼泪，偷偷地去看一眼我的父亲。他一声不吭，脸上一直微微笑着，表情显得僵硬而疲惫。只有我捕捉到他眼神里边那一丝心如死灰的绝望。我无比自责，无比内疚。

从小到大，我都是父母心目中的骄傲，可是现在，他们的骄傲却变成了他们最大的负担和累赘。从小便在心里幻想过无数次的，自己考上大学的画面，这辈子再也不可能实现了——我兴奋地攥着录取通知书一路飞快地奔跑，拿给忙碌中的父母看。

"妈，我考上大学了！"正在锄地的母亲直起腰，一只手扶着锄头，另一只手把耷拉在眼前的刘海拨到耳朵后面，疲惫的双眼变得溢满光芒，远远地看着我，情不自禁地露出兴奋的笑容。

"爸，我考上大学啦！"正在工地里埋头干活的父亲听到我的喊声，抬起头，停下手里的活计，摘掉沾满水泥灰的白手套，再在衣服上拍干净手上的灰，伸手接过来我的录取通知书。他脸上抑制不住的喜悦会让我所有的付出和努力变得那么值得。

可是，不会了，这些光是想想都令我幸福到极点的画面，永远都不可能出现了。

# 第十一章

## 想做妈妈的贴心小棉袄

# 想为妈妈做顿饭

　　我不知道自己不喜欢夏天是不是跟八月有关系,总之到了夏秋交际,天气变得不太热的时候,我的心情才会回复晴朗。

　　傍晚,我独自一个人坐在灯下,自顾自地写写画画,时间就在我写满文字的稿纸上一点一滴地流逝。不知道过去了多久,天大概已经黑了很久了吧!从窗口望出去,已经感觉不到任何来自外面的光线了。我听到楼下传来熟悉的钥匙插进锁眼里的声音。几乎天天听,我已经能从开门的声音分辨出是谁回来了。

　　这个点、这个声音,准是妈妈没错了。但我还是习惯性地大唤一声,总要等楼下的人答应了,才能安心。

　　妈妈已经回来了,我收拾好文稿,打开电视机。我知道过不了多大会儿,妈妈就会给我送晚饭上来的,我只需要等着吃就行了。因为这个事儿,我曾在稿纸上写"觉得自己和后院儿喂的那两头猪没什么两样"。可是我又有什么办法呢? 谁愿意这样?

　　面前的电视机在响,我却听着楼下哧哧的炒菜声。虽然一天到晚都是坐着,也不用干任何体力活儿,但距离午饭已经七八个钟头了,我确实觉得饿了。别人家里开饭的时间,母亲正忙,所以我们家的饭点永远只能比别家晚。

　　母亲问我的时候,我却装着一点都不饿的样子。一个什么都没有做过的人,有什么资格喊饿? 母亲在外忙活了一整天,回来还要给家里人做饭。

母亲做起事来总是特别麻利，不多会儿，炉子上的声音停了，楼梯口的灯被打开了。如果菜不多，妈妈会连同饭菜一起端上楼来，让我吃得充足一些。

我习惯了去门口迎她。看着母亲小心翼翼地端着碗碟上楼的样子，吃进嘴里的每一粒米饭都是内疚、都是自责。尤其每次听母亲说，当她看到对面阿姨的两个女儿个子高挑、亭亭玉立，觉得好羡慕的时候，我的心就一阵一阵地疼。想自己什么时候才能成为母亲真正的贴心小棉袄，让她回家有饭吃，出门有衣穿。

吃完饭，母亲得再一次麻利地收拾好碗筷并端走。我只能在旁边看着，能偶尔帮忙抹个桌子，我已经很有成就感了。

给不了她一个健康的女儿，至少给她一个贴心的女儿吧！在心里盘算了许久之后，我决定亲手为母亲做一顿饭，并且希望往后能尽量分担她的辛劳。

其实心里有这个想法的时候，我的担心似乎大于信心。或许这在别人看来，是件再容易不过的事，但我必须事先想好每一个细节和可能发生的每一个意外。我怕自己弄巧成拙，没帮到她，反而害了她。

我的计划离不开一个关键人物——我的妹妹。正好那个周六她不用上学，我就一五一十地跟她说了我的想法。本以为做她的思想工作会有一些难度，但我没想到的是，她一口就答应了，并且马上开始为我忙前忙后。

按照我的吩咐，妹妹先把电饭锅抱上来，然后一样一样地下去搬别的东西上楼。

妹妹提煤炉上楼的时候，我紧张得心一直吊着。万一她烫着怎么办？楼梯那么陡，万一她不小心踢到楼梯坎摔倒了怎么

办？心里揣着这些担心的时候，我仿佛已经看见楼梯上落满滚烫的煤渣屑，妹妹正哭喊着大叫"姐姐"的画面。

我一直守在楼梯口半步不敢离开。妹妹的每一个脚步声都牵动着我的心跳。我可以死一千次、一万次，但是妹妹不能有半点意外。

我不住地在楼梯口提醒她：提不动了就放下，提不动了就放下……好在小丫头还算小心，平安无事地将烧得正旺的煤炉运上来了。我才大松了一口气。

紧接着，她把菜刀、砧板、锅铲啥的一件一件搬上来，还拿袋子装上来十多斤米。我用手掂了一下，貌似提不动。妹妹跑得气喘吁吁却任劳任怨。

# 姐妹俩为妈妈做的第一顿饭

接下来的工作我认为自己可以完成了。我把她千辛万苦搬上来的这些个家当全部安置在窄窄的阳台上,加上我的轮椅,已经再难容下第二个人了。

我 15 岁,妹妹 8 岁,那一天我们合力为母亲做了第一顿饭。家里有鸡蛋和土豆,菜园子里有辣椒,我们就地取材做了两道小菜。

在那之前,我从来没觉得打个鸡蛋有什么难的,因为在母亲手里轻而易举。我蜷曲的手指刚好够握住一个鸡蛋的,我拿起鸡蛋在墙沿上磕了两下,却怎么也掰不开。如果再磕,蛋清就会流出来了。拿着鸡蛋在手里转悠半天,在我多次尝试之后,鸡蛋终于舍得连壳带蛋跳进碗里了。我小心地拿筷子挑出碎壳,一丁点儿都不能留下。

把煤炉打开,火很快起来了。我的腰弯不了太多,只能从侧面弯下去开炉盖,或者拿火钳撬开。我得事先把需要的材料都摆在手边才行,知道自己笨手笨脚,免得到时候手忙脚乱。

阳台上有一张木凳,正好搁砧板用。最重要的是,我坐着轮椅,只有那个高度才能够得着。妈妈用惯的那把菜刀比我想象中要重,或者说,我的右手比我想象中要力气小。握着刀柄,我的手根本一点力气也使不上,索性有一半都握到刀背上去了。似乎不是我的手在驾驭菜刀,而是那把菜刀在指挥我的手。

起刀轻、落刀重,恐怕隔老远都能听见砧板被我剁得梆梆响。手紧紧握着菜刀,却还是老担心它会从手里掉下去。切出来的菜有厚有薄,还大小不一。切了没几下,胳膊已经软得不行了。搁下菜刀歇口气的时候,我禁不住想,要是这会儿有人经过,看见我这副样子,肯定以为我在玩过家家呢。这笨手笨脚的样子可不像过家家嘛。

做好一切准备之后,我在锅里倒了一圈油,黄澄澄的菜油顺着锅壁缓缓滑向锅底。再三犹豫,当锅里冒出缕缕青烟的时候,我才慌慌张张地双手端起鸡蛋倒了进去。蛋液在锅里鼓出泡泡,我却抓着锅铲有点不知所措。

在锅里翻炒的时候,我才发现自己的手无法和锅铲配合得很好,僵硬的关节在这时候就显示出它的可恶之处了。但这只是小事,我不能把它想象成困难。

鸡蛋在锅里炒得差不多熟了的时候,我拿筷子夹起一小块儿叫妹妹尝尝。妹妹小心地张嘴接过去,边吃边说了句"还行"。

"真的吗? 好吃吗? 盐会不会放多了,是不是很咸?"我急切地追问。妹妹被我问得愣住了,走进屋里说:"你自己尝吧,我不知道。"我于是自己尝了一块儿,筷子和舌头接触的时候,我有些激动,"真的还行,不算难吃!"我似乎觉得难吃才是正常的,我从来没有做过饭,该搁多少油,该放多少盐,什么时候放,我一点儿都不知道。只能不住地去尝咸淡,生怕做砸了浪费材料。

不知道自己究竟花了多少时间,总之,我们还是在妈妈回来之前完成了"战斗"。我很累,却很开心。原来我是可以做到的,一切都可以,只不过比健全人慢一些罢了,我想,只不过是慢一些罢了……

"这是你做的?"在外辛苦了大半天的妈妈总算疲惫地回来

了。我这才战战兢兢地把做好的饭菜端上桌子,然后摆好碗筷准备开饭。我不知道母亲会有什么样的反应,担心她会觉得我是在瞎胡闹,居然把厨房里的东西全搬阳台上来了。

庆幸我的顾虑都是多余的,母亲放下手里的东西就过来吃饭了,什么话也没说。我不敢问好不好吃,也不敢问我这样做她有没有生气。母亲在吃我做的饭,这就够了,我的目的已经达到,我心满意足了。

吃完饭,我们一家人舒服地靠在沙发上看电视。这是我亲手为她做的第一顿饭,妈妈很开心。她开心的并不是回家就有饭吃,而是"万一哪天我们不在了,终于不用担心你会饿肚子了"。

我觉得心里很酸楚,我所期待的并不只是这样,我还想带给他们更大的幸福,是更大的幸福!

# 傍晚飘出的鱼香

不知不觉,又到了傍晚时分。深秋的夜幕似乎来得早了一些,我以为时候尚早,猛然间抬头的时候,才发现天已经黑下来了。门前篱笆墙边那棵花椒树的树干,开始渐渐和天空融为一色。任凭我视力再好,也不得不抱着纸笔从阳台挪进屋里去了。

客厅的正中央,正对着屋顶吊灯的位置,是屋里最亮的地方。我停留在那里,继续乐此不疲地笔耕着。吊灯的正中间有一个像碗一样的东西一直在旋转着,像是在明亮的灯光中翩翩起舞的精灵。但是那灯实在太老了,以至于中间的花碗旋转的时候,能听见十分烦人的嗡嗡声。平常不到万不得已的时候,我们一般不会打开它。但是我相信,如果我足够专心的话,除了自己心里的声音之外,我应该是听不见任何会影响到我的声音的。

有了第一次做饭的经历之后,我自告奋勇地承担起了给妹妹做午饭的责任。这样母亲就不用每天火急火燎地往家赶了。她只需要帮我把菜准备好,其他的事情可以放心地交给我。

白天我可以照样读书、写作,只需要在妹妹放学前的半小时或者一个小时前动身准备就行了。时间在我这个笨手笨脚的人手里好像永远也不够用,轮椅辘辘在屋里转悠个几圈,日子就已经过去了大半。

等妹妹上学去了,我再一个人慢慢地收拾,烧水、刷锅、洗碗。我的双手要端起一口炒菜的锅的确需要费些工夫,尤其是当它装满水的时候。但我有足足半天的时间来做这一件事情，我就不相信我做不到。我可以慢，但绝不能马虎。

中午，妈妈带回来一条鱼，叫我晚上做了吃。我开始以为自己听错了，我才刚学会做小菜，哪里会做鱼呀！但妈妈说，让我练习一下，好不好吃不要紧的。在心里仔细回忆了一遍做鱼的步骤之后，我突然得意地想：只要我用心去做，就一定能做好的，没准还能给他们一个惊喜！

晚上，我掐着时间开始做晚饭，好让妈妈回来的时候有热腾腾的饭菜吃。

妈妈买回来的鱼很大，她知道我不够力气，早已帮我剁好了。很早以前，妈妈就给我讲过一个故事，说是有个跟我得了同一种病的大婶，在家做饭的时候，刀卡在鱼背里了，砍不下去也拔不出来，眼看着锅里冒烟了，急得直掉眼泪。

从听过那个故事以后，我做任何一件事情都会事先设想得一清二楚，不让自己有一天也困在那样的窘境里。

我总要把需要用到的东西全都在手边摆好，才会开始行动。每一个细节都已经在我的脑海中演练过无数次了。也不知道是从哪里学来的方法，我下手不稳地在被母亲分成两段的鱼背上划上几道刀痕，然后把作料塞进鱼肚子里才下锅煎。

鱼在我的两只细小的手里，显得很不配合，一不小心，差点滑到地上。忙活半天，当油在锅里烧热，冒起青烟的时候，我抓起腥味很浓的鱼放进锅里。它顺着锅沿滑向热油的时候，我觉得非常兴奋，举着锅铲一边躲避溅出来的油花，一边在锅里东挪挪、西翻翻。

帮助鱼翻身的时候，我的手腕怎么也转不过来。每次翻到一半，僵硬的关节就没辙了。我放弃了，找来一双筷子，让笨拙

的右手像使剑似的从旁协助,才总算大功告成。

当鱼在锅里煮出香味的时候,天已经完全黑了。妹妹在客厅里看电视,我一个人坐在炉子旁边,一边看着火,一边在浓浓的夜色中等着妈妈回来。一个不怎么亮了的灯泡安安静静地陪伴着我。

香味在夜色中弥漫,隔壁的叔叔和阿姨吃完晚饭出来散步,闻见香味才发现是我在阳台上搭起了"小厨房"。阿姨笑呵呵地说:"还是养闺女好啊!"我心里甜甜的。不过最甜的,还是听见母亲骑着小三轮从巷口回来的声音。

# 彼此的依靠

"玉洁？玉洁……"门外传来母亲慈祥的声音。

"哎!"是母亲回来了。我大声答应着,我能感觉到我这一声回答能带给母亲多少安心。

我迅速放下手里正在忙活的事儿,滑着轮椅去给母亲开门。随自己所到之处打开屋子里的灯。客厅的老吊灯已经陪了我们许多个年头了,灯罩不新了,旁边的几个小橘灯也早就不亮了。但一按开关,那一束浅白色的灯光迅速倾泻到地板和四面墙上的感觉,还是一如既往地充满温馨的色彩。

我打开门,母亲得自己进来拨开门闩打开另一扇门,然后出去推她的小三轮车进来。三轮车上总是堆满了重重的东西,每天跟着母亲风里来、雨里去的,笼头和车厢早已锈迹斑斑,车轱辘却转得格外起劲儿。

三轮车越过门口的台阶滑进屋里的时候,母亲总要格外使把力,车子"噔噔噔"一番颠簸之后,就被平稳地停在客厅的墙边,差不多已经占去了客厅的一半。

我一点儿忙也帮不上,每当这些时候我总会想,要是自己是个男孩子就好了,一定是家里的顶梁柱。可马上又自嘲地想:呵,一个坐轮椅的顶梁柱吗?

虽然明知道自己帮不上忙,但每次母亲吃力地推着车从我面前经过的时候,我总要伸手去扶一把,尽管这么做的作用仅仅

只是沾了我一手的锈末而已。但我还是没办法不去扶着、不去车后面跟着。

母亲回来的第一件事就是去我的房间里坐坐。而我，每天都趁这个时候把自己一天的成果摆给她看。

"妈，这是我今天写的，怎么样？写得不错吧？"我调皮地说。

"哎哟！"母亲露出一个起了鸡皮疙瘩的笑容。那笑容最可爱了，我最喜欢！

母亲安静地坐在床边，把稿纸拿在手里看着。昏黄的灯光照在我们俩身上，生活的艰辛和平凡的幸福感在母亲疲惫的眼神里流动。

我明知道她不可能有时间看完我作品的，她还得去做饭呢，说不定这会儿她心里也正在盘算着待会儿做点什么吃的好。这都不重要，我只是很享受这种和妈妈待在一起的感觉，能够安安静静地说上几句话，让她稍作休息，我已经心满意足了。

天气已经很冷了，穿着毛衣、披着外套还能感觉到丝丝凉意。但是母亲坐在我身边的时候，我的世界会瞬间温暖起来。以前妈妈总说我还像个孩子，我总是不服气地为自己辩驳。但是这一刻，我承认母亲的说法。就这一点来说，我情愿自己是个永远也长不大的孩子。

这一年，奶奶住在三叔家里，平时就只有我一个人在家。在我的一再要求下，父母终于答应让我搬到楼下去住，最起码我可以起到看门的作用。但母亲显得很不放心，成天嘱咐我，自己在家的时候就把门关好。我总是打哈哈地和她说："没有那么不开眼的坏人的。他要是要钱，我敞开了大门随便他拿，看他能找到什么值钱的东西。他要是要命，那可好，我还得感谢他呢！大好人啊！帮我解脱了！"母亲拿我没办法，只能无奈地摇摇头。

　　虽然嘴上是这样说,但我一个人在家里的时候,还是习惯了大门紧锁。我并不担心真的有坏人,我只不过喜欢安静而已。母亲出门以后,我就自在地在家里看看书、写写文章、绣绣鞋垫。把窗帘拉开,坐在窗户边,光线很好,能晒到太阳,又不会被人打扰,实在惬意得很。

　　去后院换了拖鞋之后,母亲还是得起身去做饭了。我关了房里的灯,跟着母亲去了厨房。饭我早已经蒸好了,电饭锅上亮起了黄灯。我趁母亲刷锅、切菜的时候,就在旁边帮忙择个葱、剥个蒜、削个土豆什么的。我知道我做起事来很慢,但做点什么总比坐着不动感觉要好多了。

　　不只是这样,我还利用在家里的时间学会了换煤、灌开水。一个装满了开水的炊壶对于我来说实在太沉了,我一只手根本提不动,我就用两只手。哪怕每次只能灌进去一点点,在我一次又一次地尝试下,我已经越来越熟练了。其实不难,只要在心里想着它不难,就真的一点也不难了。

# 想在冬天帮妈妈洗被褥

日子转眼到了腊月,妈妈越发地忙,每天起早贪黑地干活不说,她的十根手指头上已全是裂口。

妈妈早上出门的时候,我和妹妹还尚在睡梦之中。出门前,她总不忘进我们的房间看一眼。轻轻在耳边提醒妹妹上学别迟到,然后顺手帮我们盖好被子,我和妹妹便在母亲拖动被子的时候舒服地翻一个身。等我回过神来微微睁开眼睛去看她的时候,房间里已经找不到她的身影了,只听见一阵急匆匆的脚步声,随后便是一记响亮的关门声。

每年到了年三十的头一天,母亲才会收工回家,在家里忙活一整天的大扫除。洗被褥、扫壁灰,还有全家人的衣服和全部的锅碗瓢盆。这一天,她得起得比平时更早,春节前唯一一天休息却也是最辛苦、最忙碌的一天。

我真的很不忍心,每天都在心里想着应该怎么样才能帮她,怎样才能替她分担一些。如果我帮她把被褥洗了,那她是不是就能省很多事呢?

心里这样想的时候,我的身体已经开始不自觉地往后院儿挪了。这季节、这天气,光是坐在屋里不动,双手已经冻得通红了,如果洗衣服沾冷水,肯定会冷到骨头里去。我看看自己皮肤干燥、怪模怪样的双手,心想做点什么也许能让身子暖和一些。

我把从被子上拆下来的被褥抱在怀里,风风火火地转着轮椅往后院儿"跑"。妈妈洗衣服用的大盆足可以把我装进去,但是我坐在轮椅上,怎么能够得着地上呢?我四下里看看,从墙角搬过来两张凳子,摆好,再把大盆搁上去,刚好跟我轮椅的高度差不多。

我得先把盆放好,再去打水,这些事的次序一点都不能乱,不然我就不可能把盆搬到凳子上去了。这是我行动之前就想好的。

我双手的变形程度让我已经没有办法完成搓的这个动作了,洗衣板就成了我唯一可以借助的工具。家里的水龙头在灶台尽头的角落里,对于坐在轮椅上的我来讲,显然有些高。我伸出自己长长的左臂比划了一下,开始有了一点自信。于是深吸一口气,慢慢试着移开面前的障碍物——满满的两大桶泔水。

我的双手完全不够力,我就用脚半推半蹬着往旁边挪,用手控制着轮椅不往后退。移开一桶再移另外一桶。这样我才可以靠水龙头更近一点。

我的手臂伸到极限,加上身体挪到轮椅边上,尽量往前倾,刚好可以够到隔着灶台的角落里的水龙头。我简直喜出望外,马上把水瓢放在池子里接好,把水龙头开大,水哗啦哗啦地流出来,溅到灶台的瓷砖和我的脸上。我眯了下眼睛躲避溅到脸上的水花的时候,心里竟有一种莫名的兴奋感。

才一走神的工夫,水瓢里的水已经盛满了,我连忙慌慌张张地去关水龙头,水装得太满,我一只手是没有办法端起来的。就这样,只能每次半瓢,直到装满一桶水。

可我忘了一件事,凭我的力气又怎么提得动满满一桶水呢。但我不敢泄气,我一只手抓起提把试了一下。死沉死沉的,刚提起来就得马上放下。怎么办呢?没有更好的办法了!我说什么也要把这桶水给提过去。能有多难？

我像是给自己下了死命令，稍微伸展一下手指之后，左手又紧紧抓起提把开始一点一点用力。每提起来一次就赶紧往前挪一点，让水桶在轮椅前几厘米的地方落地。我用脚控制着轮椅跟着水桶的挪动往前滑。或者把桶贴在轮椅边上，借一点轮椅的力。

尽管沉得要死，但为了不把桶打破，我每次松手、换气的时候，都会尽量轻一点，稳一点，也从来没有把水洒得到处都是过。

连拖带拽地，我好不容易才把水提到盆边，却又没有办法一次性把它们倒出来，我只能不厌其烦地再次拿着水瓢一瓢一瓢地浇。一桶水下去，很快就被被褥子吸走了一半。

这一上午，我净在屋子里"跑来跑去"，迎着光能清楚地看见地板砖上全是我来来往往的车辙印。

完成这一系列的动作，都只能依靠我的左手，右手只能在搬凳子和提水桶的时候稍微帮忙扶着点。所以我常常说自己是"左手过生活，右手写生活"。

# 让我帮您分担一些吧

接下来搓洗衣服的工作也只能由左手来完成。浸了水的被褥我都有些拖不动了。我用自己的左手把被褥按在洗衣板上，一点一点地搓洗干净。肥皂泡一瞬间从我的指缝里钻出来，滑滑的，我觉得很幸福。水哗啦哗啦地随着我每次搓洗而顺着搓衣板淌下来，就像小小的瀑布一样，我觉得很有意思。

一边看着细水长流，一边洗完被褥的时候，我觉得很开心，也非常有成就感。我拧不干水，只好把它盘得像一条长蛇一样，然后就这样湿答答的放进干净的桶里。听着褥子重重地掉进桶里的声音时，我的手里已经抓起被褥的一角了。

可是我已经很累了，洗衣服的时候一直扭着身子侧坐着，我的腰有些受不了了。有一个念头在心里飞快地闪过——要不留着等妈妈回来洗吧。我立马就在心里把这个念头抹杀得一干二净，连我自己都被这个可怕的念头吓了一跳。

既然开了头，就要有始有终，不把这盆衣服洗完我就不姓李！这样想的时候，连我自己都笑了。我岂是那半途而废的人，于是继续埋头搓洗着。

累得快没力气的时候，我就一边哼歌一边干活，这样能起劲一点。哼得忘词，哼得跑调的时候就又重头哼起。

时间在我一次一次用冰冷的胳膊蹭额头上的汗珠的时候，一分一秒地走过了。双手冻得受不了的时候，我就把炊壶提过

来,加上一点点热水,直到手心在搓衣板上搓得发烫。我想让自己没用的右手也帮帮忙,但真的不行,用上它反而是个累赘,越是这样,我却越想练习一下。

不知道过去了多久,我终于还是完成了"战斗"。我长长地舒了一口气,同时试着直起腰板。洗完被褥,我整个人几乎要趴到盆里去了。但是抬头的时候,我发现自己的腰直不起来了,髋关节疼得我一动都不敢动。

我只好弯着身子滑轮椅回到房间,爬到床上去休息。躺下的瞬间刚想全身放松却又不得不马上绷紧神经。因为关节疼得不行,就像所有的经脉都拧到一起了,每放松一下就仿佛在拉动打了死结的神经线,由一个关节痛遍全身。

我弯着腿平躺在床上吭哧吭哧喘着气,手紧紧抓着床沿,全身使着劲慢慢放松自己的髋关节。在床上躺了很久,记不清是在忍受了多少次锥心刺骨的疼痛之后,我听到一声沉闷的从骨头里发出来的啪的响声,我知道——总算可以放松全身了。

妈妈回来看到后觉得很惊讶,不知道我是怎么办到的。我却觉得很不好意思,我只能洗,还是得由妈妈自己提到池塘里漂干净再晾起来。但妈妈告诉我,我已经帮了她大忙了。吃过午饭,母亲提着我洗好的被褥去池塘边漂干净,一路哼着曲子脚步轻快,猫跟在她后面,迈着优雅的步子,仿佛是分享了母亲的好心情。

我不知道自己是不是真的帮了她大忙了,第二天我还是坚持把剩下的被褥全洗了,还和妹妹一起把家里的锅盆碗碟也通通清洗了一遍,包括厨房的墙壁和灶台,我们都一一擦洗得一尘不染。

晚上睡觉的时候,我觉得手指头特别地疼。拿出来一看,十根手指头全在搓衣板上蹭破皮了,再加上洗衣粉的浸泡,这会儿火辣辣地疼。

我觉得自己真没用,不过,要是我每天洗衣服,手指头上长出老茧后就不会有感觉了,就像妈妈的手那样。

整晚,我的手都不敢再缩回被子里,一沾热乎气儿就疼。手指虽然疼,胳膊虽然酸,身体虽然累,但心里却前所未有地高兴着。

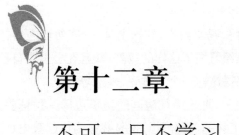

# 第十二章

## 不可一日不学习

# 自学的乐趣

清早,爸爸出门,妈妈做事,妹妹上学,一阵匆忙之后,家里便寂静无声。我已经习惯了这样的寂静,并且在心里跟自己说:以后还有几十年都得这样一个人过呢,慢慢习惯吧。

我默默地进屋去,把轮椅往房间的柜子边挪。我是要去取书的,这似乎也成了我的一种习惯,这是我认为比起看电视要好得多的打发时间的方式。

人虽然坐在家里,心却时时刻刻待在学校里、教室里。如果我还在上学,现在应该正坐在教室里写作业吧?如果我哪一天好起来了,再去上学,学校会不会不收我呢?我已经超龄了呀!应该不会不收我吧,我成绩挺好的,人家老年人不都还可以上大学的嘛!可是我比班里的同学都大呢,他们会不会笑我呀?万一我跟不上了,考得很差岂不是很丢脸?

想着想着,我自己都笑了,这是多遥远的事呀,但我心里的感受却真真切切。

不知道为什么,想这些事情既让我痛苦,又让我开心,所以总是没来由地去想。

我刻意把飞得老远的思绪抓回来,随手从书桌上拈来一本书,漫无目的地翻看着。为了方便自己取书,我把垒在柜子里的一大摞书一本一本搬出来,整齐地在书桌上一字排开,想看哪本拿哪本。所谓的书桌,也只是一个陈旧的、矮矮的置物柜,我简单收拾了一下,暂时"霸占"为自己的书桌,那里便是我读书、看书的好地方。柜子的高度刚好适合坐着的我。

我无意中发现手里的这本书竟然是在学校的时候订的《中学生阅读》。那时候功课太忙,每月一本的期刊都没能来得及看完。现在我有足够的时间把它们看完了。

手里捧着书,心却又进入无尽的遐想当中。突然有种很奇妙的感觉,仿佛看这些书是自己中学时代的一种延续。

我已经不再害怕回忆,不再害怕去想所有和学习有关的事情了。治疗伤口的最好方式是面对,遗忘的最好方式是每时每刻想起,想到累,想到哭。这种痛越深,心里的伤口也就好得越快。

于是整整半天的时间,我一动不动地待在那里,一口气看完了整本书,细到每一个字、每一个标点符号。书里其中一页登着一则征稿启事,我想起以前语文老师说过,喜欢写作的同学可以尝试投稿。

我要不要也投一下试试呢?我并不是因为有多少写作的兴趣,只是因为这本杂志上的文章使我获益不少,我只不过想写封信对杂志社的编辑们表示感谢而已,投稿只是顺便的事。但看到征稿启事上的主题"灯火",我稍作沉思之后,发现脑海中有某种东西正在热烈地跳动,顿时思如泉涌。就这样,一篇名为《小提灯》的作品一气呵成。

我捧着自己的手稿,情不自禁地露出满足的笑容。写好给编辑的信之后,我便把我那唯一的手稿认真折好放进信封里一起寄了出去。

我知道自己几斤几两重,加上打小就怕写作文,所以我从来不认为自己能在写文章方面有所建树,也就压根没有留底稿的

意识。我也不明白投稿是怎么一回事,对于发表文章这方面,我一点都不懂,这封信就这么莫名其妙地寄了。

　　说不清自己是出于哪种顾虑,我竟然没有叫母亲帮忙寄信,而是打电话给表姐,请她休息的时候帮我去寄信。顺便我塞给她一张书单,让她去帮我买上面写的那些书。那是我在阅读的这些日子里发现自己迫切想要读的书。我没有办法不学习。我可以离开学校,但离开了学习,我便感觉自己的生命失去意义了。也只有在专心学习的时候,我才能暂时抛开一切,觉得自己是个幸福的人。

　　从我发现这一点的那天起,生活突然有了某种动力,某种活力。如果说不能实现梦想了,那我就做一辈子的"学者"吧。不求到达目的地,只要一直在路上。

# 生命中不可缺少的养分

信寄出去之后，我并没有期待回信，我只是尽了一个普通读者的小小义务，告诉每天辛苦工作的编辑们，我有认真阅读他们的劳动成果，他们的心血是有价值的。至于写信、投稿一事，没过几日便抛之脑后了。

学习却是一天也不能停的。和上学的时候一样，我给自己制订了详细的学习计划，包括几点起床、几点看书学习、几点休息和睡觉。

生活也因此一下子充实了起来，我后悔自己为什么没早点用学习来充实自己的生命，而白白浪费了那么多宝贵的光阴。意识到这一点以后，真恨不得争分夺秒。

跟当初学绣鞋垫一样，每天早上起床后的第一件事就是开始学习。只有心无旁骛沉溺其中的时候，我才感觉自己真正活过来了，那股子将我折磨得整夜失眠的上进心总算得以安妥了。

可心里日益沉重的包袱该怎么办呢？从小倔强的性格使我习惯了独自背负一切，承受一切，于是愁容代替了所有的笑容，在人前我总是把真实的自己埋藏得很深很深，只剩自己一个人的时候，却是看着喜剧都能突然一阵心酸、热泪盈眶。

心里面的苦可以跟谁说呢？内心的担忧和无助又有谁能够了解呢？身体上的疼痛又可以说给谁听呢？谁能感同身受、谁能帮我分担呢？谁又有义务要分担我的痛苦呢？我不会去向谁抱怨什么,也不会诉苦,我的理智不允许我这么做。但如果再不找个方式宣泄,我感觉自己快要爆炸了。既然不能说,那就写出来吧!残疾束缚的只是身体,却可以让心自由。

这样想的时候,我已经本能地去摸纸和笔了。从小的锻炼使我练就了在双腿上写字的本事,我已经不习惯搁在桌上写字了。

拿起笔,却不知道从何写起了。我写点什么好呢?心里一下子涌出好多以前的事,千头万绪,我激动了起来。最终,我把目标定格在一个我最亲、最爱的人身上。如果说这个世界上有什么值得我写、值得我毕生感激的人,那就只有她——我的母亲。

写母亲的时候,视线几度被泪水模糊了,心里既是酸又是甜,也是温暖。完成初稿之后的满足感更是溢于言表。

从那一天起,读书与写作便与我密不可分了。起初,我只是当手中的笔是自己情感宣泄的出口,是治伤的良药,在文字的世界里,我可以随心所欲、酣畅淋漓,就像在和另一个自己聊天一样。可坚持了几日之后,我发现自己越来越离不开这情感的出口了。心中有话不愿意说,似乎更愿意写出来。

每一天,我眼中所见、心中所想都想通过手中的笔准确无误地表达出来。带着一颗细腻的心灵去看这个世界,竟然发现自己对周围的一花一鸟、一草一木都充满了敬畏与喜爱,爱得深,爱得真。仿佛自己住进了另一个世界里,一个充满生机、充满爱和希望的世界。

但同时,我发现自己的知识真的太少了,文字基础真的太差了。我又想起自己连中学都没有毕业呢,灰心和失望开始令我薄弱的自信一点一点土崩瓦解。即便只是自娱自乐,即便只是

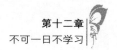

情感的出口,我也并不满足于自己目前的水准。

怎么办呢? 我已经不可能再回学校读书了,也没有老师可以教我。

我自己学! 不知道哪里突然冒出一个坚定不移的声音。是啊! 我可以自己学,从零开始,每天看书、每天学习,我相信自己总能慢慢进步的! 我不怕慢,怕的是自己没有一点一点往目标的方向爬!

因为看书,使我产生了写作的兴趣,而为了能写出令自己满意的作品,我必须继续读书、继续学习。因而渐渐地,读书和写作成了我生活当中不可或缺的一部分。不为任何成就,不因任何缘由。手中的笔就像我至亲至爱的好友,我可以把心里的话通通说给它听。

房间里、客厅里、阳台上,随处都是我阅读和写作的好去处。这种为了一个目标而全力以赴的感觉实在是久违了,我也实在喜欢这样的感受。

当然,我最喜欢的,还是在每个清晨伴着阳光与朝露读书和写作。读累了、写累了,就绣绣鞋垫、看看电视当是休息,但心里无时无刻不在为自己的下一篇作品规划着。我的轮椅旁边时刻放着纸和笔,以便随时记录自己的灵感和刚学到的新鲜知识。

当我安静地坐在阳台那一扇小门前,看向外面的天空和原野的时候,我的心境正被无限地放大,许多美好的东西正一一住进我的心房。

# 我的文章发表了

冬至过完，天气一天比一天冷了，初冬的气息安静而浓烈地充斥在我的生活里。尽管母亲早早地就用棉衣、棉裤、棉鞋把我严严实实包裹了个遍，但寒冷的空气依然无孔不入地钻进我的每一缕呼吸和每一个僵硬的关节里。

坐在屋里，我几乎都不敢开门，从门缝里灌进来的冷风让人感觉都冷到骨头里去了。为了防止双脚又一次冻伤，我只能看一会儿书就跺跺脚，保持温度，但膝盖以下依旧冰凉得没有知觉。

快到中午的时候，我听到一阵摩托车的声响在自家门口停止了，正在猜想来人是谁的时候，外面已经在叫我的名字了。我一边答应着一边迅速滑轮椅过去开门。

同村的一位叔叔把摩托车停在我家门口的台阶前，然后从前面的车篓里拿出一张卡片递给我说："寄给你的。"我急忙伸手去接过来，连声道谢："谢谢您！麻烦您了！"

叔叔摆摆手，踩几下油门骑着车走了。我自己拿着卡片进屋，关上门，才顾得上仔细看一眼。

是一张正面图案充满着浓厚春节气息的明信片，我迫不及待地翻到背面。背面左角处密密麻麻写着几行娟秀的小字，好多年没有人寄过明信片给我了，我努力压抑着略微有些激动的心情，一字一句看下去：

李玉洁同学：

你好！你的作品《小提灯》已被刊用，奖品已寄出，样刊和稿费请于当月查收！感谢来稿！

——《中学生阅读》初中版编辑部伊织

激动地看完明信片上的字句，我好半天没回过神来。《小提灯》？足足愣了几秒，我才猛然间想起来是有这么回事儿，自己的确写过这样一篇文章。

自从读完《老人与海》之后，心里面突然有很多很多的感触，无法用语言来表达，那不如写出来吧！抱着这种纯粹的目的，我每天的生活除了读书和绣鞋垫之外，又多了一件事情——写文章。后来偶然在杂志上看到一则征稿启事，自己就莫名其妙地寄出了那篇连底稿都没留的作品。

这是怎么回事？我的文章……发表了吗？那是不是表示我以后能在杂志上看到自己写的文章了？

这样想着，我忍不住又看了一遍明信片上的文字。是呀！应该就是这样！我的文章居然发表了？编辑居然会留下我的文章！我写得那么差，怎么可能发表呢？

我说不清自己的感觉是惊喜多过意外，还是意外多过惊喜。我把明信片拿在手里反反复复地看，反反复复地琢磨发表作品究竟是怎么一回事。不知道是不是开心地过了头，我一下子竟然想不起来自己在文章中写了些什么。略微平复了一下心情，我才一点一滴地找回那个上午的所有记忆。

我没想到，自己无意当中写的一篇文章竟然可以发表。虽然一直在心里告诉自己，这并不算一件多了不起的事，但我仍然能感觉到嘴角不自觉洋溢着的笑容，脑子里开始慢慢勾画出自

己的文章刊登在杂志上的样子。

这位编辑的字写得真漂亮呀！不经意低头，视线再一次落在那一行小字上的时候，我突然惊喜地发现。又忽而想起，自己那篇文章寄得实在太过仓促，都没来得及仔细检查，不知道有没有错别字呢？希望自己拙劣的文笔没有让编辑们见笑才好。

莫名其妙的担忧使我忽然想起一件事，我是不是该给编辑回封信呢？我要对她、对杂志社表示感谢！

我于是下意识地往房间里挪动，拿起笔和雪白的信纸写下：

伊织姐姐，您好！

您寄给我的明信片我收到了，很感谢您刊用了我的文章，请代我向您的同事问好……

玉洁

我诚恳地表达了我的谢意，突然觉得写信是一件多么美好而浪漫的事情。

中午妈妈回来了，我兴奋地把明信片拿给她看。妈妈和我一样，不知道发表文章是怎么一回事，只粗略地看了一眼就搁在桌上去忙她的了。

我冲过去把明信片从桌上拿起来，放到椅子上，觉得不妥，又转身拿进房里，夹在书本里放在我的书桌上，这样才放心。

不知道在杂志上看到自己的作品会是种什么样的感觉？我的文章真的可以发表吗？我够资格吗？感觉又意外、又惊喜、又开心、又不敢相信，心里总是莫名其妙地激动着、兴奋着，有一股力量仿佛一不小心就会冲破云霄。嘴角的笑容怎么也抑制不住，索性让它张扬一点，尽情享受这一刻的满足感吧！

# 出门走亲戚

又是一年春节，这一年的春节里我也迎来了自己的 16 岁生日。我说不出这一年的时光与往日有什么不同，只是随着岁月的沉淀，我又在心里悄悄地搁下了一些东西。

早上，一家人围在桌边有说有笑地吃完丰盛的早餐便开始准备出门拜年了。我从一开始就没打算和家里人一起去。在别人家也是坐一整天，在自己家也是，还不如自己一个人待在家里，起码不用担心上厕所不方便的问题。我已经可以自己做饭了，过年家里什么都有，随便热点饭菜就能吃。

趁着妹妹帮妈妈收拾碗筷的时候，我已经开始计划自己一整天的"节目"了，春节，我只当它是自己一个人的狂欢。要是父母问起我跟不跟他们同去，我就把刚才打定的主意告诉他们。

客厅的大门半掩着，我独自坐在门后，从门缝里探出脑袋去瞧外面的世界。自家门前的、邻居家的道场上满哪儿都是红红的鞭炮屑，就连客厅的地板上也飞进来一些。隔着篱笆墙，我看不清庭前的园子里还有些什么菜，只隐隐约约地瞧见一些绿色，这个季节，想必只有大白菜了吧！一棵光秃秃的大柳树照旧在田坎边立着，微微倾斜着枝干，与它旁边的土砖砌的矮房子做伴。

我缩着手安静地看着门外出神，妹妹从厨房里走出来，站在我身后，轻轻往我背上一趴。我微微弯着身子，承受着她带给我

的重量,并努力让自己支撑得久一些。这一刻,周围变得好安静,我的心情也在恬淡中静止。

妈妈终于收拾好了厨房的一切,示意妹妹把我推到屋外去,妈妈好拖地。于是我被安置在门口的台阶上。好在外面有一些微弱的阳光,半躺半靠在轮椅上,让太阳照着,暖暖的,很舒服。

偶尔有一两个村里的人经过,我正埋头考虑要不要和别人打声招呼的时候,人家已经急匆匆地走过去了,我只能在他们离去的背影中责备自己莫名其妙的怯懦。

"姐,你去吗?"妹妹突然问我。

"去哪儿?"我很快回过神来。

"去拜年呀!"

"我不去了,我一个人在家里。"我说。

"你要不去的话,我也不去了,我就在家里陪你。"妹妹站在轮椅旁边,一只手放在轮椅的扶手上。

"你去吧,我不用人陪的。"正当我们俩讨论的时候,母亲提着拖把从屋里走出来,叫妹妹推着我先走,她洗完拖把就来。

"我真的要去吗? 我就不去了吧,我一个人在家里也挺好的。"我急忙说着。妹妹已经帮着母亲把我从两层台阶上放下来,搁到宽敞的平地上了。

"为什么不去呢?"妈妈说,"趁现在妈还能带你出门,就多带你出去走走,等以后爸妈都老了,推不动你的时候,想出门都难了。"我没有再说什么,妈妈说的是实话,但其实我并不害怕那一天的到来。坐了轮椅之后,我的世界也整个安静了下来,我已经没有任何多余的欲望和念头,能出去就出去,不能出去我也无所谓了。在哪儿都一样,在哪儿都必须开开心心地过,不然活着干吗呢?

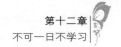

　　选择活下来就是为了享受自己往后的人生,是享受,而非忍受。所以我接受妈妈说的,享受自己双手还能触及的幸福,等到有一天这幸福没有的时候,我还可以依靠回忆来填补后半生的遗憾。

　　于是,妹妹推着我出发了,走到三岔路口,妈妈提着拖把朝池塘的方向走去,我们朝着另一方向继续走。

　　沿途巷子里的人家,有的门口挂起了大红灯笼,有的门前贴上了崭新的对联。我们一路上走得很慢,边走边等妈妈。我新奇地看看这儿,看看那儿,像个第一次背着妈妈偷跑出来的孩子。

# 生活因笑容而改变

　　为了节省车费,也为了一尝散步的乐趣,我们决定一直步行到目的地。还没走出多远,我只顾着回头看妈妈来了没有。远远地,看见妈妈从巷子口走过来了,她很快就能追上我们,我于是转过身来重新坐好。不知道为什么,看见妈妈来了,我的心情突然一下子好起来了。

　　也许是太久没有出过门的关系,原本应该很熟悉的街道、建筑好像一下子陌生起来了。明明有一些印象的,却又好像全都不对。

　　我对身后的妹妹说:"我都快成乡巴佬了!"谁知妹妹来了一句:"不是好像,你根本就是!"我俩哈哈大笑起来。

　　一路上,我不住地问:"这是哪儿? 那是哪儿?"忽然觉得自己一点儿也不像在这座城市生活了十几年的人。因为自己不认识路,便突然想起一个真实的"笑话":年迈的父母因为不堪智障儿子的"拖累",最终决定将他遗弃。父亲于是带着儿子到了一个陌生的地方便把他一个人留在了那里,结果父亲回家的时候发现儿子竟然已经到家了。

　　想起这件事,我兀自笑出声来,又忽然莫名其妙地转头对母亲说:"妈,如果你们想把我扔了实在太容易了,就随便把我搁哪条大街上我都找不到回去的路。"妈妈迟疑了一下,然后故意用怜悯的语气说:"别人看到你,肯定会说'这个女孩好可怜

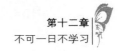

喏'!""那我就天天唱小白菜儿,再整个缺了口的破碗,没准儿还有不少人给钱呢!"说完我们都笑了。

我们边走边随意说笑着。迎面走过来一位大妈,看着我说:"这孩子笑眯眯的,这腿是怎么了?""生病了",我平静地回答,脸上仍然挂着灿烂的笑容。连我自己都没想到,我会主动答话。以往被问到这样的问题,我的心情会突然一落千丈。但是此刻,我没有丝毫厌恶的情绪,甚至很愿意告诉别人我的故事。

我不知道自己为什么会有这样的转变,轮椅似乎不再是我的"耻辱",而是把它当成我生活中必不可少的"伙伴"。生病了是事实,坐轮椅也是事实,有什么呢?

到达亲戚家里的时候,我自己爬到沙发上去坐着,让母亲帮我把轮椅收起来放到一边,免得堵在那里其他人不好进出。吃饭的时候,大家看我不方便,一桌子人抢着帮我夹菜,一眨眼工夫,我碗里的菜已经堆得老高了。

我笑着答谢大家的好意,竟也不再觉得难为情了。也许接受大家的好意本身就是一种最好的回报吧!

但我仍然觉得自己很不合群,大家打牌、聊天,我一点兴趣也没有,就算是一起围在火盆边取暖,我也只是默默地拿着火钳和盆里的那些炭打交道。为了不妨碍到人家,我宁愿一动不动地待在同一个地方一整天;为了不让自己的轮椅占用太多地方,我宁愿说自己不冷,也不往火盆边上凑。

我虽然不算是个喜欢热闹的人,但也希望能和身边的人融洽地相处,我喜欢给别人带来欢笑、带来快乐的感觉。于是,我大胆地凑到人堆儿里去,东一句、西一句地胡乱插着嘴。大家马上为我腾出一个地方,我便毫不客气地领受了,这种不拘小节的感觉让我觉得特别自在。原来和身边的人相处没有那么难,只

有打开自己的心，才能容纳更多的快乐。也只有正视自己的不方便，才能更好地生活。

这样一天下来，我觉得很自在、很开心，这种开心是因为我的世界里不再只有自己一个人。

吃完晚饭回家，走在宽敞却也冷清的街道上，我们的影子被一盏盏路灯拉得变长变短。马路上三三两两的行人，想必他们也和我们一样，正急切地往家赶吧！飕飕的冷风直往我们的脖子里灌，虽然我的双脚已经冰冷到失去知觉了，但此刻我的心，却是温暖无比。

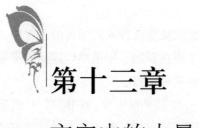

# 第十三章

## 文字中的力量

# 大爱无言

春节过完以后,父母很快便重新投入到辛苦的工作中,妹妹也即将开学,一家人的日子将在新的一年里继续以往的平淡,同时,我们的心里也时刻怀着某种期盼。

我每天的生活很单一,又似乎很丰富,看书、写字、绣鞋垫,一成不变。为了不让自己失去新鲜感,我轮换着做这些事情,倒也清闲自在。

自从收到编辑的明信片,我一直惦记着样刊什么时候来。心里越急就越安抚自己:别着急,总会来的,越安抚就越着急。直到那个平静的上午,我没有预先收到任何幸福的讯息,样刊却奇迹般地送到了我的手里。

手里握着大大的信封,那厚度,那手感,是编辑部寄给我的样刊无疑了。那一刻,心里想狂野地撕开大信封,以最快的速度取出杂志,手里却有条不紊地保持着信封的完整。我是个比较能控制自己喜怒哀乐的人。美好的感觉我总希望能把它延长一些,于是耐着性子故意放慢手脚,让每一个细节都变成漫长的享受。

取出书本的时候,一阵扑鼻而来的油墨香让我有些陶醉。很奇怪地,我十分喜欢这股新书特有的香味。我贪婪地吸了一大口,便拨琴似的翻起了书页,淡淡的微风混合着书香将我鬓角的一丝头发微微吹起。走马灯似的扫了一遍之后,我并未看见

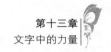

自己的文章和名字,心里好笑地想着:连目录都没看,瞎翻什么劲呢!

我好像是故意的,如果一开始就找到,就没有惊喜了。我又重新把书翻回到第一页,顺着目录我很快便找到了自己的名字和文章,犹豫了一下,才小心地翻到那一页去。

文章标题和我的名字赫然入目,我一下子呆住了。生平第一次看到自己的作品和名字变成铅字印在杂志上,原来是这样的感觉,简直奇妙无比。

真的是我写的! 我想仔细地再把文章看一遍,可却没办法专心,总是一目十行。近千字的文章我两眼就扫完了,却又逼着自己从头一字一句地看下去,心里像有某种东西总也按捺不住似的。看到编辑在我文章的后面赞赏我的文字"如兰花般在纸上挺立绽放",我的心里也笑开了花。

谁能想到连中学二年级都没念完的人竟也发表了作品,谁敢相信一个自小就怕写作文的人竟然也能写出让编辑赞赏的文章。连我自己都不相信,而这一切,却是千真万确的。

我安静地坐在书桌和床中间的过道里,忍不住再一次侧脸看了一眼书桌上那本印着我文章的书。

我喜欢写作,是的,更或者说是依赖。我有满腹无法倾诉的哀愁和宣泄不完的丰富情感,我把这种深入心髓的感情注入到笔下的每一件事物之中,平凡的往事却因此成为感人肺腑的经历。

有那么一秒钟,我内心的喜悦和兴奋到了极点,几乎要将我膨胀。我呆呆地坐在那里,眼睛盯着自己的名字一动不动,什么都忘了做,什么都忘了想,只觉得自己在那一瞬间飞上了天。但这种兴奋的感觉却在一秒钟之后便荡然无存了。这些年的各种

经历早已让我宠辱不惊,而且我已经高兴了一秒钟,可以了,足够了,接下来便应该是理性的思考。

我平静地放下手里的样刊,我想我需要一些时间来让自己重新找到正确的航向。这是非常小的一件事情,不代表什么,也没什么可值得沾沾自喜的,我有意提醒自己。我的人生仅仅只是发表一篇小小的文章就感到满足,而到此为止了吗?呵,我怎么可能满足?我必须要不断取得新的进步才行!我要的不是成绩,是一刻也不停止的进步。

中午妈妈回来了,我把发表文章的事告诉给她听。母亲拿起样刊看了一眼,奇怪地问我:"这是你什么时候写的?我怎么都不知道?"我轻声笑了,心说:文章是您不在家的时候写的,信是请表姐帮忙寄的,您又怎么会知道呢?

母亲把书拿到客厅里去看,等我跟出去的时候,发现她正在沙发旁边悄悄地抹眼泪。我有些不解,便满心疑惑地问:"不是应该高兴吗?怎么哭了呢?"母亲一边拿手背揉着眼睛,一边声音颤抖着说:"如果你是个身体健康的孩子,该上高中了,哪会像现在一样天天待在家里呢?"

我从母亲的话里听出她的心痛和难过,但我并没有感到难过,也没有哭,我觉得自己长大了,也比以前更加坚强了。我想我已经找到了一种平衡的方式,不该想的事我已经不会去想,我是坐轮椅了,那又怎么样呢?只不过换了一种活法,我一样可以活得很好。我是不可能再上高中,再读大学了,但我仍然可以追求进步,甚至,要比以前更加优秀!我这样想的时候,微笑地看着母亲,心里说着:您放心吧,我不会比一个健全的孩子差的!您不会白养我。母亲不会听到我心里的这句话,这是我对自己的承诺,我相信总有一天她会看到我的努力、我的成绩。她辛辛

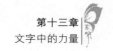

苦苦送我去念的书不会白念,我会向她证明她的一切付出都是有价值的!

下午,我便再也找不着我的样刊了,母亲把它带走了,带到她工作的地方,整整看了一下午。我想,她心里的眼泪也伴随了她一下午吧!

我一直在等爸爸回来,等着和他分享这个好消息。直到晚上,我才有机会把样刊捧给爸爸看。自己的女儿发表文章了,他应该会高兴的吧!我幸福地想。父亲坐在那里,一动不动地端着我的样刊认真地看着,没有讲一句话。他的反应一点也不出乎我的意料,这就是我的父母,从来不善于表扬自己的孩子,但在他们心目中,我却是永远无可取代的。这一点,从母亲的泪水和父亲认真的神情中,我便已然感受到了。我想,这就是所谓的大爱无言吧!

# 意外而来的读者信

不知不觉，距离文章发表已经过去好多天了，发表文章的那股子兴奋劲儿也早已挥发得一点不剩。这天，天色已经很晚了，这大冷的天儿，睡得早的人家都差不多要到钻被窝的时间了，我才大老远地听见母亲的那辆小三轮车嘎吱嘎吱地慢慢靠近家门的声音。刚一进门，母亲便挥舞着厚厚的一沓信神秘兮兮地说："洁儿，今天有你的信！"

"信？什么信？谁寄来的？"问这个问题之前，我已在脑海中搜索了个遍，但实在想不出来有什么人会写信给我。"是看了你文章的读者！"母亲激动地说。

我傻呆呆地一笑，有点搞不清楚状况的感觉。"读者信？"我一把接过母亲手里的信封，挨个儿看了一遍邮戳，有五六封呢。"这么多？""是啊！村委会的人给送到我那里去了。你看看吧，这些孩子们写得真好！他们说看到你的文章就不想放弃读书了，想不到你还有这样的作用……"母亲的话还没说完，激动的泪花就溢了出来。母亲拿手板心蹭着眼泪，嘴角还保持着刚才兴奋的笑容，然后转身去灶台边忙活去了。

我自己坐在炉灶旁，小心地打开那些信。灶膛里塞满了柴火，此刻烧得正旺，我冷得不行，只得坐到灶门边去了。

我手里的信母亲已经全帮我拆开了，虽然我嘴上仍然说了一句："妈，您怎么看我的信呢？这可是我的隐私呀！"但心里其

208

实没有半分怪罪的意思。在母亲面前，我从来没有秘密，也没有所谓的隐私，她是生我的那个人，我觉得没有什么事情是不能让她知道的。

我展开第一封信的时候，注意到信封的背面有一行很大、很显眼的字——风吹日晒，邮递员最帅。不免觉得这一定是个细心的姑娘。我从信封里取出一沓叠得整整齐齐的信纸，一手清秀的字迹展现在我眼前：

玉洁：

你好！很高兴能在《中学生阅读》中看到你写的《小提灯》。看到你写的文章和文章下面的关于你的介绍时，我深感痛苦。你真的好勇敢，我真的好佩服你！

你虽然患病，但意志坚定，仍然坚强地面对生活，面对现实。如果这种事情发生在我身上，或许我会一蹶不振，永远也站不起来。但你却如此不同，我真的好喜欢你！你有你的天真，你有你的性格，你有你的执着，你有你的大方……真的，你很优秀！

说起我，真的无法与你相比。去年的六月，我参加了中考，但是成绩却不如我愿，与重点高中的录取分数相差了十万八千里。我失落，悲愤……顿时脑子里一片空白，我不知道如何是好。就在这时，也许因为伤心过度，我有了不上学这一荒谬的想法。最后，经老师、家长、亲戚朋友的劝说之后，又重返校园，开始了我的复读生涯。

刚开始的几天，我总是很自卑，不和别人讲话，自己一个人坐在角落里。有时也曾为自己的过错哭湿了被褥。这点小挫折就让我如此，我真不知道我以后的路该怎样走下

去？也许是上天的刻意安排，即将中考的我在这关键时刻看到了你的文章，看到了你的经历，让我感触很深。有了你的经历，也让我对未来充满了信心，对前程充满了希望，我会对中考作出全部的努力，我也有足够的勇气和信心来面对中考了，谢谢你！

虽然你不能和同龄人一样欢快地奔跑，但你完美、纯洁的心灵比别人更灿烂。如花似玉的年纪，我们共同努力吧！

愿微笑伴你一生，成功伴你一世，生活处处有光彩！

友：婧儿

看完这封信，我的心情久久不能平复，还沉浸在她带给我的感动和震撼之中。从来没有想过自己的文章会被那么多的人看到，更加从来没有想过自己的文字能够带给他人鼓舞，带给他人力量。其实在我鼓舞她的同时，她又何尝不是在鼓舞着我呢？原来有一种力量是可以传递的，它不只存在于我的内心，更可以透过文字传递给每一颗受伤的心灵。这种力量不只可以帮助自己走出低谷、战胜一切磨难，更可以在关键时刻帮助他人渡过难关。

虽然我的脸上没有明显的笑容，但内心的喜悦和安慰已经溢于言表。展开的信纸顺着它的折痕不平整地铺放在我的双腿上，此刻我安静地坐在那里，内心却觉得充满前进的力量。

# 请让我继续读书

另一封读者信上写着：

玉洁：

你好！我是一个初中二年级的学生，这是封我认为极为冒昧的信，而且也不知你是否能收到。毕竟这是我第一次给相隔如此之远的人写信。

看了你的文章，让我深深地佩服你，佩服你在逆境面前不低头，而且自信、乐观，你的信心和勇气使我感到惭愧。

我的家在农村，我们这里的人似乎都会出去打工，好像是一种时尚一样。我初中二年级第一学期刚刚结束，便想和众人一样出去打工，想以此平淡一生。只因为经济问题，这似乎又是借口，因为家里的经济状况尚允许我高中毕业。但母亲不允许我上学，她劳碌一生只为两儿两女。大哥已经结婚了，二哥要盖房子娶媳妇，都要在今年进行。大姐打工去了，而我还在上学。母亲患有严重的类风湿疾病，她没有你乐观，整天念叨着："我该死了！"我每次听到这些都忍不住流泪，她对我的要求，我也是百依百顺。她让我不要再上学了，同姐姐一块去打工。但固执的二哥坚决表示，他不要房子，不要老婆，只要我上学。母亲拗不过他，只好让我继续上学。自此之后，我能感觉到母亲对我态度的改变。

她似乎不再疼我了。周日回家拿生活费，我都不敢对母亲张口，我恐惧这一时刻，我有许多犯罪感。

我是班里的学生会委员，也是学生会主席、卫生班长、纪律班长和小组长，我并不在乎这些，可我只有在这里才能感受到温暖。我很生气老天对我的不公，母亲根本就不爱我。我很羡慕你，羡慕你虽有病在身，但有家人的呵护和关怀。如果老天让我和你一样，哪怕此病一辈子治不好也无所谓，因为这样每天我就能感受到幸福。我相信是你的朋友，你的家人对你的关怀才使你有这样的信心和勇气去战胜病魔。

你知道吗？我家到学校有10里路，我已经踏平了这10里路。我从不骑自行车，也不搭车。我是外乡转来的学生，走在路上只有我独自一人。我总是在这条路上做好准备，回到家该如何才能使母亲开心，才能让她问我："还有钱吗？"然后掏出生活费让我返校。一年了，我一直就是这样惶恐地过着。

玉洁，你应该相信，你比任何一个健康的人都幸福，因为你有丰富的精神生活。你要更加自信，写出更好的文章。别忘了远方有一个女孩永远祝福你。祝你早日康复！

莉莉

读完这封信，我的心情忽然复杂起来，有感动，有怜惜，同时，也感受到一份深深的责任。我毫不迟疑地取出纸笔，在膝盖上铺开，开始一字一句认真地给她写回信：

莉莉同学：

你好！看完你的来信有一些心里话想要对你说。

　　你说的没错,的确是有了家人、朋友的关怀才使我有了战胜病魔的信心和勇气。就这一点来说,我的确很幸福,其实,你也一样。

　　天底下没有哪个做父母的会不疼爱自己孩子的,想想假如你生病了,最担心的那个人是谁;想想当你取得成绩,最开心的那个人是谁;想想忍着浑身的病痛,还在为子女奔波劳碌的那个人又是谁。

　　这个世界上只有父母对我们的爱和付出是不需要任何理由的,只不过我在瘫痪以后才深深地感受到这一点。试着去和母亲沟通吧,没有比妈妈更了解自己孩子的人了。像我和我的妈妈一样,做一对无话不谈的好朋友。

　　告诉妈妈你真实的想法和感受,也听听她内心的无助和辛酸。我承受过和你母亲一样的痛苦,我能够体会她的感受。告诉母亲你想要继续上学,我相信她会理解并且支持你的!

你的朋友:玉洁

　　信末,我还让她把我的信拿给她母亲看,或者读给她母亲听。信寄出去以后,我的心里便一直怀着某种期盼。不久之后,我收到了她的回信:

玉洁:

　　首先要谢谢你对我的帮助,对我的开导。你对我提出的几个问题我从未想过,不过经你一说,让我对母亲给予我的爱深信不疑。而且我已经试着和我的母亲沟通了……

读到这里,我忍不住长长地舒了一口气,感受到一种前所未有的幸福和快乐。我理解她的母亲在病痛的折磨下日渐消极的心情,更加理解她对学习的渴望。我是个有过相同经历和感受的人,我希望自己能够帮助他们,把自己明白得太迟的道理分享给他人,所获得的便是双倍的成长和满足。我想这种成长会在我和她往后的人生旅途中都产生奇妙的影响。

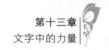

# 文字的力量

渐渐地，我每天都能收到越来越多的读者来信，远至新疆、内蒙古，这些信件在我的书桌上像小山一样堆积起来。每天读信和写信便成了我生活中的一种乐趣。拆开每一封信，我都感觉是在静静地打开一位小读者的心。信上的每一个字，我都会认真看完，然后在心里画出一个甜美的符号。真的没有比这更好的礼物了。

我感动于这一封封真情实感的来信，感动于一颗颗纯洁无瑕的心灵。当我再一次怀着这种美妙的心情展开一张雪白的信纸的时候，上面竟然仅有一行整齐的小字："我是你最忠实的读者，我很喜欢你的作品"，仅此而已。

我不禁莞尔，这一句简单、朴实的话语已经比任何鼓励、任何赞扬都要好了。我想在自己疲劳，甚至失去信心的时候，想起这句话，必能带给我源源不断的动力。

在雪花般的读者来信中，我始终记着一个心地善良的女孩，她在第一次给我的来信中留下一句话："傻丫头，有什么不开心的事记得告诉我哦！"一时间，我被这个调皮的称呼甜晕了，好贴心的感觉。从那以后，"傻丫头"便成了我和她之间的专属称呼。

在我人生最失意、最无助的冬季，她写信告诉我："如果生活交给你一个酸柠檬，你要学会把它榨成一杯柠檬汁。"

还有一位远在玉林的女孩，她时常给我写信，向我讲述她的

215

校园生活。我便在她的描述中想象她的校园里充满了花草香，还有一棵外形像椰子树的大树，叶子从顶端伸出去。她喜欢在树下停留。她告诉我，她最喜欢的食物是烤番薯和玉林米粉，每个假期都必会去吃，还说有机会一定要请我吃。当我告诉她我很羡慕她可以继续读书时，她写信告诉我："以后我的高中就是你的高中！"之后，她真的坚持每周给我写一封长长的信向我讲述她的校园生活。

我安闲地靠在轮椅上读信的时光，每一分每一秒都收获着感动，内心也充满着无限憧憬。学习的机会对于我来说是可望而不可即，我真的羡慕他们，还能坐在教室里为梦想努力。我在写给他们的回信中说了我的这种羡慕，对他们说了学习是一件多么幸福的事，所以，请务必珍惜。

放下手中的信纸，拧一拧僵掉的胳膊，我独自沉思了好久。我感觉到很安慰，这种能够帮助到别人的快乐是比得到任何东西都更要开心的。同时，我也要感谢他们，感谢他们让我的人生变得有意义起来。

一篇偶然之间发表的文章，却能够带给其他人这么多鼓舞与共鸣，这是一种什么样的力量呢？

我想和支撑着我的力量是一样的。在发表那篇文章之前，我经历了多少个失眠的夜晚，曾经多少次把自己关在屋子里，一写就是一整天，又投寄出去多少封信却只收到石沉大海的回音。但是因为骨子里的一种执着，我选择了坚持到底。

这种执着也一定不知不觉地流露到我笔下的字里行间，让和我同样迷茫过，无助过，想要放弃的心灵也感受到这种执着的力量。

想到这儿，我抬眼看了一下窗外的天空，仿佛看到了比以前

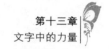

更高、更远的世界。我突然觉得这是一件非常神圣的事情。直到那天之前，我从来没有觉得自己的经历也算是一件好事，可事实是，我的经历能够带给其他人乐观向上的启迪，那么我所承受的痛苦，遭受的磨难不都是值得的吗？我便不会觉得上天只对我一个人不公平，它赐给了我一段宝贵的人生经历。我没有一个健康的身体，却有宝贵的精神财富，而更加宝贵的是，这种财富可以分享给世上的每一个人。

也许，这就是我来到人世间的价值和意义吧，我忍不住低头想着。或者说是使命，是上天赋予我的神圣使命，带给大家坚强与对生命的热爱和希望。我告诉自己，我是一个能够带给别人鼓舞与动力的人，那么我应该拥有比以前更多的勇气和坚强。

那一刻，我的心突然被一种坚毅无比的东西填满了。我的嘴角流露出一丝微笑，看着书桌上那些信件和未完成的作品，情不自禁地把轮椅滑过去，抓起案几上的笔，把稿纸铺在双腿上，继续自己愉快的文字之旅。

# 第十四章

## 坚持必有收获

# 我要自己爬起来

一个初春的上午，天气很好，外面明媚的阳光透过窗户照射进来，使屋里变得很亮。我的思绪也像经过洗礼般清新、活络。

写作中的力不从心使我更加坚定必须将勤补拙，必须每天练习写作的基本功。于是我像往常一样一边躺着休息一边在心里打着作品的腹稿。我的小窝不足 20 平米，床贴着北面的墙边放着。我的书桌摆放在床的另一头，正好和并排的衣柜组成一个夹角，可以靠着衣柜放一排书。床边到窗户留出宽敞的空间，好方便我的轮椅进出和活动。

腹稿几乎成型的时候，我开始起身挪到床的另一头去，拿我的稿纸和笔写下来。轮椅就安静地放在床头，为了图方便，不用爬上爬下，我通常都不借助轮椅，直接沿着床沿边挪到床的另一头。坐在床头的边缘，我伸手刚好可以够到书桌。已经重复过无数次的动作，我一直都很小心，从来没有什么不妥。

不知道是我在想着自己的作品分了心，还是因为发病的季节到了，我的身体状况又不如从前了。总之原本以为万无一失的简单小事，却在我好不容易挪到床角转角的位置时，身子突然一滑，顺着床角微微的斜坡，在没有任何能防止自己摔跤的能力的情况下，我重重地摔到地上，像条死鱼一样瘫在地上动弹不得。

随着身体的坠地，我听到一声骨头磕到地板的闷响。有那么一秒钟是完全没有知觉的,随之而来的便是一阵钻心的剧痛。我的腰椎和脊骨硬生生摔在地上,疼得像断裂了一样。

我躺在地上大口喘着气,不敢吭声,怕家人听见。地上很冰凉,剧烈的疼痛瞬间袭遍全身。

由于身体上的限制,我的一步一履,甚至每一个动作都格外小心。行动之前我总会在心里演示无数次,排除一切可以让自己受伤和摔跤的可能,确保万无一失了才会跨出第一步,因此我很少摔跤。

这猛然间从床上摔下去,使我很慌乱,很烦躁,眼泪已经挤在眼角。一是因为疼痛,二是因为自己的狼狈不堪。但我没有让眼泪掉下来。我试着慢慢使劲,慢慢移动,让全身的疼痛慢慢适应。怎么办? 我该怎么起来呢? 我有那么一丝的绝望,但很快冷静下来,然后开始想办法怎么爬上去。

叫爸爸一声吗? 我知道父亲就在楼上的客厅看电视,只要我叫他一声,他很快就会过来,但我不想这样做。一来父亲看到我的狼狈样子会心疼、会难过,我不想让他担心。二来我想试试靠自己的力量爬起来。假如父亲不在家,我还不是一样要靠自己?

我用双手撑着地,变形凸起的手关节在地板砖上顶得很疼。腿不能弯也不能伸,僵直的身体,连坐起来都办不到。身上所有的关节都不灵活,像一具僵尸。我突然自嘲地想到一句歇后语:驼子进棺材——两头翘。我想这句话用来形容我此时的窘迫和狼狈的样子是再贴切不过了。我甚至开始幻想能突然出现一个具有魔法的可以解救我的神仙,拂尘一挥,我便能轻如羽毛般重新回到床上去。其实这样的幻想在我每次身处绝境的时候都会不受控制地跑出来。但傻瓜都知道,这怎么可能呢?

才几十厘米高的床对于瘫在地上的我来说显得那么遥不可及。我试着够到床沿,扶着它一点一点起来。但床和我的轮椅一样高,躺在地上的我只能勉强够到,双腿也丝毫使不上劲,自己根本无法爬上去。

但我知道我能想到办法的,我一定能想到办法的!这是一种在战胜困难时会不自觉跑出来的自信。以前那么多的困难都克服了,这点小小的困难又算得了什么!

我还就不信了,我一定能爬起来的!我扫视了一遍屋里的所有东西。书桌旁的一张凳子成了我的救命稻草,我想到一个似乎可行的办法,但要完成那一系列的动作对于我来说却太难了。我不确定自己是否能做到,我能确定的是,我要尽自己最大的努力去尝试,去达成目标。

我爬过去想把凳子搬过来,但不能用拖的,凳子脚会在地板上磨出很大的声音。我有些担心自己手无缚鸡之力。试了一下,比我想象中轻松。我把凳子慢慢翻过来,把平的那一面放在自己的肚皮上,用一只手扶着,另一只手协助我一点一点地在地上移动。

右手和右臂变形比较严重,除了写字和拿针,基本丧失了所有功能。我只能依靠左胳膊撑着地板,身体跟着胳膊的移动一点一点拖行。

凳子是长方形的,利用它长的那一边立起来就离床近了很多,但前提是我得先爬上去才行。我把它放倒在床前,试了一下,不行,爬不上去,我的身体没办法腾空到凳子的高度。如果利用短的那一边可以勉强爬上去,但是不够高,没办法爬到床上。绝望又一次掠过脑海,但同时也更加坚定了我的想法:我一定要靠自己爬上去,一定要!

　　我把房间里所有能够利用起来的工具想了个遍。书桌上的书除了丰富知识，对于我来说还有许多别的用处。我慢慢挪到书桌前，长长的手臂刚好可以够到那些书，为了方便自己拿，我把平时看的书摞在桌角那里，没想到帮了我大忙。我小心地一本一本拿下来，担心一不小心使那厚厚的一摞书砸下来。我把书像之前搬凳子那样运到床边，挨着凳子垒起来，书的好处是可以层层加高，我先爬到书本上坐稳，再挪到凳子上，这样身体抬高了一点，那僵硬的双腿就可以起一点支撑的作用，离床沿也更近了一些。完成这些看似简单其实艰难的动作全要靠我的左手和左臂。当我终于爬上去的时候，我的左臂已经筋疲力尽，关节有些发软，但我居然有一点小小的成就感。

　　长长地舒了一口气之后，我感觉整个人都轻松了。虽然大汗淋漓，居然有一种抑制不住的喜悦。我自己爬起来了，是靠我自己！

　　稍微休息一下，顾不得摔过之后的疼痛，我爬上轮椅，把凳子放回原位，把书抹干净了重新摆好，让家人看不出我刚刚"打完仗"。我没有计算过自己完成这一系列的动作用了多久，我只是觉得多依靠自己一次，就多了一次进步。虽然后来有一小段时间有点阴影，每次挪到床角的时候就会有种莫名的害怕，但是我知道，以后无论自己跌倒多少次，我都可以再一次依靠自己爬起来。

# 难走的路

一个阳光灿烂的午后,组里开村民会,地点就在离我们家不出 10 米远的地方。我本想躲在家里不出去,但想想自己有什么见不得人的。于是抱着鞋垫把自己挪到家门口,这样在家里也可以听到会议的内容。

村民会差不多结束的时候,人群已经散去了大半,而我仍在埋头自顾自地绣着鞋垫,没有去看任何一个人。这时候,我听到一段这样的对话:"她每天就这样坐在家里吗?""天天在家里,天天绣鞋垫!"语气中带着一丝的悲悯。我停下手中拉到一半的线,抬头看了一眼,没有说话,然后继续埋头绣着我的鞋垫。

我觉得我不需要向别人解释我在做些什么,更不需要告诉别人,我有什么目标和计划。这种孤独地奋斗的感觉,我很享受。

我需要告诉大家我每天除了绣鞋垫以外,还在看书、学习和写作吗? 没这个必要。在我取得成绩之前,没有人会觉得我这是什么"正业"。甚至,在仅有的几个知道我在自学的人里面,有人不停地给我讲谁谁谁初中毕业,每天不干活躲在家里写文章,穷了一辈子的"典故"。

想起这些,我手里的活计不自觉慢了下来。自从收到第一封编辑的用稿信以来,之后投寄出去的好几篇作品全都石沉大海。我每天望穿秋水地盼着邻居叔叔给我带信回来,可每次都只能在看到他空荡荡的车篓之后，独自收拾着失落的心情进屋去。正当我心情郁闷至极、彷徨至极的时候，又有人不断讲这样的故事给我听，我的信心逐渐消减为零。

我的文学底子的确太差了，要是能上个高中就好了，哪怕能让我把初中念完也好啊！每次在自学的过程当中感到力不从心的时候，我总是这样委屈地想。

我关着房门躲在自己的小屋里。大半天时间就在默默地想：我是否选择了一个错误的方向？有些东西不是光靠自己努力就可以的。如果我真的不是那块材料，我花再多的时间去自学也是惘然。与其白白浪费时间，我还不如重新选择一条更适合自己的道路呢！

幸福的是，在这个时候，看似少不经事的妹妹，居然带着大人般的口吻对我说："你别听他们的，做好你自己！"在这种时候，能有人对我说一句这样的话，是件多好的事情啊！我感动坏了，情不自禁地冲过去一把搂住她。

于是我又想：自己当初自学是为了当作家吗？显然不是，我从来没有作家梦。我只是为了拯救自己，写作是我的一种很好的情感的出口。不为任何人，不为任何目的，从来都是我手写我心。

我用左手歪歪扭扭地托着下巴，空洞地望着窗口出神地想。是不是以后不发表作品了，我也就不写作了？不是，我不是为了发表多少作品才拿起手中的笔的。而且，我渐渐发现，学习和写作已经从最初的充实自我的方式渐渐演变成我生活当中的一种习惯，甚至是不可缺少的一部分了。一日不写，便觉得心痒痒的。手中的笔就像一个最懂我的知心朋友，无论内心的烦恼缠绕得有多深，只要写出来，便觉得无足轻重了。

那么，我还有什么可茫然的。我放下托着下巴的左手，疲倦中开始慢慢恢复了一些精神。况且，我突然想到，有哪个人是可以随随便便就成功的？从小到大，我做哪一件事情是轻而易举就有收获的？如果这么轻易就放弃，就不是我了！

这样想以后，反而整个人都释然了，写作不再是痛苦的搏击，而是悠然的享受。

如果说我还没有写出真正令自己满意的作品，那我就努力到达成这个目标为止。我自己知道自己在做些什么就够了，何必在乎别人怎么想、怎么看呢！我这才发现，有一种动力，是来自心底最深处的一种执着，不沾染任何俗气，只为不断追寻一种对进步的渴求。

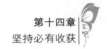

# 我决定参加比赛

放下手中的信纸，我终于可以悠闲地伸一下懒腰，稍微歇口气了。客厅的老时钟在分秒不停地劳动着，从宁静的空气中传来嘀嗒嘀嗒悦耳的脆响，只是这会儿停下手来我才留意到。

多年来习惯了没有朋友，习惯了独来独往，也习惯了以自己为友的我竟也机缘巧合结交了几位知心的笔友。一直以来，我都和几位要好的笔友保持着不间断的联系，因此读信和写信便成了我生活中的一部分。这也是一种我非常喜欢的沟通和交流的方式。

尽管外面是个大晴天，屋里也很亮堂，但关着门窗、拉着窗帘的房间里依然阴阴凉凉的，倒也很舒适。我安静地闭上眼睛，仰着头靠在轮椅上休息了一小会儿，忽然想起前些天看到的一则征文大赛的征稿启事。我想参加比赛，并不为得奖，我只想知道自己所处的位置。无论在什么时候，清楚知道自己的位置是很重要的。抱着这个目的，但凡我知道的征文比赛我都必会参加。我觉得我需要专业老师的点评意见，起码让我知道自己应该朝一个什么样的方向去努力，盲目的努力只会是徒然的。

该准备篇稿子了吧？不然就晚了。想好之后，我觉得自己不能再躺着了，得起来动笔准备参赛作品了，因为距离我记忆中的截稿日期好像没有多少天了。于是我慢吞吞地坐起身来，习惯性地用左手的手背托着下巴，支在轮椅的左边扶手上。这是

不知道什么时候我发现自己可以完成的一个动作,只不过要把左手握成拳头,拿手背杵着脸蛋才可以。

我努力在脑海中搜寻着有特殊意义的往事。我的生活每天都只局限在这个一成不变的狭小空间里,我的灵感不可能来源于外面的世界,只能源自我的内心,源自我过去的人生经历。

我又一次安静地躺下去,任由过去十几年的成长经历像电影一样在脑海中回放。我的心被一次又一次地揪起,疼着,并且忍不住地惊讶:自己竟不知不觉走了那么远的路了。

当我在记忆的长河中漂流的时候,有一幅画面始终停留在脑海当中,挥之不去。在一条宽敞并且陈旧的柏油公路上,妈妈一手扶着自行车把,一手拿着在路边买好的早餐,不时停下脚步,回头喂她的女儿吃一口早餐,然后继续朝前走。她的女儿因为严重的类风湿关节炎,已经没有办法再像其他的孩子一样依靠自己的双腿走去学校上学了。但她的妈妈说,只要她想上学,就一定要让她继续上。

两滴温热的眼泪瞬间从我的眼角流淌下来,顺着脸颊,淌过嘴角,我尝到淡淡的苦涩。这是我最不能忘怀的记忆,这是我打算收藏一辈子的记忆。无论何时想起都刻骨铭心,清晰无比。

无需细想,文章的雏形已在心里形成。稍微组织一下语言之后,我起身够着拿来纸笔写下标题《妈妈陪我上学》。我没有给自己买专用的稿纸,以前上学没写完的作业本和空白纸我全都搜集起来,写满我的文章。就好像我从来也没有离开过学校一样,只不过教室变成了家里,我的老师就是书桌上那些编辑寄给我的一本一本厚厚的书。

我的手不停写着,眼泪也不停流着,将纸页上的字迹化开。文章完成之后,我并没有急于寄给组委会,而是让它在我的书桌

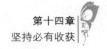

上"沉睡"了一整天。到了第二天,我才重新在修改之后认认真真誊写一遍然后塞进信封里。和那些写给笔友们的回信一起交给母亲,我想母亲一点儿也不知道信封里面有一篇关于她的文章。

之后我便将参赛的事抛之脑后了,甚至连一点起码的期待也没有,因为我要做的事已经做了,无论结果如何都是必然,我无需等待,也无需期待。

# 我竟然获奖了

直到外婆生日那天，我们一家人高高兴兴地去给外婆庆祝生日。出发前有人交给我一沓信，因为急着出门，我便随手将信塞进轮椅后背的袋子里，在等待开饭的空当才想起来看看。一封雪白的信封里塞着硬硬的纸张。屋子里其他人都在有说有笑地聊着，我坐在角落里，自己默默地取出信来看。

纸张上印着标准、整齐的打印体。当我看到标题上印着"征文大赛"字样的时候，心情一下子紧张起来。我有没有可能得优秀奖呢？我窃笑着想，不会连优秀奖都评不上吧？参赛者那么多，我选不上也是正常的，还是别做白日梦了。我噘着嘴接着往下看：您的作品《妈妈陪我上学》在第七届……还没看完，我激动地把回函合上，好像从没试过这么紧张。心情复杂得透不过气来。

别这么紧张，管它什么奖，是退稿函也没关系，只要是自己真实的水平就行了，成绩不好再努力嘛！看吧！我深吸一口气，再一次打开大赛回函，屏住呼吸一口气将上面的字看完。我清清楚楚地看见上面写着一等奖，是一等奖！

不会吧？我有没有看错？我？是一等奖？这有可能吗？我抬头向周围扫了一遍，母亲这会儿应该正在厨房里帮忙。

我似笑非笑的样子被刚从厨房里走出来的舅妈看见了，问我一个人在那儿乐什么呢？我挥了一下信封和回函，本想她一

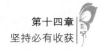

定不会感兴趣的。没想到舅妈穿着围裙、端着双手走过来了。她手上沾了油渍,让我拿着给她看。"一等奖? 你真行啊!"舅妈夸张地夸奖了几句,我已经忍不住喜形于色了。

直到收到大赛颁奖典礼的邀请函,我才拿出自己的初稿给母亲看。我面对着母亲坐在房间通往客厅的门口,母亲双手端着我的手稿专注地看着,神情十分严肃,目不转睛地对着那一页纸足足有 5 分钟。看完,母亲搁下我的手稿,把头扭向一边,悄悄地抹眼泪去了。我却默默地收藏着一张随大赛邀请函一起寄来的颁奖典礼结束后的北京几日游日程安排表。

我无数次看着上面"参观北京大学、清华大学"的字样看得眼睛发直,无数次动心又无数次给自己找各种各样的理由打消这样的念头。我无数次在这样的挣扎和矛盾中哭红了眼睛。有些东西我以为自己已经放下了,已经看得开了。我的确已经不那么执着,我的全部心愿只剩下可以去看一眼我理想中的校园,哪怕只能去看一眼,我这辈子也死而无憾了。但是,我可以去吗? 坐着轮椅要我怎么去一座相隔千里的陌生城市。

不该想的事,我都会控制自己不去想,不应该有的欲望和念头,我都会亲手将它扼杀在萌芽阶段。活着已经不容易,我不想再给自己、给家人增添任何的负担。梦想的美好之处就在于它尚未实现的时候,既然如此,我宁愿永远抱着这个不可实现的梦想,永远守着这个遗憾生活下去。只要我一天还放不下这个梦想,不甘心这个遗憾,我的人生就一天不会失去希望,失去动力。

我已经学会了把难过的事实朝积极的方向去想,这样即使痛苦的时候也还有一种力量将我支撑着。

在颁奖典礼的日期已经过去很久之后,母亲知道了我心里的遗憾,她像是在给我承诺地说:"如果明年你还参加这个比赛,

还能获奖，妈一定带你去！"我忘了告诉她，其实我已经不遗憾了，我曾在书上看到过一句话"有些空白的可贵之处，就在于它是空白"，那么有些遗憾的美好之处，便在于它是遗憾的，一旦得到填补，我的人生恐怕才会得到真正的遗憾。我仍然追求完美的自己，却不再强求完美的现实。

# 和妈妈的玩笑成真了

连续三年，我的双脚都无一幸免地冻伤。无论我穿多厚的衣服、多厚的鞋，膝盖以下仍然冰凉如铁。我时常觉得，自己就像个死了一半的人，下半身埋在土里，只有上半身还活着。

为了让我每天晚上睡觉的时候双脚是暖的，母亲从毛衣刚上身的时候就开始坚持每天为我烫脚。热热的水从膝盖上浇下去，顺着我日渐细瘦的双腿一直流到脚背上，那种感觉很放松、很舒服。

"妈，明天村里有人办喜事，我们要去的吧?"我漫不经心地说。我用左手撑着床沿，身体疲惫地微微向后倾着。

"嗯，是要去的。"母亲回答。

"哦，对了，口袋里没米了，您明天记得带回来。"连我自己都觉得奇怪，从前读书的时候，我从不会去操心这些事情。因为有一次我在父母讨论家庭琐事的时候，忍不住插了句嘴，而父母竟然异口同声地说:"管好自己的学习，其他的什么都不用你操心。"我便牢牢记着他们的话，除了学习，别的事我好像还真的管不了。于是，我把这当作是分工合作，父母的责任和义务是栽培我读书，而我的责任和义务便是好好学习了，这是我可以做到和做好的事。

现在离开了学校，每天面对的都是柴米油盐、鸡毛蒜皮的小事，我竟然也不知不觉地掉进了一个怪圈里，开始为过日子操心

了。我想,这也是我的作用吧,我是家里的一本活的记事簿,帮父母记着哪一天要随份子,什么时间该交水电、煤气费,什么时候该买米、买油了,好适时地提醒他们。想起这些,我觉得很有意思,自己十足成了家里的"管家婆"了。

对于我的"吩咐",母亲一一答应着,同时双手麻利地帮我擦干净脚上的水。头一年冻伤的疮疤还在,已经结了厚厚的痂,母亲怕给我弄疼了,只轻轻地拿毛巾蘸干净水。

在母亲低头忙活的时候,我的脑袋里忽然蹦出一个"鬼主意"。于是一本正经地对母亲说:"您得好好准备一下,说不定哪天会有记者来采访您。"

"采访我? 采访我什么?"母亲抬起头,一脸错愕地看着我。"嗯、嗯……"我故意清清嗓子,然后把左手握成拳头,假装手里握着麦克风的样子,伸到母亲面前,煞有介事地说:"您好! 我是电视台的记者,请问您是如何培养出这个优秀的孩子的?"话刚说完,我自己已经先笑倒了。

只见母亲撇着嘴,露出一个"也不嫌害臊"的表情,然后噗嗤一声笑了,笑我"心比天高,命比纸薄"。我也傻乎乎地笑着,心想,其实只要我肯努力,又有什么事情是不可能的呢? 但这句话我是决不会对母亲说的,任何事情在还没有达成之前,我从不在母亲面前夸下海口。我只喜欢默默地努力,然后带给她意外惊喜。而采访一事也纯属我和母亲之间的玩笑罢了,不要说母亲,连我自己都未当真过。

谁知没过多久,民政部门的领导来家里看望我的时候,竟然真的告诉我,有记者要来采访我了。我和母亲的玩笑话居然真的应验了?

采访我? 怎么可能要来采访我呢? 我一个平平凡凡的人,

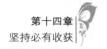

有什么值得采访的？揣着一肚子的疑惑，我腼腆地迎接了电视台记者和各级领导的到来。来采访我的两位记者年纪不算大，但出于礼貌和尊敬，我还是叫他们叔叔。

记者叔叔们说，我虽然瘫痪休学了，但仍然乐观坚强，还能克服一切困难坚持自学，这种精神很值得大家敬佩和学习。我自己却觉得，这只是些再平凡不过的事情，学习只不过是自己想做的事，谈不上多了不起。不过再平凡的事，残疾人做起来也要艰难百倍倒是真的。

一开始正常地聊天，我倒能稍微自在一些，一旦记者叔叔扛起摄像机，举起话筒的时候，我便紧张得一句话也说不出来。我尝试去看着记者的眼睛说话，隔着眼镜，他那一双炯炯有神的眼睛仿佛能看穿一切，直击我的内心。我被莫名地震慑住了，心里

2007年11月，我家成为活动室

原本想好的话一下子忘得精光，什么也想不起来了。

母亲也和我一样，当记者们真的扛着摄像机，询问她平时是如何照顾我的生活、帮助我的学习的时候，她除了掉眼泪，一句话也说不出来。

记者叔叔们一直不厌其烦地启发我，我只有在垂着眼皮，不看镜头，不看他们的时候，才能勉强说出几句话来。讲述自己的经历就好像把自己的人生重新倒带了一样，眼泪不住地滑落下来。

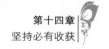

# 回母校当起了校外辅导员

家乡的各级领导，还有母校的几位校领导也一起来家里看我了。由于客厅很窄，记者拍摄的时候，他们为了不挡到镜头，都自觉地躲到了我家门前的竹林底下。当时，天上还下着大雨呢！

下午，记者叔叔和校领导们一起带我回了趟母校。一路上，我都有一种奇怪的感觉，我像是要去寻回一件失落已久的东西，只有找到它，我的生命才能完整。

母亲推着我走进校门，学校没变，老师没变，就连门卫伯伯也还是那一脸温暖的笑容。我的轮椅在长长的教室走廊中穿行的时候，迎面走来一个熟悉的身影。"王老师！"我的眼泪几乎又一次喷薄而出。老师带着微笑缓缓地朝我走来，轻轻地摸了摸我的头，关切地问："身体还好吧？"那感觉仿佛我从未休学，从未离开过学校，仿佛昨天我仍是一名中学生，坐在教室里听他讲课。

接过了校长亲手递给我的"校外德育辅导员"的聘书之后，我给同学们作了第一次励志演讲，主题是"永不言弃的梦想"，我的故事让在场许多同学包括老师都哭红了眼睛。会后，在学校为我设立的工作室中，我和同学们进行了一次面对面的沟通和交流。

偌大的工作室里，同学们都站在离我一米开外的地方，面面

相觑,没有人上前。我只好主动一些,把轮椅向前挪动一步,然后不紧不慢地说:"虽然按年龄算,我是你们的大姐姐,但我离开学校太久了,实在有好多东西想向你们学习,希望以后我们能相互学习、共同进步……"哽咽着说完最后几个字,我已经再也讲不出一句话来,眼泪又不知不觉淌出来了。重回母校,能将我触动的回忆实在是太多了。

见我在擦眼泪,旁边的老师急忙过来安慰,几位女同学也围拢过来说:"姐姐别哭!"擦干脸上的眼泪,我努力平复一下情绪,然后回到自己的座位上——工作室里一张竖着我名字的办公桌前。

"好了",我让舒心的笑容重新回到自己的脸上,"同学们,你们有什么问题,有什么不开心的都可以跟我讲哦。我和你们的年纪差不多,不要把我当什么辅导员,我希望我是你们的朋友"。说完这番话,我把目光投向那一群可爱却稍显怯生生的同学们身上。

可是,仍然没有人上前。

这一点也不出乎我的意料。在他们眼中,我不过是个陌生人,他们真的很难跟我有话题,很难跟我讲心里话。我兀自笑笑,想想如果同样的事情发生在自己身上,我一定是躲在人群最后面的那一个。于是我抬头调皮地冲着他们说:"你们想问我什么都可以的,不过不要太难哦,我怕我答不出来会很丢脸的。"周围的同学一阵哄笑。气氛一下子缓和下来,同学们也显得放松多了。

不等他们答话,我接着说:"比如你们可以问我贵姓,问我一加一等于几,我都可以告诉你们。我的程度只到3岁,别整那些4岁的来考我哦。"于是又是一阵哄笑。这时,一位男同学不小

心把我办公桌上的一张牌子碰掉了,他赶紧弯腰捡起来,我趁机开玩笑说:"连招牌都砸了,让我以后怎么混啊?"在场同学全都笑了,有的同学已经笑得站不稳了。

慢慢地,我发现一个奇妙的景象,我和同学们之间的距离从一米缩减到零距离。他们渐渐地围拢到我身边来,甚至贴着我的轮椅。我们之间的话题也渐渐多了起来,同学们争先恐后地发问:"姐姐,你为什么会喜欢文学呢?""姐姐,我也想好好学习,但无论怎么努力,成绩就是上不去,这是什么原因呀?""姐姐,我也下过决心要好好学习的,但一看到旁边的同学在玩,我的心就又飞了,怎么办呢?""姐姐,在学校里我没有朋友,没有人懂我,没有人理解我,我觉得很孤独……"

我认真地听着,表示认同,也表示理解。我觉得有些东西是每个人的成长过程中都必然会经历的,我也不例外。听他们的

2007年在母校作"永不言弃的梦想"专题演讲

心事就像在听自己的过去一样，所以，没有人比我更能体会他们的感受。

于是我微笑着告诉他们："努力了却没有收获，也许只是没有用对方法。掌握了正确的学习方法，成绩一定会有所进步的。"看着同学们若有所思的样子，我接着说："以前我也积累了一些好的学习方法，等一下我可以分享一下。"同学们高兴地拍手说好。我转而对另一位同学说："你想专心却又总是分心是因为决心不够、定力不够。开小差的时候就想，当时是一种什么样的动力使你下决心努力学习的，记住它，每次松懈的时候用来提醒自己一次，我想一定会有作用的！"同学们连连点头。

我又转身告诉另一位同学："如果想要别人理解自己，首先要敞开自己的心，而且，有梦想就不孤独！"我不知道她是否能理

2007 年 11 月，母校的知心姐姐活动室

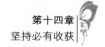

解我所说的,我告诉她,会觉得孤独和寂寞只是因为内心不够强大。心中如果有了明确的目标和理想,每一天都只会觉得充实无比。

当我说我想告诉他们一些很有效的学习方法的时候,同学们全都凑到了一起,头挨着头,肩并着肩,专注的神情让我的内心一阵温暖。每一位同学都有好好学习的决心,只是可能有的缺少方法,有的缺少动力。

与同学们的首次交流在我们共同唱起的一首《隐形的翅膀》中结束。第一次当"知心姐姐",我所感受到的不仅是感动,不仅是满足,更是一份沉甸甸的责任和一条我打算一辈子走下去的路。

# 第十五章

## 大爱温暖我的心

# 我有新电脑了

我的专题片播出后不久,一天临近中午的时候,我接到社区团支书姐姐打来的电话。

"玉洁,有个好消息告诉你!"好消息?我还能有什么好消息?但这句话被我硬生生地咽了回去。"是什么好消息呀?"我轻声问。

"街办领导下午要给你送电脑来了!"支书姐姐兴奋地说。"哦!"我平静地应了一句。几秒钟后反应过来,等等,电脑?送……给我的?这是真的吗?

下午很快就到了,我好像还没有缓过劲儿来,甚至于,当街办书记和居委会书记合力抬着崭新的电脑走进我家门的时候,我仍然没有缓过劲儿来。我忘了高兴,忘了还没有做完的事,我什么都忘了。

记者当时来采访我的时候,我听到舅舅和记者们说:"这丫头很勤奋,一直在家里学习,只可惜家里没有条件给她买电脑,这几年在家里全靠手写。"记者叔叔看了看我奇形怪状的双手,随即说:"我来帮她想想办法。"

我从来没有奢望过自己能在短时间内有电脑可以用,但记者叔叔告诉我,当他找到街办领导并且告诉他,有我这样一个身体残疾却依旧坚持自学的孩子十分需要一台电脑帮助学习时,街办领导当即拍板决定:下午就给她送台电脑过去!

不只是街办、社区还有母校的领导,连电信公司的经理也一起来了。他们为我免去了网络初装费和第一年的网费,并说如果以后有什么需要帮助的地方可以随时告诉他们。

我已经非常感激了,这个世界上贫困受苦的人还有千千万万,我已经很幸运了。

像做梦一般地,我的房间里多了一台电脑,也顺便多了一张放电脑的旧方桌。一直以来,我的确很需要一台电脑,爸爸以前说过会想办法给我买一台二手电脑。但我不让爸爸给我买,我要自己买,我把它列入自己的计划当中,就像手机一样,如果我自己买不起,我宁愿一辈子不用它。

电脑公司的人为我安装好电脑之后,叫我过来试一下。我被身边的人推到方桌前,惊喜地看着电脑屏幕发呆。在这之前,我从来没有上过网,连最基本的开机和关机都不会。我是同学之中唯一一个听到网络这个词还会把它和渔网的网联系起来的人。

我试着伸出左手去触摸鼠标,我有些担心我的手指无法正常地驱使它。还好,我的左手在我日复一日地锻炼下灵活了不少,只是鼠标左键和右键我都只能用左手的食指来控制。

打字也只能用左手。第一次摸键盘,感觉打字比自己写字的速度慢多了,因为我还没有习惯用键盘代替我的笔。从那天开始,我每天都会抽出两个小时练习打字,从打自己的文章开始,把它们输入电脑里保存起来,这样就再也不用担心我的手稿会因为受潮而泛黄了。

有了电脑,学习起来的确轻松了许多。我再也不用抱着稿纸铺在腿上一写就写几个钟头了,再也不用无休止地寄信、等信,没着没落地难受了。我学会上网以后的第一件事就是给每

一位曾经帮助过我的人发一封感谢邮件——

　　最近发生的事使我的内心实在有太多太多的感触，但最多的还是一份深深的感激。如果到今天，我的人生尚算有一点小小的成绩的话，那么这些都离不开大家对我的帮助，我会永远记得大家对我说的话，我不会放弃努力，不会停止奋斗！其实对于我的人生，我已经不敢有太多的奢望，只是希望能像《钢铁是怎样炼成的》里面说的那样：不因虚度年华而悔恨，不为碌碌无为而羞耻，做一个最好的自己！我会不断给自己制订新的计划和目标，希望能有风雨后见彩虹的一天，我知道，大家都会祝福和支持我。不知不觉我已经在心里罗列了一长串的名字，真的！谢谢大家，我不会忘记大家的期望，我会努力的！我只想说：那份情义永在心底！希望经常看到好心人微笑的眼睛！

玉洁

# 暖心的电话

有了电脑之后不久的一天,貌似黄昏已至的时刻,屋里的光线已经不那么好了,我却只顾盯着电脑屏幕发呆,忘了开灯。其实,我已经在一页空白的文档里困顿大半天了,早已疲乏至极,却非要逼着自己从文字的死胡同里走出来不可。

这心浮气躁的光景下,突然听见客厅的电话响,那一记响亮的声音,突然将我从迷惘中惊醒。我滑着轮椅冲出房间,在客厅的电视柜前停下,轻轻地把电话接起来:

"喂?"

"喂? 是玉洁姐姐吗?"对方是一口标准的普通话,而且,是一个稚嫩的、好听的童音。

"是我,你……是谁呀?"我实在没听出来这电话是谁打过来的。

"我是实验小学五年级的学生,今天老师给我们讲了你的故事,我就想给你打个电话。"小女孩平静而真诚地说。一字一句,说得清清楚楚。

"哦!"我笑了,一个可爱又善良的小朋友。我开始在心里想象她的样子,一个十来岁的小女孩,也许梳着两个小辫子,这会儿说不定正趴在客厅的沙发上和我讲电话呢!

她告诉我她刚放学,爸爸妈妈都还没下班,她自己一个人在家,就想起给我打电话了。我告诉她我也总是自己一个人在家,

并像母亲平时提醒我那样提醒她,一个人在家要格外小心,别轻易给陌生人开门。说完又觉得自己不免啰嗦,这么聪明的小朋友怎么会连这个都不知道呢?妈妈总说我像个长不大的孩子,在真正的孩子面前,我倒像个大人了。

小女孩很有礼貌地答应着。随后我和她聊了一些学习上的事情,问她喜欢哪个科目,成绩如何,是不是就快考试了?她都十分认真地一一回答我,我特别喜欢听她那清澈的童音,感觉一下子就把我心里的烦躁清洗得干干净净。她说话的时候,我心里就仿佛有一股淅淅沥沥的泉水在静静地流淌。

我喜欢这样的交流,她是个单纯的孩子,不会说什么"你很坚强,我很佩服你"之类的客套话。说实话,我很害怕听到别人这样说,每次别人对我说这些话的时候,我都不知道应该怎样回答。心里面总在想,我只是普通人一个,哪有什么值得别人敬佩的地方。

挂电话之前,我问她还有没有什么想要对我说的,或者有什么问题可以告诉我,我心想着,如果她有什么功课上的难题或者生活中的烦恼,或许我还能帮得上忙。

可是没想到,电话那头清清楚楚地传出一句:"姐姐,我希望你的病早点好!"一下子被感动团团包围的我,突然不知道应该怎么反应了。迟疑了一会儿,我非常认真地说:"谢谢你,小妹妹,姐姐会好起来的,你也要用功读书哦!以后有功课不会的随时给姐姐打电话。"我的每一句话都是出自真心。

"好!"小女孩干脆地回答。

挂上电话,我还待坐在那里没有离开。"姐姐,我希望你的病早点好!"这个世界上怎么还有这么善良的小天使呢!我笑了,是发自内心的笑,我已经忘记有多久没有过那样真心的笑了。

做了"知心姐姐"之后，我发现自己越来越享受和同学们、孩子们在一起的感觉了，他们的活泼和开朗让我不得不喜欢，不得不动容。如果说是我的某种东西感染了其他人，那么其实，他们也在随时把另一种东西回馈给我。

当我重新回到电脑前的时候，不经意看到书桌上的几张明信片和小纸条，其中一张上面写着：

知心姐姐：

你好！我是实验小学三(2)班的一名学生。

你的作文写得真好，喵喵！谢谢你的作品展示给同学们看。你的字写得真好，就像你说的那样，有恒心的人可以拥有一切。

我们不会忘记你的——不屈的知心姐姐！

玉洁

我小心地把那些字句收进自己的抽屉里。偶尔失去信心的时候拿出来看看，便不会没了方向。

# 感恩的心

冬天还未过完,我仍然穿着很厚而且很旧的棉衣。这天,天色越来越晚的时候,我被自己的文字勾起许多回忆,想起许多以前上学时候的事。有点淡淡的、温暖宽慰的感觉,同时又遗憾地想,不知道以前在学校里学到的东西如今丢得还剩多少了,只是会忽然想起一些,又不知不觉丢掉许多,直到完全忘了自己曾经是一个充满理想的学生。

忙完手边的事情,我刚想给自己找点乐子来驱散一天的疲劳,忽然听到电话响,于是急匆匆"跑"去接。

"请问是李玉洁同学吗?我是市一中的老师,我们听说了你的事迹,很受感动,也很受鼓舞,我们想请你给我们老师和学生做一场专场报告,不知道你是否方便?"

听完电话那头的话语,我一下子有种没回过神来的感觉。"是要邀请我去给学生做演讲吗?等一下,是市一中?"

来不及让自己想清楚,我已经回答:"方便的,请问演讲定在哪一天?"因为我觉得不应该让人家在电话那头干等。"如果你方便的话,我们想在本周五举行"。老师说。"可以的",我回答,并追问一句:"真的是市一中吗?""呵呵,是的,高中。"我这才满意地松了口气。我追问一句的理由是想确定,自己要去演讲的地方是不是自己只差一年就能去读、却再也去不了的那所学校。

挂上电话,我几乎是驾着云彩回到房间里的。可是忽然之间又觉得鼻子很酸,这是老天要圆我的梦吗? 自己不能去考、不能去读的学校,老天是要给我个机会让我去看一眼,以偿我多年的夙愿吗?

我控制自己不再继续想下去,而是利索地打开电脑,开始认真准备演讲稿。我认真地在键盘上敲出一字一句的时候,眼泪也几度流淌下来,闪着荧光的电脑屏幕一直陪伴我到深夜。

几天之后的一个下午,市一中的老师在我们约定好的时间开车过来接我了。妈妈担心我一会儿上厕所不方便,也决定与我同行。我把演讲稿搓成一个圆筒,紧紧攥在手里,连手心都攥出汗来了。

车子经过缓缓打开的铁栅栏门进入校园的时候,我一下子从副驾驶的位置上坐起来,探头探脑地左顾右盼。我像是个第一天来这所学校报到的学生,对这里充满了好奇,更充满了期待。但是从前,曾无数次从这里路过的时候,却不曾对它产生过好奇,因为我相信,自己总有一天会以优异的成绩进入这所光辉的校园。以前班里成绩好的同学,如今都在这所学校里,而我,却注定与之无缘了。

整个校园比我想象中还要大,走过校园的每一个地方,我都无时无刻不在幻想着,倘若自己也在这里读书、学习会是什么样子。想必,我定会在林荫道旁安静地看看书,我定会和几位好友结伴去食堂打饭,我一定……一定会在感到压力和迷茫的时候,一个人去操场边静静地看天空。可是,这些常人眼中微不足道的小事,对我来讲都是奢望。

到达学校的主席台,需要经过操场。不知道是不是体育课时间,操场上热闹非凡。高高大大的男孩子们正在操场上热火朝天地打篮球。跑着、闹着、笑着的人群使我的内心掠过一丝伤

感。我是多么羡慕那些同学啊！我是多么想像他们一样自由地奔跑啊！如果哪天能再站起来，我一定会疯狂地跑起来，一直不停地狂奔。

我忍不住深深地叹了口气，除此之外我不知道还可以怎样来打断自己的失落。此刻，我又忍不住抬头看了一眼天空，每当这时候，我的内心总是失落又充实。我总觉得我的梦想就像天空中的云朵一样，在离我不近不远的地方看着我，等待我历尽千难万险之后一步一步接近它，可我不知道，现在的我是离它越来越近，还是越来越远了呢？

# 永在心底的恩情

"你的演讲稿是自己用电脑打出来的吗?"走在我身后的记者突然问我。

"是啊"。

"花了多长时间?"

"嗯……差不多三、四个小时"。我仔细想了一下,然后十分肯定地回答。记者和旁边的老师都没有再说什么。我说的是实话,街办的领导送我电脑还没有多久,之前对上网一窍不通的我全靠自己一点一点摸索。在看到他们的反应之前,我还一直以为自己的打字速度算快的了。

临上场前,记者细心地问我:"紧张吗?"我定定神,憋着一口气说:"不紧张!"其实心里多多少少会有些没底的感觉。"要是觉得紧张,就把台下的观众全都当成大白菜!"记者这句幽默却也是鼓励的话语逗得我哈哈大笑,整个人也顿时轻松了下来。"可是那大白菜会眨眼睛呢!"我也调皮地回了一句。

"各位老师、同学们:大家下午好! 我很荣幸今天能够来到这里跟大家交流。昨天,我还是一个跟大家一样在校园中放飞梦想的莘莘学子,可是今天,我却只能在记忆中体味昔日的学生时代,无奈地感叹人生的变幻无常。跑道、操场是我从来就没有资格去的地方,但对我而言,学习就是我的跑道,成绩就是我的操场……"当我坐在主席台正中央用平缓的语气一字一句说出

这些话的时候,台下鸦雀无声。

在我演讲的时候,母亲和旁边的老师说着什么。借着抬头的空当,我偷偷扫了一眼台下的两千多名师生。学生们都垂着头,垂得很低,老师正从包里掏出纸巾……

我的演讲在全场师生经久不息的掌声中圆满结束。我捧着鲜花坐在主席台上,远远地看着操场的尽头,眼前的景象很真实,心里的感觉却像做梦一样。

"听你妈妈说,你以前特别想考这所学校?"不知道什么时候,接我前来演讲的老师已经站在了我的身边。"我想这是全市大部分学生的目标吧",我平淡地回答。我没有承认这是我的目标,因为我只把它当作通往目标的必经之路,我的目标在大学。就像想要摘到更高树上的果子,就必须要爬上梯子一样,我的目标只是那最高的果子,而从来没有想过自己会连梯子都爬不上。

"其实以你的成绩,想考进我们学校是没有问题的",我不知道老师这样说是不是为了安慰我,总之确实让我内心缺少的一大块得到了一点点填补。

当几名男同学和几位老师一起把我从狭窄的楼梯道上抬下主席台的时候,出乎我意料的场景发生了。全场师生突然响起一阵雷鸣般的掌声,所有的目光都齐刷刷地跟随着我的轮椅移动。坐稳之后,我抬头带着笑容去一一迎接那些眼神,那些充满坚定,充满希望的眼神。

直到走出操场,我还能看见同学们在远远地朝着我挥手。

校方送我回家的时候,天已经完全黑了。坐在车里,五彩的霓虹灯在车窗边忽隐忽现。我仍然割舍不下方才那令人感动的一幕。如果说他们是在用这样的方式对我表达感谢和鼓励,那

么其实,我也应该感谢他们,是他们的肯定使我更加坚定自己所
走的路。有一种意义和价值,不是用金钱、用物质可以衡量的。
只要还有一个人愿意听,我仍然愿意不辞辛苦地演讲,只要还有
一个人能够因为我的文字而引起共鸣,我就会一如既往地坚持
写下去。我想,这便是我活下去的意义。我需要很多人的关心,
也需要很多人的帮助,但同时,我更加希望自己也被他人需要和
认同,奉献的快乐远远超过了索取。

　　我的身体在一次深呼吸之后完全放松了,我靠在椅背上,眼
前是一片漆黑的世界,心底的信念却逐渐清晰起来。

2008 年 3 月,为高中生作励志报告

# 特殊的圆梦之旅

时光很快到了年底,如白色雾气一般的呼吸告诉我,年关已经越来越近了。

母校的老师来电话通知我,想让我代表学校在街办的春节联欢会上表演节目。表演节目? 我可以表演些什么节目呢? 舞蹈自是想都不必想了,无非就是唱歌或者朗诵吧,这倒不难。

商榷之下,老师们将我表演的曲目定为《感恩的心》,并在学校里挑选了一位同学与我合唱,顺便也要帮忙推着我的轮椅在伴舞的人群中穿梭。

演出的日子是腊月二十四,农历小年。早上8点,母亲帮我换好鲜红色的羽绒衣,并且在村子里找来一位开出租车的同乡之后,便陪着我一起赶去会场。我知道给我伴舞的同学们都穿着单薄的裙装,但我除了颜色能与他们配合之外,我的身体是无论如何也承受不了那份寒冷的,即便是只有一首歌的时间。虽然大伙儿从未要求我的衣着,但我仍然无法不担心自己会显得格格不入。

距离活动开始还有一点时间,我们在到达会场后便被带到一间摆放着两张乒乓球桌和许多运动器材的很大、很宽敞的活动室里休息。

母亲帮我找了一个不会妨碍到人家的地方停歇。许是太久没有出过门的关系,周围的一切对我来说都是那么新奇。我兴

256

趣盎然地看着眼前乐此不疲打乒乓球的人,还有近在我眼前的扬琴和二胡合奏,几位老师的精湛技艺简直让我听得如痴如醉。听得入迷的时候,我忍不住兴奋地想:要是自己没有生病,要是我的手还可以摸乐器,我一定要找这几位前辈拜师学艺!

这时候,母校的老师过来帮我化妆,旁边一位很会化妆的阿姨也好心过来帮忙。我从来没化过妆,也不习惯化妆,就这一点来说,我的确不像一个女孩子。我憋着笑去迎接粉扑、眉笔和口红在我的脸上任意勾画,因为有一点痒,也因为我偷偷想象了一下自己化妆以后的样子。

现场没有镜子,甚至,我也没找到其他可以反光的东西,也就始终没能看到自己的样子。不过我努力想象自己会美美地坐在舞台上演唱,这样能使我多少自信一些。

终于轮到我们上场了,我想此刻我的脸即使没打胭脂也一定很红,因为我很紧张。在主持人报幕之前有一小段关于我的介绍,我动情地听着自己的故事,鼻子又忍不住开始发酸了,我只能努力保持笑容。前奏音乐响起的时候,我的搭档推着我上台,伴随着音乐的节奏缓缓将我挪到舞台中央。

走上舞台的那一瞬间,我心中所有的担心、所有的紧张全部消失不见,此刻这个舞台便是属于我的,我要将自己最好的一面展现给大家!

明亮的灯光打在我们身上,使我的内心也顷刻明亮起来。"天地虽宽,这条路却难走,我看遍这人间坎坷辛苦。我还有多少爱,我还有多少泪,要苍天知道我不认输……"这每一字每一句我不是用嗓子在唱,而是用心在唱。

我扫视台下观众的时候,发现全场的目光都安静地聚集在我身上。与他们的目光相对的时候,我把自己的内心完全敞开,

我想让大家感受到的不是我的残疾，我的可悲，而是一种顽强与不屈的力量。从他们深沉的凝视中，我知道他们感觉到了。

鞠躬谢幕的时候，我觉得我不只是唱完了一首歌，更是完成了一场人生的蜕变。要苍天知道我不认输，也要让命运、让世人知道，我不会认输！

可以将自己最好的一面展示出来，这样的感觉真好！没有健康或者残疾的区别，内心充满期待，阴霾被瞬间一扫而光，我的身体连同我的心灵一起生活在充满光芒的世界里。

那才是我想要的人生啊！即便是坐在轮椅上，也能绽放自己与众不同的美好。我不再是那一只受过伤后便惴惴不安的羔羊，也不想再做回那只羔羊，不想再缩回自己阴暗的角落里，而是想和所有的人一样，融于这个美好的世界，享受每一刻活着的时光。

# 坚持的理由

眼看就到春节了,爸爸妈妈依然每天各有各忙,而我又在冷得像冰窖一样的屋子里绣了整整半天鞋垫。直到奶奶从房间里出来问我几点了? 奶奶眼睛不好,看不清楚东西,但生物钟却准得出奇。

我随意地瞟了一眼客厅储物柜上的小座钟,11 点已过,是时候准备午饭了。于是我提议:"快中午了,我先把土豆削好吧!"奶奶也赞成,然后扶着墙上后院儿去帮我摸了几个土豆过来。

我在腿上铺上一张报纸,然后把装着土豆的菜篓放到自己的双腿上,便开始攥着土豆一下一下小心地削皮。第二个土豆还没削完,虚掩着的大门突然被人从外面推开了,一下子走进来好多人。我惊了一下,随后我便看到一张熟悉的面孔,是街办的一位同志,之前见过面的。

一进门她便向我介绍:"快过春节了,街办张书记特地来看看你,最近身体还好吧?""哦……还好,谢谢……您……您请坐吧!"我突然有点不知所措,端着手里的土豆不知道该往哪里放。我是不是应该去帮大家泡杯茶,可我脏着一双手……哎呀! 我应该怎么办? 我是不是要说点什么?

这时候,张书记已经走到我的面前,见我正用自己细小的双手紧紧攥着一只削到一半的土豆。他轻轻拿起我的左手,土豆

咚一声逃离我的"魔爪",落回菜篓里,张书记的手心让我冰冷且关节蜷曲着的左手明显感觉到一种暖暖的温度。张书记这才惊讶地发现我的双手已经变形如此严重了。而我更加惊讶地发现,在张书记握着我的左手手背上还沾着一块不大不小黑漆漆的土豆皮。

我尴尬得只想收回我那脏兮兮的左手。张书记却再一次轻轻地帮我把手背上的土豆皮剥下来,还夸我是个懂事的孩子。禁不住,我的眼泪又来了。

这时,旁边有人问我:"听说你开通了自己的博客,点击率还可以吧?""还……还行吧。"我低声回答。我知道大家其实是想提醒我一件事,我的新电脑正是眼前这位亲切的领导送的。以往我发了许多封邮件请旁人代为转达我的谢意,此刻大家的眼神好像在告诉我:"有什么感谢的话就亲自对张书记说吧!"

我心里的确有道不尽的感激,可是这会儿,我除了低着头默默地抹眼泪,一个字也讲不出来。我就是这么个不善于表达自己感情的人,有的时候心里明明很欣赏的东西,嘴上就是不知道应该如何赞美,心里面明明有说不完的感激,全都是发自内心,可到了嘴边就是不知道怎么开口。

直到张书记离开的时候,我仍然没办法把那句深藏了很久的"谢谢"说出口。我只在心里暗暗决定:有些事情我会一辈子记在心里,并记着自己总要有回报的那一天。

# 第十六章

## 我们都会赢

# 参加颁奖活动

几个月之后，天气渐热的季节，我接到上级领导的通知，说我被评为全市残疾人十佳自强模范了，叫我去市特殊学校参加一个颁奖活动。

爸爸妈妈都不在家，只有年迈且眼睛不好的奶奶能陪我去领奖。妈妈不放心，于是打了电话叫舅妈和表姐送我过去。

特殊学校就在我小学母校的旁边，以往站在仅一墙之隔的母校的操场上，总能看见那边的教学楼和高高竖起的五星红旗。印象最深刻的便是特殊学校里不时传出的上下课铃声，在极少有喧闹声的校园里显得格外清脆。他们和我们一样有课间操，我一直很好奇，他们的课间操和我们是不是一样的。

表姐推着我踏进特殊学校大门的时候，我不自觉地想起曾经有人问过我，为什么不来聋哑学校读书。今天我终于来了！我在心里说着，此时的心情难以名状。

表姐她们把我安置在操场中央的草坪上，我到那里的时候，旁边已经坐满了人，其中包括另外九位自强模范。

五月中旬的太阳已经相当烈了，主办方还为我们准备了遮阳帽。许是久未出门，久未接触阳光的缘故，穿着一身厚厚长衫的我在太阳持久的暴晒下，竟然一点也没觉着热。旁人已经开始拿帽子当扇子使了，我却十分享受地仰着头、闭着眼迎接骄阳赤裸裸的洗礼。

特殊学校里的孩子们不时从我身边经过,我总有种莫名的心酸,从外表看上去,他们和健康的孩子没有任何不同。扫视操场的时候,我才发现操场四周"晾"满了精致的绘画以及书法作品。如果不是亲眼所见,我想我一定难以相信这些精美的艺术品是出自眼前这些声音和语言都有障碍的孩子们之手。

有个小男孩不知道什么时候过来的,等我回头的时候,发现他正蹲在我的轮椅旁边研究我的大轮子。我没敢出声,怕打扰他,更怕吓着他。于是由着他在我身边凝神注视着、摆弄着。不知道为什么,我对这里的每一个孩子都充满了疼惜和怜爱。我很想和这些孩子们交流,可是苦于不懂手语,而且我的双手恐怕也很难打出能令他们明白的手语。

忽而想起母亲曾说过,如果一定要有残疾,她倒宁愿我是聋哑的,总比不能走路强。其实,缺少哪一样不是一种遗憾呢?

随着运动员进行曲响彻校园的时候,老师带领着全体学生组成整齐的队伍走过来了。我留意到他们的班牌,上面写着"聋一年级""培三年级",内心突然觉得无比心疼。

孩子们在操场上为我们表演节目,载歌载舞。他们的视线一刻也离不开同一个方向,那里站着他们的指导老师。老师不仅仅是他们的动作指导,也是他们的音乐,是他们的节奏和一切。我由衷地敬佩那些吃"操心饭"的老师们,更加敬佩那些被上帝选中的孩子们。舞台上的他们就像一个个坠落人间的天使。

看着他们在台上卖力演出的样子,我的喉咙几度哽咽了。我想即便是残疾,他们在各自父母的心目中,仍然是心肝宝贝、掌上明珠。他们和健全的孩子一样可爱,一样值得大家欣赏和肯定。

残疾人天生就比正常人缺少一些东西，但在我们内心从来就不缺少的，是爱。对家人、对亲人的爱，对学习、对生命、对生活的爱，甚至对世间万事万物，对上天不公的爱。因为心中有爱，才使我们更加坚强，更加珍惜和感激活在世上的每一天。无论是痛苦还是幸福，沉淀到我们心灵深处的，都只有一种叫作爱的元素。

我忍不住仰着头再一次深呼吸，因为我的眼泪将要不受控制了。成为了残疾人，我们所奢望的只是健全人不以为然的幸福，能说话、能听见、能用自己的双腿丈量脚下的路。也因为这样，我们拥有了更多健全人无法觉察的幸福，失去的越多，我们内心的爱就越浓厚。每天都能看见阳光，真好，所以感激太阳照耀大地；每天都和父母家人在一起，真好，所以感激上苍让他们都平安、健康；受了委屈、流着眼泪，仍然感激，感激自己的人生还可以有一万种可能……

看着手中红彤彤的荣誉证书，我知道，我和眼前的这些孩子们一样，在人生的这场长跑中，我们都会赢！

# 没试过怎么知道自己不行

这一年夏天,我有了生平第一次参加演讲比赛的经历。

这天快中午的时候,我接到社区打来的电话,说市里要举办一场以读书为主题的演讲比赛,希望我能代表社区报名参加。

"演讲?"这个词我一点儿也不感到陌生。从上中学时第一次考到年级第一,在期中总结会上给全校的同学们做演讲,到如今成为"校外德育辅导员",大大小小的演讲已经历过许多次。但参加演讲比赛,却还是头一遭。

"我行吗?"我万分犹豫,担心自己胜任不了,会辜负领导的期望。叫我拿着演讲稿,低着头,红着脸,照着念完还行,要参加演讲比赛,要声情并茂、慷慨激昂地演讲,我觉得自己实在不是那块材料。

于是我实话实说:"我……我不行,我不是那块材料"。没想到电话那头的姐姐说:"没试过你怎么知道自己不行呢,也许尝试过之后会是一种不一样的经历。"

我一下子无言以对。是啊!没试过我怎么知道自己不行呢?以前的我可绝不是一个还没尝试就说放弃的人啊!演讲的确是我的弱项,但如果把弱项变成强项,才算是真正的进步,不是吗?

难道你就这么一辈子缩在角落里过日子吗?心底有个声音毫不留情地质问着自己。我深吸一口气,随着胸口的膨胀,头也

微微上扬了一下。我突然有了一些底气，于是沉着地应承了下来："那——我就试试吧！"

于是我利用接下来的半天时间，认真准备好了一篇演讲稿。整个下午，我都待在自己的小屋里，上半身躺在床上，双腿搁在轮椅上。腿上放着笔和稿纸，边想边写。

当我把认真准备好的演讲稿交给社区团支书曹姐姐看的时候，她却凝神看了好久，使我在一旁觉得十分不安。万一她对我的演讲稿不满意可怎么办呀？我已经尽力了，不可能再写出一篇更好的了。

不过，我的第一遍预演却着实让支书姐姐大失所望。我机械地一字一句地大声照着演讲稿读出来。读完之后，我看得出，她的眼神里写满了失望。姐姐说我的语气更像是在读书，而不是在演讲。

她于是根据自己的经验，示范了一遍给我听，然后叫我再试试。我于是又生硬地朗读了一遍。这一次没有等我读完，坐在对面的姐姐就无力地喊停了。我感到无比尴尬，红着脸不知道应该说些什么来掩饰自己的羞愧。

演讲的技巧和要求我并非不懂，姐姐给我示范的重点，我也并非没有听出来。只是自卑和内向的性格使我放不开，瘫痪之后就变得更加自我封闭。尽管在写演讲稿的时候，自己也激动得掉过眼泪，但一遇到演讲，我就无法自在地释放出感情来。

曹姐姐最后留下一句："你自己多练习一下吧！"然后回去了。我便自己一个人待在房间里，把手中的演讲稿默念得滚瓜烂熟。

日子很快便到了正式比赛的那一天，母亲一大早便张罗着把我送到了会场。一路上，母亲不停地在我耳边说："别紧张，声音要大,吐字要清楚……"我只是不以为然地笑笑,心说:好像您比我还要紧张吧? 其实妈妈根本不懂演讲,我想她只是想说点什么来鼓励我罢了。

末了,母亲说了一句话:"不管别人怎么想,反正妈最喜欢听你演讲!"我的眼泪又差点不受控制地掉落下来,嘴上却调皮地说:"您又不是姓王,怎么王婆卖瓜呢?"

为了不影响我发挥,母亲没有留在现场看我比赛,而是把我送过去之后便回家了。母亲不在,我的确轻松不少,因为那个全世界我最在意的人不在台下,我也就不那么紧张了。我独自坐在会场靠门边的位置,也是整个会场的最前方,看着一个个精神抖擞,衣着隆重、端庄的参赛选手从眼前走过,我那深深的自卑感又回来了。

# 我得了演讲比赛第一名

    白色上衣、黑色裤子,这是我瘫痪之后的一贯搭配,我的生活也像我的打扮一样,单调并且一成不变。

    "你的演讲稿呢?"陪同我去参加比赛的曹姐姐给我端过来一杯热茶,并且问我。"没带",我轻松地摇摇头说。"什么? 你没带演讲稿?"姐姐的反应有些激动。我抿嘴一笑,出门前决定不带演讲稿是因为我想起西班牙不是有句谚语说"面对一座高墙,却没有勇气翻越时,不妨先把自己的帽子扔过去"嘛。没有演讲稿的演讲,才算是真正的演讲吧!

    曹姐姐无奈地笑笑,继而认真地对我说:"充分信任你!"

    在我之前的几位选手表现都不弱,我的自信心逐渐消减为零。但这样也好,我一下子丢掉所有的包袱,只对自己说:"为自己拼一次吧!"

    到我上场的时候,我转身从身后的桌子上取来我的茶杯,呷了一口茶在嘴里含了一会儿,再慢慢吞下去,微微的苦涩之后,齿颊间便留有一种淡淡的甘甜。为了避免上厕所的麻烦,我一早上都没有喝过半口水,这会儿必须润润喉咙了。

    我伸出有些冰凉且汗津津的左手到曹姐姐的面前,她一头雾水地问我:"你要什么?"

    "祝我好运吧!"我说。

    "祝你好运! 加油!"姐姐认真地握了一下我的手。

整个会场座无虚席,面对眼前数以百计的领导、评委和听众,我的内心却无比平静。虽然母亲不在场,但在我眼中,全场只有她一个听众,我要为了她表现出最好的自己,发挥出最好的状态。

我觉得自己不是在演讲,而是在讲故事,抛开一切,每一字每一句都是自己的真情实感,真实地向大家讲述自己过往经历的种种。眼泪在我的脸上细细滑过,观众席上一片寂静,鸦雀无声。直到我顺利完成整场演讲,鞠躬感谢的时候,掌声在两秒钟后雷鸣般地响起。我不懂演讲,但是我懂得,在自己人生的舞台上,自己永远是唯一的主角。

评委打分的时候是整场比赛最激动人心的时刻,我觉得我的心已经提到了嗓子眼儿。虽然能顺利完成演讲,没忘词、没卡壳,我已经非常感激了,无论最后是什么样的成绩,我都会欣然接受。但此刻等待评委亮分的时候,我还是紧张到了极点,甚至超过了刚才在台上演讲的时候,两只手都攥出汗来了。

大家会喜欢我的演讲吗?我的声音不够响亮,也没有慷慨激昂,我的演讲会有人听吗?连唯一让我有一丁点自信的、每一句话都是真情实感的演讲稿,此刻也变得黯然失色了。

评委们纷纷举起给我的亮分牌。我屏住呼吸,捂住胸口控制着就快要跳出来的心脏,专注的听着主持人激动地念着上面的分数:一号评委,10分!二号评委,10分!三号评委,迟疑两秒钟后,主持人用更加高昂的声音喊出:10分!全场再一次掌声雷动。

前三位评委竟然都给我满分!我不住地鞠躬向所有人道谢,感谢他们愿意听我演讲,感谢他们给予我的肯定和认可。我的眼泪忍不住又流下来了,这一次,是因为激动和感动。用自己最大限度的努力赢回第一的感觉实在久违了。和以前读书的时候每次考第一一样，没有人会知道成绩背后我所付出的努力和汗水，但这并不重要，因为这些过程会成为丰富我一生的财宝。

手捧着鲜花和荣誉证书，由曹姐姐推着我往回走的时候，我远远地看见母亲从巷子口走过来接我了。她并不知道我的比赛是不是结束了，她只是担心我是不是想上厕所了。

妈妈从曹姐姐手里接过我的轮椅，才想起问我："今天成绩怎么样？"我故作神秘地说："奖是肯定有的啦！""第几名？"说着，母亲突然翻开我的荣誉证书，我赶紧伸手去捂，没捂住，母亲已经看见了。

"哟！还是第一名呀！""那当然，您闺女不拿第一名怎么行？"说完，我和母亲都笑了。在母亲不自觉加快的脚步中，我们也离家越来越近了。

# 我想自食其力

生活平淡而安稳地过着，虽然也有那么一丝平淡的幸福感，但18岁生日过后，我的心便开始每天焦虑不安。

在我身体还很好，也就是还可以走路的时候，就曾信誓旦旦地对父母说过："等我过了18岁生日，你们对我的义务就尽了，往后的日子我会靠自己"。我恳求父母多给我几年时间，放我自由地去飞。即使知道我山穷水尽、快生活不下去了，也不要给我半点帮助，我会自己去想办法。我想知道完全依靠自己的双手，我能走多高、走多远。

我的计划是自己半工半读上大学，自己挣学费和生活费，进入社会以后每月按时给家里寄生活费。妹妹以后的学费、生活费，乃至毕业之后找工作、成家、买房子，这所有的一切都由我来操心跟承担。我是姐姐，这是我心甘情愿的责任。

这是我从小就梦想的生活，也是我对父母的保证。但是瘫痪之后，这近乎完美的人生规划，这令我兴奋、沸腾了十几年的美好未来就这样被彻底粉碎，我便从此陷入了无尽的迷茫和痛苦之中。

街办为我订了报纸，增加我学习的途径。每天报纸一送到，我就迫不及待地开始发疯似地去寻找那些招聘广告，然后一字不漏地看完。

尽管心里明明知道那上面绝对不可能有适合我的工作，但

271

还是每天发疯一样地看,发疯一样地找。我不是一个喜欢什么都不做,只会干着急的人,我必须做点什么才能使自己安心。

"大专及本科以上学历""有工作经验者优先"这一类字眼一次又一次深深刺痛着我的心。身体残疾不说,我连中学都没能毕业,可以干什么呢? 又有谁会聘用一个连生活自理都成困难的人?

我便常常忍不住去想,假如自己没有生病,没有瘫痪,现在应该在做些什么,现在的人生应该是什么样的。每当这时候,母亲总是劝我:"不要再去想那些了,那样只会增加自己的痛苦,人应该向前看!"

我一直记着母亲的话,人应该向前看! 但我真的可以不想吗? 每个寂静的夜晚,当我闭上双眼,我的世界里只剩下自己,我再也无法逃避、无法自欺欺人的时候,我还可以控制自己不去想吗?

从瘫痪的那一年就开始有的习惯性失眠变得越来越严重。每天晚上陪伴我到深夜的,是表姐送给我的 18 岁生日礼物——一台便携式收音机。我把它放在我的床头,每天躺下后的第一件事就是拨开收音机的按钮,拔出天线,调整到固定频率,静静听着主持人优美的声音,任思绪开始天南海北肆意游走。

收音机是一个不错的"伙伴",纯洁的声音可以将我的心灵洗净,但却无法治好我的失眠。每个深夜,当主持人在音乐声中跟每一位听众道别;当最后一个清楚的声音在寂静的空气中戛然而止;当我来回拨弄着收音机调遍每一个频率,却都只剩下一成不变的嗞嗞声时,我还能够清醒地爬起来关上收音机,然后无力地躺下,继续痴望着窗口那一抹淡淡的银白苦苦等着天亮。第二天继续在报纸上那些小方块中绝望地寻找自己的出路。

我已经做了 18 年的蛀米大虫。如今的我已经是一个成年人了,我有手有脚,我怎么能让父母养我一辈子?

曾经的计划、梦想像烈火一样每日每夜在我的内心烧灼。在这种死一般的难受中,我开始想一些更远的事,作为子女,我可以在父母生病、老去的时候为他们端茶递水吗?我可以像父母照顾我一样二十年如一日地照顾他们吗?尽为人子女应尽的责任吗?作为姐姐,我可以像当初承诺的那样照顾、保护妹妹,给她一切吗?我——可以吗?

# 初当小老师

　　直到暑假的一天,有位阿姨领着自己的孩子到家里面来看我。在前不久参加的那次演讲比赛中,阿姨听完我的演讲之后细心地留了我的电话,说暑假一定要带孩子去家里看我,叫他向我学习。我当时以为阿姨只是随口说说,也就没有当真,没想到阿姨真的带着儿子过来了。

　　小家伙被妈妈带到我面前的时候,刚过完 10 岁生日。从这个 10 岁小男孩儿的身上我丝毫看不到自己小时候的那种羞怯和拘谨。

　　"叫老师,或者叫姐姐吧!"他妈妈说。"我就叫姐姐",他爽快地回答。一双滴溜溜的大眼睛却在忙着东张西望。

　　从那天开始,他的妈妈便把他交给我,在暑假期间,由我来担任他的小老师,辅导他功课。他管我叫姐姐,我便真的当他是自己的亲弟弟一般,不只教他功课,还和他探讨人生、探讨理想,谈兴趣爱好,谈好久好久以后的事。

　　虽然阿姨说:"别给自己太大压力,他成绩好坏都不是你的责任。"但一向对自己严格要求的我却依然希望他可以在自己的指导下不断进步,取得优异的成绩。

　　我问弟弟的第一个问题是:"你喜欢学习吗?"心里想着,无论他回答什么都在我的意料之中。

　　我的发问让他稍稍显得有些不安。他迟疑了一会儿,慢慢吞吞地回答:"这个问题……有点不好说。"说完,便把视线转移,去关心一些无关紧要的东西去了。

我兀自笑了,这是个相当聪明的孩子,我想。我原以为他会因为妈妈在旁边,而勉强回答喜欢,但显然他是个不愿意说谎话的孩子,又不想惹妈妈生气,所以一带而过。对付聪明的孩子,不需要死板地讲大道理,不需要强势地加以管制,只需要正确地加以引导,他的进步便会一日千里。

时间过得很快,转眼一个月的时间就过去了,暑假已经结束,弟弟就要开学了。开学前,他兴致勃勃地说要来我家玩一整天,还神秘地非让我看他写的一篇日记。当这篇日记找不着的时候,他很着急,几费周折,我看到了这样一些文字:

> 有一天,妈妈上午说,把我放到姐姐那去学习,长大后成为像姐姐一样有用的人才。我一开始拒绝妈妈,但是妈妈把我带去没几天就想天天去了。突然姐姐问我一个复杂的问题:"你喜欢学习吗?"我左思右想还是回答不了姐姐的问题。七天后,姐姐再次问我:"你喜欢学习吗?"我回答说:"非常喜欢。"姐姐说:"上课呢?"我回答说:"更喜欢。"姐姐说:"你这么聪明长大后一定会有出息的。"我听了后为姐姐对我充满信心的行为而感动了。

看完这些字句,我心里既感动,又欣慰。说实在的,和这个小家伙相处的这段时间里,感觉像又回到了自己天真无邪的童年。他的活泼,他的淘气,他的聪明,他的童言无忌,总能带给我很多的惊喜和快乐。

他是个十分古灵精怪的孩子,有时他会故意躲在门外,然后

突然一下冒出来吓我一跳。偶尔他因为想出去玩而不认真做作业时,我就伸出手作出要拧他耳朵的动作,他呢,故意把耳朵伸到我手边,调皮地说:"拧吧!用力点。"有时候他也会像个"为什么"小弟弟,问我许多奇奇怪怪的问题,比如比尔·盖茨的接班人是谁?李世民和努尔哈赤谁的年纪大?常常让我无言以对。

这份特殊的工作,使我这个暑假过得很愉快,也很充实,同时,也让我感觉到母亲一千多个日子的辛苦接送没有白费。我虽然不能继续读书了,但我所学的知识、所积累的宝贵经验和学习方法却可以帮助更多的孩子进步。这些是我读书的时候不舍得给大家分享的秘诀,现在却只觉得,只有分享才能将它的价值发挥到无限大。我甚至想,多一个孩子成才,社会就会多一个有用的人才,也许,他还会去帮助更多的人,这样多好!

尽管假期已经结束,阿姨却希望我能继续帮弟弟辅导功课,于是每个周末,弟弟依然照例到我这里来。而我也因此有了新的人生目标,只有不断提升自己、强化自己,才能有源源不断的能量传递给更多的人。于是,找工作的动力逐渐转化为不断学习的动力,在努力取得进步的同时,怀着希望等待那个改变命运的契机。

# 藏在布袋中的神秘礼物

在与时间的赛跑中,我们像骄傲的兔子,即便是分秒必争,也还是输给了时间的不紧不慢。不知不觉间,时光已悄然流逝,不知不觉间,冬天——又来了。

一入冬,就难得有好天气。一整天都是阴阴沉沉的,即便四周都是雪白的墙壁也难以把屋里映衬得明亮一些。

转眼就到腊月底了,我得知团省委书记要亲自来家里看望我。这一年,我被评为全国优秀共青团员。当母校的老师告诉我这一消息时,我还没心没肺地说了句:"不是吧? 名单上还有我的名字? 是不是搞错了啊?"说完大家一起笑了。

在约定的日子里,我将房间收拾整齐在家等待团省委书记的到来,没几天就要过年了,我实在很感动这个时间领导还舟车劳顿大老远专程来看我。我穿着一件崭新的蓝色羽绒服,那是社区同志送给我的新年礼物。

我安静地坐在房间里四处打量着我的小天地。放电脑的是一张看起来稍微平整一些的、以前一直用来吃饭的桌子,家里甚至连个像样的书桌和书架都没有,我所有的书都只好东一摞西一摞地塞满每个墙角和旧纸箱。家里的潮湿已经使我大半的宝贝书都开始泛黄。

房间里四面雪白的墙壁,如果它们没有因为潮湿而脱落得大洞小窟的话,看起来应该还是不错的。常常睡到半夜,我会被

墙壁上突然掉落下来的碎块吓醒。如果一不小心,来采访我的记者和来家里看望我的领导们就会在墙壁上沾满一身的白色涂料灰回去。

我的家就如同我的身体一样,各种残破。但就是在这个家里,就是在这个简陋不已的小房间,我度过了自己人生当中最重要的时光。我的所有成绩、一切奋斗的动力全都来自于这里。同样是在这里,我得到了许多人的支持和祝福。而今天,我也将在这里迎接省领导的到来。

大约十点左右的样子,团省委丁书记高大的身影出现在我家门口,从门前的两步台阶进到屋里来。我用鞠躬代替和丁书记握手,我的右手抬不动,如果伸左手出去常常会和别人伸出来的右手撞个正着,所以这也成了我一贯的与别人打招呼的方式。

丁书记个子很高,我必须仰着头才能看见他的眼睛,尽管他已经尽量弯着身子同我讲话。他的笑容让我感觉并不像一个第一次见面的人,不会让人有拘谨、严肃的感觉,反而觉得亲切、自然。旁人向丁书记介绍我的故事、我的经历,还有我取得的成绩,我除了偶尔回应一两句,便一直略微垂着头,自己的这点微不足道的成绩实在不值一提。

我打开电脑,丁书记坐在我的旁边看我用左手打开自己的博客和作品给他看,虽然他没有时间一一细看我的文章,但却非常认真地听我讲每一句话,尤其还问我,有没有什么是他可以为我做的。与他闲聊的时候,丁书记问我:"平时除了写东西,还喜欢做些什么?"

我神秘地一笑,转身从轮椅旁边的布袋里取出一双前一天刚刚绣好的十字绣鞋垫,腼腆地递到丁书记面前。那是我准备送给丁书记的礼物,这会儿还是个秘密。

丁书记接过我手中的鞋垫,惊喜地问我:"这是你绣的? 绣得很好,很漂亮! 没想到你还这么心灵手巧啊!"他把鞋垫拿在手里仔仔细细看上面的针脚。"这是我亲手绣的,这份礼物虽然不值什么钱,但是,是我的一片心意,希望您不会嫌弃,希望您喜欢。"丁书记的笑容中显露出一丝惊喜,但他体谅我双手变形那么严重,绣完这一双鞋垫实属不易,他实在不忍收下,本打算婉言拒绝,直到我说出"嫌弃"二字,他才心领神会地冲我点点头。

　　临走的时候,丁书记握着我的双手十分认真地说:"往后要继续努力,好好照顾自己的身体,希望你取得更大的进步!"

　　我认真地点着头,心里说着:我不会忘了感恩,不会忘了努力,这世上本没有什么是应得的,我所拥有的一切都是上天给我的恩赐,就这一点来说,我已是幸运的人了。

# 第十七章

## 没有什么不可能

# 当选十大杰出青年

　　从我书桌前的窗口望出去,总能看见那几片云朵在离我十分遥远的地方飘浮着,我的生活也在这日复一日的平淡中走过。读书、写作、给学生们演讲,当我在这几件事情里淹没了自己19岁的年华、已经完全忘记其他的时候,却意外接到团市委领导打来的电话。

　　"玉洁,恭喜你! 你当选为宜昌市十大杰出青年了!""谁? 我吗? 我何德何能啊?"听到这个消息,我觉得自己应该高兴一下的,但是好像——没有。"别谦虚嘛",领导说,"你是所有当选者里面唯一的女性、唯一的农村人、唯一的残疾人,也是年纪最小的一个。"

　　"是吗?"我承认我是开心的,只是不敢表现出来罢了。这些年的经历告诉我,在我还没来得及抓住幸福尾巴的时候,更大的不幸就会降临。上天是个爱嫉妒的家伙,见不得别人有一丁点儿好,所以无论多好的事降临,我都只当是平常,这样,也好。

　　5月3日,五四青年节头一天下午,团委的同志陪同我去电视台参加颁奖典礼。对于领奖,我倒是没有太多的期许,它已经属于我了,我不担心它会跑掉,但可以去一些自己从未去过的地方,倒是有几分期待的。

　　车在广电中心大楼前停下的时候,我从车窗里看见前面有几个人正在搬着沉甸甸的荣誉证书和水晶奖座。一想到那里面

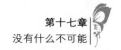

有一份是写着我的名字,连我的理智也控制不住内心的几分激动和兴奋了。

我的轮椅首先被搬下车,前面那几位正在搬东西的同志看见了,说:"玉洁来了"。然后放下手里的箱子,集体过来帮忙抬我进去。我不知道他们怎么会认识我,大概是轮椅做了我的标志吧。我低头看着地上,楼前草坪里的草,很绿。五月的宜昌已经被"夏姑娘"热情地拥抱了。看得出,大家今天都很忙,这会儿还得帮我抬轮椅,大伙儿额头上的发丝已经全湿了,白白的衬衫全贴在了后背上。

妈妈推着我走进宽敞的一号演播大厅,台上有正在彩排的舞狮节目。顾不上看周围的人,我的眼睛已经定在精彩的舞台上了。舞龙舞狮以往在电视上看过不少,但这么近距离地观看,还是头一次。当我知道在台上表演的是三峡大学的学生的时候,我的内心一阵澎湃,原来他们的年纪和我差不多,却已经这么了不起了。

接下来还有高难度的街舞和精彩的武术表演,当然,表演者也全都是和我年龄相仿的大学生。坐在观众席上的我内心五味杂陈。只有这样的精彩才不辜负宝贵的青春啊!同样是花一样的年纪,为什么我只能坐轮椅呢?为什么我就不能像他们那样?这样一想,我的喉咙哽咽了。我知道命运这回事是没有道理可讲的,我所有的负面情绪也只会在我自卑的时候才能冲破防守跑出来。

这时候,其他九位当选者也都陆续到齐了。我坐在靠边的位置,其他人都挨个坐在我的左边。我想和他们打招呼,可他们身上散发出来的轩昂的气质和成功者的光环,使我觉得自己就像一只置身在天鹅群里的丑小鸭。他们都是确确实实对社会作

出过杰出贡献的人啊,他们才是当之无愧的杰出青年!我,我算什么呢?我只是一个普普通通的残疾人而已。

这样的想法使我的状态变得很糟糕。彩排的时候,上台前想好的几句简简单单的获奖感言,我却在说完第二句话之后大脑便一片空白了。所有人都看着我呆坐在台上,我的大脑就跟瘫痪了一样,什么都想不起来。

冷场了足足有一分半钟之久,我不记得自己最后是说了一句什么话然后悻悻然逃下了舞台。在公开场合发言,我其实一点问题都没有,但为何今天是这样的表现?

没有任何人责怪我的失误,包括我的母亲,但我仍然只想找个地洞钻进去。你有什么资格当选十杰青年,你连几句利索话都讲不出来,你有什么资格?我把自己彻头彻尾骂了个遍。

人最重要的就是自信,一旦我对自己失望了,就什么也做不了了。

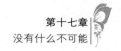

# 相信自己

　　整台颁奖晚会是现场直播。开场前 10 分钟,工作人员已经开始喊倒计时,我缩在轮椅上紧张到了极点,坐在空调房里仍然手心直冒汗。这时候,埋着头不知所措的我并没有察觉到有一支特殊的队伍正在朝我走来。

　　听见有人喊我的名字,我才抬起头来看。原来是市残联理事长,身后还有许多位身体上有各种不方便的残友。我说不出那是一种什么样的心情,在那之前,我从未接触过这么多位残疾朋友。我们虽然有着不同的残疾,却有着相同的命运。我无比心疼,上天为什么对我们如此残忍?

　　可是柔弱的外表下,他们都有一颗坚毅的心,他们都是从命运的低谷中勇敢迈出来的人。他们之中,有的是自强模范,有的能用双脚修钟表,并且主动要求取消低保,完全靠自己的能力养活自己和家人,有的还获得过全国五四青年奖章和全国劳动模范称号。

　　我的眼角已经有些温热,这温热源自内心对他们由衷的钦佩和祝福。只是简单的沟通,只是简单的一面,已让我感受到一种巨大的心灵震撼。我想,他们成功的原因一定只有一个,那就是——相信自己! 自己都不相信自己,还有谁会相信你呢?

　　他们整齐地坐到我身后的座位上,说要给我当拉拉队、亲友团。我的内心此刻正汹涌着一股巨浪,抬头看见舞台正中央的

几个赫然大字"十大杰出青年",心里面却不禁有了另一番感受。我的确很普通,但却可以做许许多多不平凡的事;我的确不优秀、不杰出,但未来的日子还很长,我在努力!

我的身体突然被灌注了一种无穷的力量,在直播镜头前,我用自信的声音告诉大家:"上帝为我关上了一扇门,必定会为我开启一扇窗。我相信对社会的贡献是方方面面的,我的双手还能写字,我的大脑还能思考,我的心会一如既往地感恩,我会努力用自己的方式回报社会!"

顿时,台下为我响起雷鸣般的掌声。

晚会结束之后,还没等我下台,各大媒体的记者已经将我团团围住,不停地采访、拍照。这时,人群中有两个人正面带笑容靠近我的轮椅。其中一位是市残联理事长,而另一位是中心医院的院长。院长和蔼地说:"孩子,你还好年轻啊! 这样,你方便的时候到我们医院来检查一下,我们想想办法,尽最大的努力为你治病!"说完,指着一旁的残联理事长说:"我不希望你将来归他管。"一句话引得在场所有人都笑了。

忽然有旁人细心地追问:"那费用问题?"院长当即慷慨地说:"费用我们承担!"院长的拍板决定使我一下子回不过神来,我甚至不记得自己有没有向他们鞠躬道谢。

我觉得自己就像做了一场梦。我曾经是多么渴望能遇到一位"神医"治好我的病,然后我的后半辈子都用来还愿,尽我所能贡献自己的一切。难道这个梦就要成为现实了吗?

晚上回到家,我在日记本里平静地写下:

5月3日

晚上,车里的收音机刚刚播完10点的整点报时,我们风雨兼程地奔驰在回家的路上。天下着大雨,加上狂风大作,雨点打在窗玻璃上,仿佛一连串的鞭炮声。眼前闪过迷离的灯光,我安静地回想起白天的每一个细节。

默默地有些喜欢这样的生活,有点小充实,还有好多惊喜。不知道这样的生活能持续多久。每天熄灯之后,就陷入失眠的深渊,心在苦海里挣扎,没完没了。回想这两天的生活,却感觉像在梦里,突然被幸福的光环团团围住,突然之间梦想就要接近现实,却无端地不安起来。这是上天的旨意吗? 终于愿意给我一次重生的机会,还是……又仅仅是一场捉弄而已。

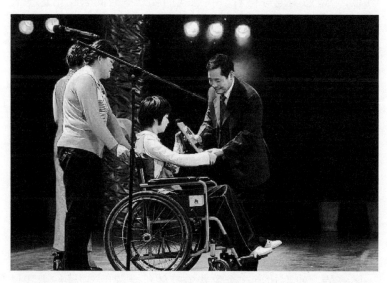

2010 年 5 月,接受"宜昌市十大杰出青年"颁奖

# 到医院接受免费治疗

两天之后,我接到电话,中心医院的专家组要来家里接我去治疗了。我说不出是激动,是期盼,还是彷徨,一下子被幸福感团团围住的感觉,就像做梦一样。

早上,我早早地起床把自己收拾妥当,因为上午还有一场很早以前就定好的演讲。时间尚早,我打开家门一边享受清爽的气息,一边悠闲地等待着。我想我需要一些时间去相信这些天发生的事情都是真的。

上午陪我去演讲完,母亲一回到家便匆匆忙忙开始收拾行李。天阴得很厉害,仿佛一场大雨即将到来。正午刚过,屋里却已如夜幕一般黑暗,我呆坐在一旁,看着母亲忙进忙出,却突然有些不知所措起来。

医院的车很快就到了,几位穿着白色大褂的医生走下车来。他们简单查看了一下我各个关节的活动情况。我忍着疼努力配合着。但他们检查完以后什么都没说,从他们的表情我知道,情况并不乐观。医生把我抱上车,家乡的各级领导在一旁帮忙搬着轮椅和行李。

领导们都来了,在专家组到来之前就已经来到了我家,和我一同等待。我不知道这个免费治疗的机会背后,领导们为我付出了多少努力。车子开动的时候,天上开始下起了小雨,奶奶和妹妹站在门口,目送着车子远去。家乡的领导们一个个站在雨中不停地朝我挥手，直到我的视线完全模糊，已经看不清他们的身影了。

是上天听到我的祷告，决定放我一条生路了吗？我这些年的厄运从此要结束了吗？我真的可以治好吗？我真的……可以再站起来走路吗？我还可以再回学校读书吗？都20岁的人了，还要回去把初中念完，直到上大学吗？

我没完没了地想着这些好久好久以后的事情，喉咙一再哽咽，内心一再澎湃。好多次我都差点激动得叫出声来，却又不敢让任何人知道，仿佛担心会有人偷走了我好不容易得来的这一刻的幸福。

我和母亲疲惫地靠在一起，头挨着头。我知道，她的心情一定和我一样复杂。车里的其他人一路上都有说有笑，我安静地听着他们说的每一句话，却没有力气插半句嘴。

医院的大厅比我想象中还要大，熟悉的药水味使我有些莫名地紧张。后面的人推着我，我的轮椅走得很快，就和我的心跳一样。这会是幸福之路的开始吗？我不敢再想下去。不管怎样，先安心治病吧，还能有什么更差的结果不成？老天爷，我从来没有求过你，这一次我求你帮帮我吧，我求你，帮帮我吧……

晚上，医院给我们送来了两菜一汤，我和母亲在病房里吃完了来到医院的第一顿晚饭。除了换洗衣服，我们什么也没带，感激的是，在我们到达医院之前，护士阿姨已经帮我们准备好了一切日用品。

我好像有很严重的认床习惯，在医院的第一个晚上，我几乎没怎么合眼，总有一种难以名状的惶恐和焦虑。我不知道接下来会进行怎样的治疗，又会有什么样的效果。一种期待又克制自己不要想太多的心情折磨得我整夜胡思乱想。

　　而且，我无法长时间保持同一姿势睡觉，那样关节会疼得不行，我只好一晚上都频繁地翻来覆去。但医院的病床很窄，我总是担心自己一不小心就会掉下床去。尽管我已经因为害怕而把病床两边的护栏都拉起来了，但每次自己要翻身的时候，我还是会本能地起来，摸索着去抓紧床沿，小心地坐起来，调整好姿势躺下后，再伸手去确定一下身体两边的安全距离有多少。

　　病房里没有空余的病床了，医院为母亲在阳台上支了一张单人床，方便照顾我。

　　我不知道母亲是否也没睡好，第二天她起得特别早。由于不用打针，做完例行检查便可以自由活动了，母亲于是推着我在医院里四处转转。在医院里，难得一见的是笑容，因为无论是病人还是家属，身心都承受着不同程度的痛苦。

　　我从医院的宣传资料里知道了许许多多的疑难杂症，并且亲眼看见了各种病症，各种痛苦，各种坚强。不由得想起一句话：世界上幸福的人大致相同，而不幸的人各有各的不幸。其实还有许多人承受着比我更深、更大的痛苦，可是活着就没有选择，就必须要承受痛苦、承受压力、面对困难。但在这同时，也会享受到成功和幸福的喜悦，这痛苦越深，这喜悦就越珍贵。

# 舍不得离开

　　住进医院的第二天下午，母亲陪着我去做检查。我们对路不太熟悉，只好找护工用拖车送我们过去。

　　出了医院大楼，外面下着星星点点的小雨，偶尔会有稀疏的小雨滴落在我脸上，有那么一丝丝的冰凉。旁边有一两位岁数很大的坐着轮椅的老人家经过，他们的脸上写着痛苦和无奈，我的心又难受起来。我虽然还很年轻，却也已经像步入垂暮之年的老人一般，坐在轮椅上，没有了年轻人的朝气与活力。

　　一张白色的被子盖在我身上，只露出一张神色慌张的脸。我突然有种十分不好的感觉，仿佛自己是一个已经断气的人，正被人送进太平间一样。母亲走在推车旁边，看着她面无表情的脸，我突然感到无比的不舍，突然很想哭，还竟然有种想要交代临终遗言的冲动。

　　但我一句话也不能说，母亲一定会以为我发烧说胡话的。从来来往往的行人中走过，没有人注意到缩在被子里的我此刻正在哽咽，正泪眼汪汪地看着母亲欲言又止。原来当一个人有一肚子话要说的时候，是一句话也说不出来的。

　　我只想再牵一牵母亲的手，只想再摸摸她的脸，如此，我便能安然地离开了。我的手竟然真的小心地从被子里伸了出来，想要去拉住母亲的手，可是我发现距离有点远，我够不着。伸到一半又无奈地缩回被子里。

当我被人从拖车上抱下来的时候，我才有种"活过来"的感觉。但这种感觉不见得有多好，因为活着就要继续承受痛苦。

我的思绪必须在这里中断了，因为母亲已经把我抱到 CT 床上，并且在帮助我躺好。我闭上眼睛，像睡觉一般，任由自己的身体被送进一部陌生的机器里。

回到病房里，我无力地躺在病床上一声不吭，默数自己的心事。手臂正好搭在旁边的铝合金扶手上，一丝刺骨的冰凉袭来。

接下来拍 X 光片，我坚持不再叫推车，母亲推着我寻路找了过去。

在一间光线很暗的屋子里，除了一张漆黑的铁板床和拍片用的机器外，再无其他。医生隔着窗户看见我，从另一个房间走过来。我开始有些担心，自己全身那些僵硬、不能动的关节在拍片的时候会不会很困难。

果然不出我所料，一开始就遇到了极大的困难。拍胸腔和肩关节的时候，人必须站立在机器前面，才能拍得到。但我无法站起来，肩膀也不能抬高，我的高度明显不够。

不等我想出一个妥善的解决方法，医生示意母亲合力把我架起来，"站"在机器前面。我努力用脚尖踮着地让自己高一点，让疼痛的胳膊能够稍微放松放松。可是双腿伸不直，脚跟着不了地，不大会儿我就"站"不住了，双腿像抽搐一样发起颤来。母亲在旁边死死地抓着我的胳膊，她知道我疼，但是她也没有办法。

突然，我感觉到身后有什么东西把我的身体托起来了。这种感觉很舒服，已经筋疲力尽的我，身体开始本能地往后靠，可是我一靠过去，那股托起我的力量也跟着往后退。原来是我的母亲抬起一条腿在给我当凳子，但是她单脚站立，也支持不了

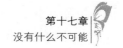

多久。

经过这一番折腾,我已经累得快要断气,但我的炼狱还未结束。接下来拍四肢关节。我胆怯地伸出自己的那双变形严重,见不得人的双手。医生拿来一块黑色的垫板,把我的手放上去翻来覆去地摆。但他发现无论如何我的手都无法平展地贴在垫板上。我的关节不像医生想象中那么灵活,我不敢告诉他,刚才他每掰一下我的手指,我都会疼得心一点一点往上揪。

没有办法,最后医生只好让我把手翻过来,手心朝上,让母亲把我的手指按住,贴在垫板上。手背上隔着皮肤都能看得一清二楚的关节骨,杵在硬梆梆的垫板上,动弹不得。那样子活像两只摊在案板上的鸡爪。

我以为拍膝关节和髋关节是最容易的,我只要侧身躺着,把弯曲呈 90 度的膝关节贴在床板上就行。但医生说拍不到,叫我趴着试试。

我的双腿已经开始萎缩,除了皮就是骨头。当我准备用力将身体翻转,让膝盖保持跪的姿势,支撑起身体的重量时,我的膝关节突然针扎般地疼痛起来。我一下子不知道应该怎么办才好。

# 我为母亲擦去泪水

我在想什么,母亲并不知道,她过来帮我翻好了身,然后按照医生的指示按住我的腿。我整个身体贴在钢板床上,一动都不能动,只感觉到全身冰凉。我的膝盖像被放在了钉板上,那种疼痛令我想起了刮骨疗毒。

我全身的骨头在铁板上磨得生疼。除了拼命忍受,拼命支撑,我没有别的办法。我的整个脸都贴在铁板床上,只有鼻子在艰难地呼吸,气体全都喷在铁板上,铁板随着我的每一次呼吸变幻着颜色,我只能在这一明一暗的变化中默默地祈祷这一切快点结束。

怕母亲担心,也怕医生觉得我娇气,我只好咬着牙忍受着,下嘴唇都快咬紫了。真的好疼啊!谁来帮帮我?救救我!我趴在硬邦邦的铁板床上动弹不得,泪水、汗水大滴大滴地往下落,滴在铁板上又渗回眼睛里。同时心里面的另外一个声音在说:能有多疼?忍一忍就过去了!

从来没有觉得拍个片需要花那么久的时间,我疼得不行,但又不能说,不能吭声。

当这一切终于结束的时候,我已经没有力气爬起来了。母亲把我抱到轮椅上,我的头一直埋得很深,我假装擦汗趁机抹干脸上的泪水。这个动作被一旁的医生看见了,不冷不热地来了句:"嗬,还哭了?"这句话让我羞愧难当,他哪里会知道我刚刚所

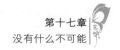

承受的是怎样的痛苦。

　　被他的话提醒，母亲这才注意到我的表情，"怎么了？很疼是吗？""不疼！"我赶紧摇头，并努力挤出脸上的笑容向母亲证明自己没事，希望消除她心里的担心。可我并不知道那又红又肿的双眼其实早已出卖了自己。

　　母亲推着我回病房的时候，走得很快，微微的清风吹在脸颊上的感觉，很舒服，我的心情也慢慢平静下来。

　　回到病房里，我侧身背对着母亲坐在病床之间的过道里，轻轻摸着疼到不行的膝盖，不敢跟母亲提半个字。可心细的母亲早已有所发现。

　　她走过来，把我的轮椅拨向面对着她的方向，蹲下身子轻轻卷起我的裤管。我赶紧用手掌捂住膝盖，并故作轻松地说："没事儿，我刚刚不是因为疼哭的，只是有点害怕。没事儿的……"母亲没有说话，只是轻轻移开我的手，把裤脚卷到膝盖上面，"嘶！"我倒吸一口气，摩擦的疼痛使我微微抽搐了一下。

　　一大片包裹了我整个膝盖骨的青紫色就那么在母亲面前显露无遗。母亲麻利地卷起另一边的裤管，同样是一块茄子色的瘀青。连我自己都觉得惊讶，我的膝盖除了皮就是骨头，这一跪竟让我的一双膝盖全紫了，不免觉得自己会不会太脆弱了一点。

　　看到眼前的母亲盯着我的伤口无所适从的样子，我笑笑说："我已经不疼了！"就在那一刻，在我的面前，我看到泪水瞬间从母亲的眼角喷涌而出。我惊呆了，那一丝勉强的笑容还僵在嘴角。

　　在我的印象中，母亲一直都是一个无比坚强的人，就算受了天大的委屈，她也从来不会在我面前哭。可是这一刻，她竟然在病房里，就在我的面前，哭得那么伤心。仿佛那些伤口并不是在

我的身上，而是在她的身上，不，应该说，是在她心里！

母亲的哭泣让我觉得无比心痛，也无比心疼，丝毫不比她对我的少。我立刻从身后的储物柜上拿来纸巾，掐下一小截轻轻帮她擦着眼角的泪水。母亲接过我手里的纸巾，在手心揉成一团。

"全紫了，全是紫的……"母亲哽咽着说，声音含糊不清，但我还是听见了。

母亲的眼泪一直没有办法停止，我愣在那里，不知道还可以做些什么来止住她的伤心。我的内心也一阵酸楚，五味杂陈，似乎察觉到了什么，我赶紧背过脸去，两颗滚烫的泪珠滴落在轮椅的坐垫上。

晚上，母亲帮我洗脚，小心地从膝盖上往下浇水，然后拧个热毛巾轻轻捂在膝盖瘀青的位置上。发现我表情不对的时候，就赶紧松开，停顿几秒，再轻轻捂上……母亲说，再敷上几天就会好的。

怕母亲再伤心，洗完脚我赶紧把裤管放下来，还跟个没事人一样故意活动着自己的腿。但我能感觉到，母亲的心里早已有一道很深很深的伤口，她对我的爱有多深，这道伤口带给她的痛苦就有多深。

# 无情的结果

没过多久，我的检查结果全都出来了，包括关节的 X 光片也拿到了。母亲在一旁取出我的 X 光片仔细研究着。我故意把脸侧向一边，不敢去看，我知道那上面的每一个画面都触目惊心。

母亲在一旁感叹着，原来我的关节是这样的。我心里十分难过，我完全明白她所说的"这样的"是什么意思。

当医生翻着一大摞化验单走进我的病房时，我感觉自己就像一个命不久矣的绝症患者在等待着死神的宣判。我唯一的好消息就是：自己还能有多少日子好活？

我的手背上插着输液针，眼神无辜地看着医生，等着她看完那些化验单上的数据，然后给我一个结论。我连呼吸都变得格外小心，仿佛我稍不留神，就会把原本应该有的好运吓跑似的。

医生不紧不慢地告诉我，以我的病情想要完全康复是不可能了，已经变形的关节也不可能再恢复原状，最好的治疗结果就是控制住病情，并且最大限度地恢复一部分关节功能。

我认真地听着医生说出的每一个字，心里的难过开始猛烈地翻滚。也说不清自己当时是出于什么样的心态，听医生说完这些话之后，我还眼巴巴地追问一句："如果依靠自己努力锻炼，我还有可能再站起来走路吗？"医生点着头肯定地回答我："那有可能的！"

　　我不知道自己是希望从医生那儿得到什么样的答案,我不知道自己现在问这样的问题还有没有任何意义。我同样不知道医生是不是因为怕打击我,才给我一个肯定的回答。我只知道,我死死抓了这么些年的救命稻草猛然间就被无情地扯断,我必须绝望地随便抓住一些什么希望,才不至于崩溃,心里的绝望才不至于决堤,将我再淹死一回,哪怕,只是自欺欺人。

　　医生走出病房后,我的心就如同输进血液里的药水一样冰冷。眼睛木然地盯着药水一点一滴地落下,感觉那些冰冷的液体开始在我的身体里游走。也任由所有的委屈和痛苦挑战着自己的坚强,任由它们在心里打仗。我只觉得头很沉、很沉,如果我可以一觉睡去再也不用醒来,该有多好! 再也不要醒来,再也不要!

　　那一整个下午,我没有再说一句话,母亲也没有,早早地帮我洗完澡便睡下了。

　　那是一个无比漫长的夜晚,母亲关上灯在阳台上睡下后,我的眼泪终于冲破了所有的坚强,汹涌地喷薄而出。

　　我不可能治的好了,医生是这么说的……我一辈子都只能是这样了……父母将要一辈子面对我这样的残疾孩子,一辈子扛着沉重的心头大石过日子……尽管医生说的话我早已猜到了,尽管在瘫痪的那一年我就逼自己接受过这一现实,可事实还未如此糟糕的时候,我心里仍然存着侥幸。未来会怎么样谁也不知道,我以为终会有奇迹出现的那一天。

　　每一位替我诊治过的医生都说我治晚了,可我从生病直到今天一直都在治疗,究竟什么时候才算早? 这就是我的命吧? 别人能治好的地方我就是治不好,别人吃了有效果的药我就是吃再多也没用。

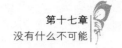

我没希望了,什么都没有了……死心吧!可我以后怎么办呢?我的眼泪一直汹涌地往外淌,想止都止不住。

怕我夜里要叫她,母亲只是把阳台的门虚掩着。不想母亲听见我在哭,我拿枕头把头蒙起来,用胳膊压得死死的。除了眼泪汹涌地流淌,我几乎没有发出任何声音。泪水很快把枕头下的床单湿透,我也几乎窒息。

# 用一夜泪水找回坚强

深夜的病房里显得格外寂静,我闷在枕头底下痛哭的时候,我甚至觉得自己离死亡很近、很近。可是,我真的要这样死去吗?

当我终于探出头来喘口气的一刹那,空气仿佛变得格外清新,格外舒服。我的鼻子已经完全堵住,只能张着嘴急促地呼气,我已经哭得没有力气了,全身瘫软地倒在床上。可是大脑就是不听使唤,越是不愿意想起的事情,却越是重复在脑海中浮现。

"我会成为家人的负累,我会拖累他们,与其这样,倒不如……""不,我不死,从小到大我没有做过任何一件亏心事,我为什么要死! 我这一辈子还一事无成,我为什么要死!"我立马打断了自己的思绪,我好不容易才从六年前的那个黑洞里爬出来,死都不要再掉下去! 如果重来一次,我可能……真的……再也爬不起来了。

从外面走廊里映过来的灯光非常微弱,这个点儿,医院里的其他人全都已经睡下了。黑暗的病房、雪白的墙壁和床单,我只觉得内心被什么东西一阵一阵猛烈地撞击着。我很疼、很累,也很疲惫。

我耷拉着眼皮稍微挪动了一下身体,鼻子依然塞得死死的,每一口呼吸都变得艰难。也许从一开始我就是没得选的,我想。

既然不能就这么死掉,那么我只剩下一条路——活着! 并且要好好活着! 可我要怎么样才能好好活着呢? 我不想拖累任何人,我不要那样子生活,如果是那样我宁愿死掉! 那就努力不让自己成为别人的负累吧,还要努力为身边的人创造幸福!

每次哭过之后,我的骨子里就会迸发出一股倔强劲儿,这股子劲儿会使我瞬间变得强大和勇敢起来,坚不可摧。如果我的人生注定只能在轮椅上度过,那就试试吧,过和预想中不一样的生活,也许,上天对我另作了安排。我从来就是个不甘平淡的人,就当自己的人生是一次探险吧! 我还有很多时间,还没努力过就放弃,这个人不是我。

有了目标之后,我突然变得踏实起来,不再对自己的未来作无谓的担忧,因为那除了使自己不安之外,没有任何作用。我开始去想自己能做些什么,应该怎么做。

可是,好难。坐着轮椅叫我如何去编一个理由叫自己相信,我可以生活得很好? 每次一想起这些我都只想拿自己的头猛砸床沿。头晕了、疼了,却反而可以片刻平静下来。

这时,我的脑海中出现了一个人,那个用双脚修钟表,在不幸中依然保持顽强笑容的奇人——邹伯伯。他对我说过:"没有什么事情是不可能的。"我想,他就是一直抱着这样的信念,所以可以学会用自己的双脚代替严重萎缩的一双手臂去做任何事,所以他可以只凭着一把木椅子只身去外地闯荡、谋生活。那把残旧的椅子便是他离不开的"轮椅",椅子下面是他自制的工具箱,里面装着他自食其力、养活妻子和女儿的家当。没有双手,他依然用双脚承担起了作为一个男子汉的责任,而且拒绝领取低保金。如果不是亲眼所见,我想我怎么都不会相信,有人真的可以做到!

想起邹伯伯，我的心开始沸腾起来，仿佛重新拥有了无限动力和勇气。如果没有尝试，我也不会知道自己原来可以做很多事，也许有一天，我可以像邹伯伯那样告诉更多的人其实你做得到！

再坚强的人都会有脆弱的时候，这个时候如果有个人站在你面前告诉你，他曾经从你跌倒的地方爬起来过，并且，他做到了你不敢想的事，这样你便可以相信自己也能做得到。邹伯伯就是这个人。在成为别人的精神支柱之前，他先使自己成为了自己的精神支柱。

我擦干脸上的泪水，慢慢地闭上眼睛，心情平复一些之后，我开始想着以后应该如何摆脱对家人的依赖，坐着轮椅要怎么克服生活当中的困难，我又该怎样在脆弱的时候鼓励自己向前。心越痛我越要想。以后的日子会怎么样，我一点也不知道，但我必须让自己相信：我可以做到，我可以！

# 坚强从点滴开始

第二天早上 6 点,母亲便起床去买早点了,因为医院的病人和家属太多,如果不早一点,就要排很长很长的队。

昨夜的一切母亲毫不知情。看见母亲拿着饭盒关门出去了,我也立马起身。昨天的热乎劲儿还没有过去,就算我的身体永远也站不起来了,至少先让心"站起来"吧。

我利索地从床沿上滑下来,穿上鞋子,然后从床上爬到轮椅上,把被我揉到一起的被子拉平,再自己滑着轮椅去卫生间。卫生间门口有一点门槛,轮椅前面的小轮子不好过去,以前都是母亲从后面翘起前轮推我进去的。

我以为小小的门槛对我来说问题不大,我像平时在家一样,双脚搁地上,用频繁的步子使轮椅前行。我打算用力越过去。

第一次全力撞过去,门槛把我的轮椅弹回来,向后滑,我的身体却向前移动了,就快离开轮椅坐垫。我扶着扶手赶紧重新坐好,再试。好不容易前轮上去了,可整个身体的重量向后倾,轮子又掉下来了。我一点儿也没有泄气,心里面那团火焰烧得正旺呢。

我觉得是自己方法用得不对,我重新调整了一下轮椅的位置,使它斜着进去。这样果然可以,先进去一个小轮子,再进去另一个就轻松多了,我小心地把轮椅滑进狭窄的卫生间里。洗手池的高度刚刚好适合我,我转身看见镜子里面的自己,有一丝

苍白,一丝憔悴。不过没关系,我用一个充满自信的笑容便让精神抖擞重新回到脸上。

我取来杯子,打开水龙头,像牛奶一样乳白色的水如泄闸一般喷射出来,我接满一杯水刷牙用。等我打好洗脸水,杯子里的乳白色液体也差不多沉淀成一杯清澈的水了。这每一个动作都轻而易举,一切都不是问题。除了晾毛巾的时候,我够不着挂杆,我把毛巾甩上去,只能让它就那么随意地搭在上面了。

梳洗完毕之后,母亲还没有回来,我决定到电梯口去等她。我自己滑着轮椅穿过护士站来到大厅,早上来来往往的人特别多。不想变路障,于是我把自己安放在大厅的落地窗前,那里能看到很好的阳光,而且所有人都在我身后,无论有多少人看我,我都不知道。

这还是我第一次自个儿一个人跑出来玩呢,这种感觉好像很开心。我趴在窗户前的栏杆上从9楼看下面的景物,这种居高临下的感觉真不错。正当我沉醉地享受着这清晨明媚的阳光时,忽然听见旁人说了一句:"这孩子真可怜,这么小就得了类风湿。"

"你怎么知道她是类风湿?"与她同行的阿姨问,这也正是我想问的问题。

"看她的手就知道了。"阿姨肯定地回答。我立刻下意识地看了一眼自己的双手,变形真的已经很严重了,只是我自己看习惯了,才不觉得和正常人的手有什么不同。

我觉得礼貌上我应该和身边的这两位阿姨打声招呼。可当我的笑容迎上阿姨脸的时候,我惊呆了,阿姨的脸……她脸上的每一寸皮肤都像被烧过一样,通红通红的,像被活生生剥了皮一般。

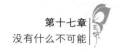

　　我的心抽到一起，但是理智很快战胜了好奇心，我没盯着看，也没多问半句，只是简单地打了声招呼，然后电梯来了，阿姨就走了。

　　后来听病友告诉我，她是因为患了一种十分可怕的病，所以脸上长满红斑。据说那种病不能过多地接触阳光，我才想起来，那天的天气很好，可阿姨手里还拿着雨伞。

　　匆匆的一面，我再也没有见过那位阿姨。因为没过几天，就传出阿姨突发心肌梗塞去世的消息。我突然觉得人生真的无常，前几天还好端端跟我说过话的一个人，怎么说没就没了呢。

　　我深深地感受到，能活着每天看见阳光和亲人，已经是一种幸福了。有多少人是在不愿意离开的时候却不得不离开人世。

　　怀揣着这样的感受，我觉得自己其实已经拥有好多幸福了。

　　医生说的那句有可能，我一直都记在心里。于是治疗以外的时间，我会把床边的扶手拉起来，扶着一步一步绕着床练习走路。从每次只能坚持两秒到五秒，再到更长的时间。

　　我不知道自己还能不能重新站起来，我只愿意相信，我会一天比一天更好。

# 第十八章

## 自信是活下去的力量

# 和平广场上的夕阳

有一个地方,我和母亲几乎每天都去。离医院不远,穿过一条拥挤的小巷便近在眼前了。

每天上午打针,下午便闲来无事,只要没下雨,母亲就推着我出去走走。推着轮椅,我们也走不了太远,那里算是一个不错的去处。

去了很多次,我竟然都不知道那个地方叫什么名字。后来听病友说,那里是和平广场,每天早上,那里都能看见好多好多的鸽子。我喜欢鸽子,也很想体验那种,把轮椅滑向广场中央,然后所有的鸽子从我身边起飞的感觉。

可是早上我去不了和平广场,也就从来没有机会看到那里的鸽子。我每次去的时候,都已经接近黄昏,见的最多的就是金黄色的夕阳,洒在江面上,阳光便在波光粼粼的水面上跳跃、舞蹈。

广场中间竖立着几根旗杆,五色的彩旗迎风飘舞着,仿佛在随时欢迎去那里的人们。我每次去,那里都有许许多多的年轻人。情侣们坐在条椅上窃窃私语,脸上透着幸福和甜蜜。偶尔有一两个小伙子风风火火地从身边经过,都能带起一阵风。

年轻真好! 我不由得感叹。与他们擦身而过,我的内心无比失落,无比难过。我和他们一样年轻,甚至,我比他们还要年轻,可是这美好的世界却丝毫不属于我了。我只能欣赏,只能羡慕,却无法享受,无法参与。

母亲推着我来到江边,上了一步很高的台阶,把轮椅停在护栏边上,这样我才能看得见江边的景色。那儿人很少,适合我待。

我紧好轮椅的刹车,左手抓着前面的栏杆,不能动的右手微微扶着轮椅,我想试试能不能站起来。可是双腿不得力,试了好多次都以失败告终,每次身体离开轮椅的时间都不能超过几秒钟。母亲不说一句话,只在旁边安安静静地陪着我。

刚才的"剧烈运动"已经使我疲惫不堪,我只好老实地坐在轮椅上不动了。微微吹过来的江风让人无比享受。母亲将身体靠在栏杆上,安静地看着远方。

视线的不远处有一座大桥,很雄伟、很壮观的样子。母亲说要带我去看看,然后我们真的去过一次,可是走了很远的路也没找到。原来有些东西看似近在眼前,其实距离我们很遥远。

江边沿岸都是郁郁葱葱的小草,我注意到岸边像是有人种了什么植物,叶子还有些眼熟,我好像认识。"是绿豆吗?"我问身旁的母亲。

"是黄豆。"说着,母亲直起身子,也和我一样看着那片绿地。

"我看叶子是一样的呀,妈是怎么认出来这是黄豆的?"好奇心强的我从小就喜欢发问。

"嘿!你妈我以前种过,怎么会不认识。"说完这句,我和母亲都呵呵地笑了。

这时候,旁边有个刚学会走路的小朋友正扶着围栏稳稳当当地走过来,他的妈妈在一旁小心地护着。

小家伙慢慢走到我身边来,样子好像很兴奋。我仔细地看着他,一个白白净净,胖乎乎的小男孩,非常可爱!小家伙竟然

不怕我,还好奇地摸摸我的轮椅,并且时不时小心地抬头看一眼我的反应。

小朋友的妈妈怕我不喜欢,赶紧过来制止孩子。我告诉她没事的,然后冲着小家伙说了句"嗨",小家伙用了一个超卡哇伊的笑容来回应我。他的妈妈告诉他叫"姐姐",他就真的听话地叫我姐姐了,这一句称呼使我心花怒放。"太可爱了!"我和母亲都忍不住说。

我的心里甜甜的。我原本以为,他们都不会喜欢我的,不会喜欢一个坐轮椅的人,但其实只是我自己想多了。

他的妈妈牵着他的小手,绕过我的轮椅,继续沿着围栏朝另一边走去。而我也要继续走我的路……

# 我出院了

6月2日,天阴阴的,和我来医院的那天一样天气不太好,所幸的是没有下雨。这一天是医生批准我出院的日子。

中午,食堂的阿姨按时送饭过来,我和母亲都觉得不饿,于是决定两个人同吃一盒饭,将另一盒饭送给了隔壁病床新搬来的病友。下午,母亲收拾好所有东西,我的主治医生和临床的家属叔叔一起帮我们把东西搬进电梯,送到楼下去。

送我回家的车已经在医院大门前停好了。医生开给我很大一包药,当然和我的治疗一样,都是免费的。医生最后一次检查完我的药袋之后,忽然飞快地跑回医院去。不多会儿,又拿着几盒药从车窗口递给坐在副驾驶位置上的我。我想他一定猜到这5块钱一片的药丸,我出院之后是没有能力吃太久的。

我把一盒一盒的药小心地放进塑料袋里装好,然后抬头对站在车外的医生说:"侯叔叔,再见了!谢谢您给我治病,谢谢你们照顾我那么久……"话还没说完,我的喉咙已经哽咽了。"好好养身体,回去按时吃药,记得回来复查!"医生说。他说话的语气还是那么温文尔雅。

这时,车子已经启动,我们便隔着车窗相互挥手道别。医院安排了两位年轻的哥哥姐姐送我回家,车快要驶出医院范围的时候,有人问:"今天几号?""今天6月2号,昨天是儿童节",我回答,"我非要赖在医院里过完儿童节才肯走的。"说完车里的人

全都笑了。

回到家里，一切照旧。我又一次带回了失望的结果，但这一个月里，我又再一次脱胎换骨，我决定开始全新的生活。

和在医院的时候一样，我坚持每天早睡早起，上午洗完全家人的衣服是我每天都必做的事。尽管很累，尽管累的时候会想着休息一天，第二天一起洗。但我不允许自己有这样的想法，生活是没有选择的，我必须养成习惯，我得要强迫自己洗完才能休息。生活的充实在于内心的满足，能做一些自己力所能及的事我才能觉得踏实，才会感到满足。

虽然看到同龄的年轻人能自由地享受青春时，我仍然会难过，仍然会心痛，但难过之后我会告诉自己：每个人都有自己的痛苦和幸福，只是各有各的活法罢了。而我只是注定了要用一种与常人不同的方式生活下去。我从不为自己选择的人生后悔。

虽然我的后半辈子都无法再享受奔跑的感觉，都无法体会穿着学士服，戴着学士帽在众人的祝福声中从自己理想的大学毕业，虽然我的人生注定会缺少许多经历，但我却拥有许多无形的力量，拥有许多常人体会不到的经历和幸福。这样想来，其实我的人生并不缺少什么，一样很完整，一样精彩无限！

在自己的努力练习之下，我再也用不着母亲帮我端便盆了，再也用不着母亲帮我做任何事了。在医院的近一个月时间里，我每天都在努力练习生存技能，每天都扶着床沿来回练习走路。从每次走一步，再到每次两步、三步，我不气馁、不颓废、不放弃，不住地给自己打气。我并不奢求会有什么奇迹出现，我只希望自己可以活得有朝气，活得有精神一些。

我不想成为家人的负担，从来不想，我无法要求自己的所到

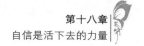

之处全都无障碍，我只能尽力使自己的身体无障碍。

　　我的精神一天比一天好起来，那一发作起来就日夜不息的疼痛好像也在逐渐减轻，难道是我身体里的"力量"战胜了病魔？母亲脸上的愁容也一天天舒展了，她不用再像从前那样整天为我忧心，她终于对我放心一些了，她相信她女儿做得到！

# 我自己来

"我自己来!"这是我学会自理之后对母亲和身边的人说得最多的一句话。

上下车的时候,母亲要伸手抱我,我却想扶着轮椅稍微"站"起来,自己上去。母亲帮我搭一把力,我意外地发现,曲着腿颤颤巍巍"站"着的我,已经和母亲一样高了。如果我能直挺挺地站着,我的个头其实早已经超过了母亲。

我真的已经是个大人了,不应该再躲在父母的羽翼之下。

我很怕,很怕自己习惯了依赖身边的人,很怕自己变成懒骨头,更怕自己的惰性会轻而易举地便摧毁了我好不容易练就出来的生存技能。我怕,所以我要锻炼自己。

我真的不习惯被别人伺候,那样子我会浑身不自在。我宁愿自己艰难地去做每一件事,我宁愿自己花上半天时间去给自己穿鞋、换衣服,再花上半天时间去洗干净一小盆衣服。我的后半辈子恐怕最多的就是时间了,我可以自己慢慢做。

我对母亲说,现在她帮我越多,我将来的日子就会越苦。如果她现在什么都帮我做了,而我自己什么都不会,我将来一个人是活不下去的。我甚至十分残忍地说过,请她对我狠心一点,不要心疼我。如果现在因为看见我的眼泪而不忍心,将来有一天,他们不在了,我会流更多他们看不见的眼泪。

我对母亲拍着胸脯保证过:"就算这个世界上只剩下我一个

人了,我也会想办法活下去的!"这也是我对自己的承诺。

我真的开始当这个世界上只剩下自己了。口渴了,母亲就在旁边,而我自己要绕过母亲,转着轮椅去倒杯水需要很长时间。让母亲帮一下忙吧,就这一次,以后都自己去。当我意识到自己的这一想法是在放纵自己的惰性的时候,我觉得万分羞愧。怎么可以这样想?有了第一次,就会有第二次,慢慢我的依赖性会越来越重,这样怎么行呢?

我常常想象,在自己心里面住着一个天使和一个魔鬼,天使告诉我要自立自强,而魔鬼会纵容我的惰性和依赖性。我总要想办法帮助天使战胜心里的魔鬼才行。

在家里吃饭,我可以拿着勺子追着一块菜满盘子跑,还不许别人帮忙。只有在外面吃饭,我才小声地叫家人帮我夹菜,或者自己夹不到的就干脆不吃了。我并没有觉得这是一件多么悲哀的事情,比起残疾带给我的其他的不方便之处,这些已经微不足道了,我必须习惯。

类风湿这种病的残酷就在于,病人只能眼睁睁看着自己的关节一点一点丧失活动的能力。今天还可以自己吃饭、自己穿衣服,明天就不知道还能不能做到了。我害怕自己一旦不练习,有一天会什么事情都做不了。

有的时候我也会很脆弱,觉得做什么事都那么难。尤其是全身疼痛发作的时候,连自己倒杯水都成困难,差一点就要放弃。但我鼓励自己,我不哭,我宁愿拿哭的时间来想办法。

我的左手原本是什么都不会做的,我的灵巧的右手几乎包揽了所有的工作。可就是因为右手的负荷重,它的病变速度快得超出了我的想象。

以前可以趴着写半天作业,都没有任何感觉,到后来写不了

几个字胳膊就酸、就疼，我就搁下笔捱一阵儿再写。到后来每次写完作业，我的右胳膊会整个僵掉，动弹不得。直到某天早上起床的时候，我突然发现我的右臂已经完全不能动了，无论我怎么使力，甚至母亲也一起用力帮我扳，可关节就像被水泥封住一样，纹丝不动。

没有了右手，左手成了我唯一的活路。原本笨拙的左手竟然一天比一天灵巧，除了写字和拿针，它几乎替代了右手所有的工作。

这也是我告诉母亲，我可以活下去的原因。别人总说我很坚强，很有毅力，我告诉他们：我不知道自己算不算坚强，我只知道，或许在健全人看来，残疾人能用脚写字、吃饭是奇迹，那是因为他们有手。对于一个没有双手的残疾人来说，学会这些只是活下去的基本能力。当我们没有双手的时候，就必须学会用双脚完成一切手的工作；当我们双手、双脚都没有的时候，会使我们身体的其他器官变得无限强大。一切都只是因为，到了绝境。

# 相信我能行

值得感激的是,不久之后,我为自己赢得了一次去省里参加演讲比赛的机会。参加比赛、参加活动是我为数不多的可以出门的机会,平时我不爱"到处乱跑",怕心野了,到时收不回来,而且我觉得,既然身体不方便,就应该学会自我消减掉一些不应该有的欲望,免得给身边的人带来麻烦。其实怕麻烦的只是我自己,家里人从来没有这样觉得过。

那天的阳光很好,我穿着的毛线外套已经使我感觉到些许燥热了。吃过午饭,我们便出发了。我稳稳地坐在车子里,控制着身体不会因车子拐过弯道而有半点倾斜,这种速度感使我的内心有一种超然的感觉。

我仍然记得出发前,领导对我的嘱托,希望我取得好成绩。我在心里承诺:我一定发挥到最好,可也因此更加紧张。我真的行吗? 我会不会忘词,会不会掉链子? 如果我搞砸了,岂不是浪费了这次宝贵的机会? 我怎么对得起大家,怎么对得起领导把这么难得的机会交给我?

我很担心自己会辜负那么多双期待的眼睛,越想心里就越没底。我突然记起母亲说过:"不管别人怎么看,妈妈最喜欢听你演讲!""呵",我突然笑出声来,是啊,即使全世界都不看好我,至少还有一个人是永远支持我的!

这是一个更高、更大的舞台,我需要这样的历练。尽自己的

317

力量发挥到最好吧,最后的成绩也不是我能够左右的了,做好我自己!嗯!这样一想,我突然觉得自己很棒,觉得自己能行的!

在去往省里的路上,我的心情怎么也平静不下来。我想再默背几遍演讲稿,明天就要比赛,这是我最后的时间了。可我难得出门一次,车窗外的风景又不舍得不看。那些道路、那些田地、那些树,还有那些远远看过去像小火柴盒一样的房子,对我来说都是新鲜的,我想把它们全都映进我的眼睛里,都记在我的心里。以后再没有机会出门的时候,我可以当作一种回忆。

我又到了离家更远的地方,我又走了更远的路,这一路都充满了期待和憧憬。我的未来会怎么样呢?这会是一条通往梦想的道路吗?

也许是因为要去比赛的缘故,我的激动里夹杂着几分紧张。我的心里又出现了一个人,一个总能在我不安的时候带给我希望,带给我力量的人——海迪。如果是海迪,她会怎么做呢?她也会紧张吗?不知道她有没有参加过演讲比赛呢?如果有,她的表现一定非常棒!我这样想着,心情越发激动起来。我感觉到一丝晶莹的泪花在眼角闪动。

她也经历过和我一样的事吗?她也是这样一步一步走过来的吗?所以才能这般从容?

车里的另外3个人——司机、我的母亲,还有陪同我去比赛的残联的同志,他们都没有说话。车里安静得仿佛他们都能听见我的心事一样。

我紧闭着嘴巴,生怕自己会一不小心就说出声来。车平稳地前进着,一辆辆原本在我们前面的车都不知不觉甩到身后去了。车里的电子导航不时向我们汇报地理位置。哦,原来就是这里,我努力在心里记着每一个地名。每路过一个地方,我都会仔细比较它们的建筑物有什么不同,记住自己曾经从这里路过。

# 向着太阳奔跑

到达省里的时候，夕阳已经拖着长长的尾巴从城市上空掠过，暮色已经开始慢慢降临了。

晚上，我和母亲住在酒店里，我很想抓紧时间再熟悉一下演讲稿，不然比赛的时候真忘词就完蛋了。

可每次默背到一半，思绪就无故中断，要想很久才能接得上。反反复复重来了好几次，都没能完完整整地把演讲稿背完。加上那些天我有些上火，嘴巴里又是血泡，又是溃疡，我泄气地把演讲稿往床上一扔，慵懒地倒在了枕头上。

母亲关掉了房间里的灯，屋里却仍然很明亮，因为窗口正好有个灯塔正对着我们房间，那是为了给彻夜施工的工地照明用的。

窗外嘈杂的车流声和刺耳的铲沙声都没能打断我的胡思乱想，我的心思已经全然不在演讲稿上。究竟是什么使我走到了今天呢？我开始想。

要是我那时候自暴自弃了，不知道现在的我会是什么样子，可能已经不在了，可能活得生不如死。从小到大，我一直不服输，是这股子不服输的劲儿救了我啊，不然我一定会后悔！活着就是一种希望，我当时的想法没有错，我选择的路是正确的。

再难我也走到今天了！我有些引以为荣。我引以为荣的不是自己所取得的成绩，而是这股子在挫折中不断增加的勇气和

坚韧。如果不是这股子倔劲儿,我可能到今天都不能自理,更加不会有机会登上省里的演讲台呀!

想想过去的那段日子,成天感冒、发烧,母亲背着我四处看病……后来天天要扎银针、拔火罐,天天要母亲骑自行车接送我上学。坐了轮椅之后,我整夜整夜地哭,问妈妈为什么要把我生下来……

我的思绪停留在这里,眼里已经热泪盈眶。我把脸侧向窗口那一方,背对着母亲,银色的光线从窗口照进来,我只觉得眼前是一片白茫茫的世界。

我又想起自己坐在教室里上课的情景。几乎每节课都能听到老师的表扬,一旦听不到,就会立刻反省自己是不是退步了。家长会的时候,班主任老远就笑盈盈地告诉妈妈:您女儿又考年级第一了! 母亲还在班里作为家长代表发言,分享教育子女的经验。更加想起,那年期末考试只考到年级第十三名,班主任把母亲叫过去谈话:"您女儿这次成绩不拔尖……"虽然母亲没有责怪我半句,我却因此懊悔了整个寒假,直到新学期开始,连续几次考试都拿到年级第一名。

可是我瘫痪了,我以为自己再也做不了父母心中的骄傲。可他们从来没有放弃过我。我只知道,从小到大,再难的事没有试过我都不会死心,任何事不到最后一刻我都不会放弃。所以,我走到了今天,风雨飘摇地走到了今天。我没有敌过命运,但是,我战胜了自己!

翻身的时候,我不小心把床头的演讲稿碰到了地上,发出哗啦啦的响声。我惊了一下,马上起身从黑漆漆的地板上捡起那一块白色的东西。我小心地看一眼另一张床,母亲好像已经睡着了,呼吸平稳而均匀。

　　我重新安静地躺下,从枕头底下摸出手机按亮屏幕看了一眼时间,10点已过,再不睡觉,我可能就没有足够的精神和体力来应付明天的比赛了。我安然闭上双眼,还是决定在睡觉之前最后默背一次演讲稿。

　　其实演讲稿上的每一个字我基本都可以倒背如流了,而且真正的演讲是不需要演讲稿的,我所缺少的只是足够的自信。自信是我每次坐在演讲台上都敢于相信——我能够用自己的声音征服每一个听众的勇气;自信是坐在舞台中央的那一刻,便相信自己是最棒的!这需要比一般的自信有更多的支撑。

　　这会儿我倒一点不担心自己会不会忘词,会不会掉链子了。要忘词就忘得干净彻底,到了台上即兴发挥,那才是真正的演讲。我不知道自己突然哪里来的这般自信,这自信使我流畅而精彩地在心里完成了比赛前的最后一次练习。

　　我带着满足的笑容渐渐进入了梦乡。梦境中,我没有残疾,没有疾病,正悠然自得地在村子里的那条小路上漫步。双脚踩在泥土上的感觉真好!没有疾病、没有痛苦的感觉真好!

　　这些年,我一直在等待一个机会,一个可以改变命运的机会,但原来,我只需一直前行,因为,这个机会已经在我追逐梦想的道路上等我好久了。

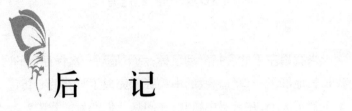

# 后　记

# 一

# 和老师相遇

当我用左手的食指滑动鼠标，点下最后一次保存键的时候，我长长地舒了一口气。我的书稿终于完成了！我的心仿佛一下子飞到了天上，在云层中嬉戏，在同鸟儿们游玩。我呢？却不想去把它拉回来，此刻，就让它尽情地自由欢呼吧！

感谢十四首《夜的钢琴曲》，陪伴我度过那么多个写稿、改稿、失眠的夜晚。听着听着，心就安静了下来；听着听着，眼泪就像月光下的露珠从心底里流淌出来；听着听着，往事就像放电影一样一一在脑海中回放起来。

当然，更应该感谢的人是我的恩师——大诺老师。一直以来，我想写自己的故事很久了，却总是因为各种原因被一再搁置。直到经同学推荐认识了大诺老师，一开始我担心自己的文字功底不够，担心自己写不好，担心自己的笨拙和愚钝会浪费了老师的精力和时间。我有许多担心，老师只说了三个字"相信你"。

于是，七百多个日子，几百通电话，数不清的沟通和交流便这样隔着千山万水开始了。这一路走来，老师既是严师，又像慈父。面对我们这群特殊的孩子，老师总是特别细心和有耐性。但我深深地明白，老师的耐心源于对我们绝对的信任，面对这样的信任，我怎么敢有半点辜负。

但为了自食其力,在我写书稿的同时,还兼做着网络兼职,其辛苦以及沉重的心理压力已经使我疲惫到了极点,对书稿也就常常力不从心。

我一直不敢告诉老师的是,除了一份主要兼职之外,我还做着其他的三份网络兼职,因此每天都要在写书稿、练播音和挣钱三件同等重要的事情上疲于奔命,每天趴在电脑前一工作起来就是 16 个小时以上。

老师曾经多次苦口婆心地劝我先辞掉兼职,好好学习,说不定以后会有更好的发展。但从小就主见性过强的我却坚决地回答老师:"您说的我都知道,但在我看到那更好的发展之前,我是不会放弃眼下的工作的。我已经是一个成年人了,没办法继续心安理得地当蛀米、懒虫,我要自食其力,要养家糊口。书稿我会写、播音我会练,眼下的工作也非做不可,一个都不能少!"

老师知道拗不过我,便在和我商量之后把指导书稿的时间改在每天早上 7 点半,上播音课的时间定在晚上 8 点以后,和我工作的时间错开。老师担心我休息不够,规定我晚上 10 点之前必须上床睡觉,尽管我很想听老师的话,但常常一忙起来就身不由己。我自以为可以像超人一样,什么都做到,什么都做好。

这样的生活持续了一年多,我的体力已经透支到了极限,镜子里的我也憔悴得不成人形,可书稿的进度却远远低于原本的计划。甚至遇到瓶颈的时候,我时常一连好几天写不出一个字来,也因为这样错过两次出版的良机。

身心俱疲的我开始有了放弃的念头。我写的东西真的会有人看吗? 会有人欣赏吗? 我会不会是在浪费时间? 这一连串消极的想法也接踵而来。既然这样,平庸的我还是不要浪费老师的时间了吧!

　　我原原本本对老师说了我的想法,耐心听完之后,老师温和地问我:"老师指导你多长时间了?"我低头算算,从最开始跟着老师写作算起,"一年零四个月了",我回答。

　　老师长长地叹了一口气说:"一年零四个月了,你在离成功只差一步的时候放弃,不觉得可惜吗?""如果有第二个选择,我不会选择放弃,但我真的没有办法了……""有问题为什么不跟老师说?为什么不相信老师可以帮助你解决问题呢?"

　　我并非不相信老师,相反,我一直只觉得是自己的能力跟水平的问题,这在短期之内是很难改变跟提高的。我有自知之明。

　　挂电话之前,老师的态度突然严厉起来:"遇到一点点小问题就要放弃自己的心血,不想让老师看不起你的话,明天等老师电话,帮你解决问题!"

　　放下电话的时候,我忽然笑了,我觉得自己很幸运,遇到一位严厉的老师。如果没有他,就不会有这十几万字。但接下来写稿的日子仍然不轻松,因为我为自己报读了大专课程,并且在好心人的帮助下尝试着做网店,寻找新的出路。

　　我似乎很喜欢这样的生活,充实而忙碌,让我从来没有机会体会寂寞和无聊的内涵。我喜欢我的人生不断有新的目标和计划,喜欢它无论多么单调,我都会努力将它填满色彩。

# 二
# 我能为她做什么

"我能为她做什么",这是多年以前一次班会的主题,那次班会是为我而开的。没想到多年以后,又有人说了同样的话。

街办李书记亲自来看望我,说:"有什么我们能为你做的,你尽管开口就是!"这不是一句空话,因为大家的帮助,我才有了新的电脑、有了工作、有了生活的保障,也才有了大家此刻捧在手里的这本书。

我时常掩面痛哭,我何德何能啊?能得到那么多的关心和帮助。这世上受苦受难的人还有很多很多,这份支持和帮助如果不是给了我,而是给了其他的任何一个人,他们也许更棒,做得比我更好。所以丫头,你是多么幸运啊!你要感激,你要努力啊!

有许多人都对我说:"你真不容易!"我十分认真地回答:"真正不易的不是我,而是那些愿意相信和愿意帮助我的人!"我的父母如是,每一个对我伸出援助之手的人亦如是。我说的是真心话,一个连说话都不敢抬头看对方眼睛的人,因为有人愿意相信她能够演讲,她才有勇气一步一步从自己的壳里爬出来。一个几乎对自己绝望的生命,如果不是有人相信她,她怎么可能重新活过来,重新站起来。

记得市文联主席第一次到家里看望我的时候是在冬天,我

穿着一件已经洗得褪色的旧棉衣,一条很花的粗棉裤,再加上母亲亲手给我剪的参差不齐的头发,一张生涩的、傻乎乎的、还没有一丝笑容的脸。每每看到几年前的旧照片,我都很惊讶,这样毫不起眼的我为什么会有人相信我能够在文学这条艰难的道路上走下去,还每年都到家里来看我,送粮食、送书、鼓励我写作、担心我心理负担重而耐心地开导我。我感激每一个肯信任我并且肯给我机会的人,打心底里感激。

在这个蜕变的过程中,还有许多我不知道的名字,却会努力记住的人。他们把自己温暖的手向缩在角落里的我伸过来,牵着我往光明、往温暖的地方去。他们的手组合起来就像一条悠长的绳子,而我就是那个正在逆流而上的人。是他们总在关键的时候拉我一把,使我没有被浪花击退,没有被洪流冲走,反而能平安地到达对岸。

我感激他们像天使一样出现在我的生命当中。人生就是一场奇妙的相遇,如果没有与编辑的相遇,没有她肯第一次刊用我的作品,也许就不会有后来数不清的发表和获奖的文字;如果没有与老师的相遇,就不会有这十几万字的作品;如果没有与李书记、徐总、刘老师和邰姐姐的相遇,这本书就无法顺利出版。最令我感动的是,一位年近七旬的老干部为了帮助我自食其力,为了我的书能够顺利出版,他不知走了多少路,默默为我做了多少事。如果……如果没有这一次又一次的相遇,没有大家一次又一次的帮助和支持,我还永远是那个缩在自己的角落里,不敢抬起头来做人的懦夫,我可能什么也做不到,哪儿也去不了,更如何能摘得全省演讲比赛的桂冠?

我一直觉得,这个世界上有一些人,他们具有改变别人命运的能力,我感激他们的存在,并且渴望自己也拥有这样的能力。

我相信这个世界上有许多优秀的、了不起的人,他们之所以还没有干出一番大事业,只是因为他们还没有遇上那个能够改变他们命运的人。在恰当的时候拉他们一把,厄运便从此结束,因为他们是上天派来的福星,他们身上闪耀的光芒是可以照亮许多人的人生的。

在别人说:"我能为你做什么"的时候,我也时常反问自己:"我能为大家做什么? 能为这个社会做什么?"所以,我一直希望在自己改变命运的同时,也能做一个给别人带来希望,带来帮助的人。也许只需一句话,一次小小的帮助,便能点亮别人心里的灯火,这一星小小的灯火便是梦想与希望的开始。

# 三
# 从未停止前进

有人说,总有一天,你会感激那个曾经奋斗过的自己。现在的我,越来越能体会这句话的含义。

一次,去电视台录节目,当我从容、圆满地完成与主持人的全部对话且一次通过的时候,第一次采访我的记者忍不住惊讶:"你与两年前简直判若两人!"我笑了,笑容的背后是满满的感激,感激这一路走来使我进步,使我成长。

曾经,我是个连说话都不敢看对方眼睛的人;我是个动不动就喜欢低着头,包括在领奖台上接受荣誉时,都不曾有半分笑容的人。我曾经以为,也许自己这辈子就这样了,可当我意识到我需要改变、我必须改变的时候,我便开始脱胎换骨。

我曾因为成绩不好恨过自己;我曾因为不堪忍受病痛的折磨想死过、想放弃过;我曾在同龄人面前自卑地哭过;我曾因坐了轮椅作践自己过⋯⋯可无论如何,我还是走过了那些日子,我还是走到了今天,并且更加坚定,更加强大。

为了活着但不成为家人的累赘,当我的右手废了之后,我苦练之下学会了用左手穿衣、吃饭、打字、绣花,甚至系鞋带,因为我明白,没有人能一辈子帮你;为了活着还必须有梦想和价值,我坚持演讲和写作,努力让自己的轮椅登上一个又一个更高的舞台,虽然腿不能走了,但心还可以走得更远;为了活着可以更加丰富多彩,我用自己严重变形的双手学会了十字绣、丝网花、中国结、十字绣鞋垫和串珠等各种各样的手工艺。

我不相信奇迹,但我相信我的双手可以为我创造我想要的东西。

这也是我想赋予这本书的意义,让更多身处逆境的人相信,命运是不会辜负肯努力奋斗的人的。

朋友对我说:"人生来不必想死,因为每个人都会有那么一天的。"既然不必想死,那就好好儿活!活得有意义、有尊严!

有这样几句歌词令我印象深刻:"是否找个借口继续苟活 / 或是展翅高飞保持愤怒 / 是否找个理由随波逐流 / 或是勇敢前行挣脱牢笼 / 我该如何存在。"我也曾做过这样的选择。就像记者第一次采访我的时候,我说:"我并没有什么了不起的地方,我只是作了一个忠于自己的决定。"并且,我的人生不会因为任何一个理由而停止前进。

所以我的朋友们,当你决定为未来努力的时候,千万不要为了任何理由而放弃。因为在你奋斗的道路上,任何绊脚石都会因为你的坚持而自行让路。越平凡越要有梦想,梦想是可以治愈一切伤痛的良药,它能使你的整个生命和灵魂无限强大起来。

责任编辑：宰艳红

封面设计：林芝玉

责任校对：白　玥

**图书在版编目（CIP）数据**

梦想在 110 厘米之上 / 李玉洁　著．—北京：

　　人民出版社，2015.7（2019.9 重印）

（中华自强励志书系）

ISBN 978－7－01－014780－2

Ⅰ. ①梦…　Ⅱ. ①李…　Ⅲ. ①传记文学－中国－当代　Ⅳ. ① I25

中国版本图书馆 CIP 数据核字（2015）第 078992 号

**梦想在 110 厘米之上**
MENGXIANG ZAI 110 LIMI ZHISHANG

李玉洁　著

**人民出版社** 出版发行

（100706　北京市东城区隆福寺街 99 号）

北京汇林印务有限公司印刷　新华书店经销

2015 年 7 月第 1 版　2019 年 9 月北京第 8 次印刷
开本：880 毫米 × 1230 毫米 1/32　印张：10.875　插页：1
字数：250 千字　印数：24,001－27,000 册

ISBN 978－7－01－014780－2　定价：32.00 元

邮购地址 100706　北京市东城区隆福寺街 99 号
人民东方图书销售中心　电话（010）65250042　65289539